JN422529

멸망급 데스나이트가 회귀함

DECA MEDIA

멸망급 데스나이트가 회귀함 1

초판 1쇄 2025년 12월 24일

지은이 오렌지망고 · **발행인** 김정수 · **고문** 이종주
발행처 데카미디어 · **출판등록** 2025년 4월 17일
주소 서울시 영등포구 당산로 214 · **E-mail** tradejjang0@gmail.com
유통 · 판매 관리 (주)행운사 · **Tel** (031)901-1137 · **FAX** (031)901-4140
E-mail luckybogo222@naver.com · luckybogo222@daum.net

ISBN 979-11-7513-099-9 (1권)
ISBN 979-11-7513-098-2 04810 (세트)

멸망급 데스나이트가
회귀함
오렌지망고 판타지 장편소설
1

차 례

재능이 있었다

내게는 재능이 있었다.

“정녕 네가 미쳤구나! 술집에서 난동을 피우다가 쫓겨나? 네놈 때문에 우리 가문의 명예가 얼마나 실추되었는지 아느냐?”

가문의 명예를 더럽히는 재능이 있었다.

아들이 저지른 사고를 처리하느라 아버지께서는 밤잠을 이루지 못하셨다.

“형님! 대체 왜 라이언블룸 후작가의 소공자에게 손찌검을 한 겁니까! 그걸 어떻게든 해결해 보겠다고 누님께서 그 더러운 망나니에게 끌려갔잖습니까!”

가족의 미래를 짓밟아 버리는 재능이 있었다.

라이언블룸 후작가의 분노를 피하기 위해서 누님은 원치 않은 결혼을 할 수밖에 없었다.

"데미안…… 대체 왜 가문의 땅을 담보로 돈을 빌린 거니? 네가 돈을 빌린 곳은 공작가의 사업체야. 이번만큼은 이 어미도 도와줄 수 없구나."

집안의 재산을 말아먹는 재능도 있었다.

학센 자작가의 얼마 되지 않는 재산은 모두 내 손에 사라졌다.

"떠나라."

결국 참다못한 아버지께서 날 내치셨다.

평소에는 날 감싸주던 어머니도 이번에는 입을 다무셨다.

동생은 진작 이래야 했다며 기뻐했다.

"데미안…… 이 돈이라도 가져가렴."

유일하게 누님만이 날 걱정했다.

못난 동생 때문에 사랑하는 약혼자와 이별하고, 본인의 인생이 망가졌음에도 그러했다.

"부디 행복해야 한다."

그날 처음으로 죄책감과 수치심이 뭔지 알게 됐다.

나는 도망치듯이 가문을 뛰쳐나왔다.

가문에서 쫓겨난 뒤, 나는 정처 없이 떠돌았다.

한평생 집안의 피를 빨아먹으며 살아온 얼간이에게 특

별한 재주가 있을 리가 없었다.

가진 돈은 순식간에 사라졌다. 굶어 죽지 않으려면 무슨 짓이든 해야 했다.

구걸은 예사였으며 하루가 멀다 하고 시비가 붙었다.

"어이구, 자작가의 도련님이라고 하더니. 아주 콧대가 하늘을 찌르시는구먼."

"뒤지고 싶어서 환장하셨네. 어디 소원대로 해 드릴까?"

그리고 놀랍게도 나는 새로운 재능을 발견할 수 있었다.

"내 팔…… 내 팔이……!"

"누, 누가 포션 좀…… 내 다리가 움직이질 않아!"

"제, 제발 하, 한 번만 살려 주십쇼!"

내게는 검술의 재능이 있었다.

뒷골목에서 주운 녹슨 단검으로 열 명이 넘는 깡패들을 쓰러트렸을 때, 비로소 내 재능을 자각할 수 있었다.

가문에 있을 시절에는 방탕하고 게으른 시간을 보내느라 칼을 한 번도 잡아보지 않았다.

그래서 내게 이런 재능이 있다는 사실을 알지 못했다.

"뭐? 용병이 되고 싶다고? 그 비실비실한 몸으로 괜찮겠어?"

"……허, 보기와는 다르게 칼을 쓰는 솜씨가 귀신같구먼."

"이 정도 실력이면 어디 가서 죽지는 않겠어. 우리 용병단에 입단한 걸 축하하네."

용병으로 일하면서 알게 되었다.

내 재능이 생각보다 훨씬 대단하다는 사실을 말이다.

어떤 검술이든 금방 습득했다. 검뿐만 아니라 다른 무기들도 곧잘 다뤘다.

"설마 했지만 진짜로 기사를 이길 줄이야!"

"네가 아니었으면 우리 모두 죽었을 거다!"

"형님! 저는 앞으로 형님만 믿고 가겠습니다!"

나는 순식간에 용병단의 에이스가 되었다.

어떤 적도 두렵지 않았다. 기사조차 내 상대가 아니었다.

얼마 가지 않아서 나는 내가 가지고 있는 재능이 한계가 없다는 것을 알게 되었다.

그리 달갑지 않은 방식으로 말이다.

-싱싱한 시체들이 제 발로 걸어 들어왔구나!

별생각 없이 맡았던 임무에서 우리 용병단은 리치와 마주치게 되었다.

리치(Lich)

죽음을 피하고자 스스로를 언데드로 바꾼 흑마법사.

최상위 흑마법사만이 리치가 될 수 있었으며 그 능력은 생전 이상이라고 한다.

심지어 용병단이 마주친 리치는 평범한 리치가 아니었다.

리치들의 정점이라 불리는 아크리치(Arclich)였다.

용병단은 아크리치의 흑마법에 모두 무력화되었다.

나도 예외는 아니었다.

-오오? 이렇게 놀라운 일이 있나. 인간 주제에 이렇게 거대한 재능을 품고 있다니. 내 마안으로도 한계를 가늠할 수 없어!

아크리치는 감탄과 함께 온갖 칭찬을 늘어놓았다.

-하지만 재능의 발달이 안쓰러울 정도로 미비하군. 이 정도 재능이면 조금만 칼을 휘둘러도 능히 달인의 경지에 오를 수 있을 텐데 말이야.

날 다시 관찰하던 아크리치가 손뼉을 쳤다.

뼈밖에 남지 않은 몸이라 딱딱한 소리가 났다.

-오호라, 이제 알겠다. 영혼의 빛이 나약할 대로 나약한 것으로 보아 천성적인 게으름 때문에 재능을 썩히고 있었구나!

아크리치는 나라는 인간에 대해서 정확히 짚어냈다.

-쯧쯧, 이렇게 안타까울 수가 있나. 하지만 걱정하지 마라. 이제부터 내가 네 재능을 활짝 꽃피워 줄 테니.

그 후로 지옥 같은 시간이 이어졌다.

아크리치는 내 몸에 이루 말할 수 없는 끔찍한 짓들을 저질렀다.

수십 가지 약물을 투여당했다.

장기가 다른 생물의 것으로 교체되었고, 온갖 종류의 마도구까지 삽입되었다.

그렇게 10년이라는 시간이 지났을 때, 나는 더 이상 인간이 아니었다.

-드디어 완성되었다!

데스나이트.

흑마법사가 기사의 영혼을 타락시킬 때만 탄생한다는 최고위 언데드가 되어 있었다.

아크리치는 자신의 모든 지식과 자원을 끌어모아 날 데스나이트로 만들었다.

내게는 이 상황이 조금도 달갑지 않았다. 하지만 불만을 표출할 수 있는 상황이 아니었다.

데스나이트로 변이시키는 과정에서 아크리치는 내 이지를 완전히 말살시켰다.

자신에게만 충실한 노예로 만들기 위함이었다.

하지만 어찌 된 영문인지 내 이지는 모두 소멸되지 않고 남아 있었다.

다만, 내 뜻대로 몸을 움직일 수는 없었다. 마치 내 몸속에 갇혀 있는 기분이었다.

-이제 세상에 네 힘을 보여 주자꾸나.

날 완성시키자마자 아크리치는 인간들과 전쟁을 시작했다.

놀랍게도 나는 첫 번째 전투에서 천 명이 넘는 병사를 홀로 학살했다.

데스나이트의 강력한 신체와 강제로 주입된 막대한 흑마력, 마지막으로 내 재능이 더해진 결과였다.

-그야말로 인간들이 벌레처럼 죽어 가는구나!

아크리치는 기꺼워하며 날 더 많은 전쟁터에 투입시켰다.

베고, 베고, 또 베었다.

그럴수록 내 재능은 가파르게 발전했다.

어느 순간부터 나는 타인의 검술을 한 번 본 것만으로 완벽하게 이해하고 모방할 수 있게 되었다.

이윽고 나는 모방을 넘어서 창조하는 경지에 이르렀다.

나는 습득한 검술을 모두 하나로 합쳐서 새로운 검술을 만들어 냈다.

그때부터 내 적수는 없었다.

수많은 기사가 내게 살해당했다.

그중에는 용병왕도 있었고, 검성도 있었다. 제국제일검이라 불리는 자도 있었다.

아무도 날 막을 수 없었다.

심지어 나 자신조차.

"데미안! 왜 네가 아크리치와 함께 있는 것이냐! 대체 그 모습은 뭐고!"

전쟁터에서 만난 아버지의 심장에 칼을 꽂을 때도 그랬다.

"형님! 대체 왜 이러시는 겁니까! 멈추세요! 제발 멈추시란 말입니다!"

내 동생의 목을 베어 낼 때도 마찬가지였다.

“살아 있었던 거니? 하지만 그 모습은…….”

가문을 불태우며 어머니를 죽일 때도 똑같았다.

“데미안…… 행복하지 못했나 보구나.”

라이언블룸 후작가를 공격했을 때도 해골 병사들이 누님을 참살하는 것을 지켜볼 수밖에 없었다.

-널 내쫓은 가족들을 직접 죽인 기분은 어떠했느냐? 내 너를 위해서 특별히 준비했느니라.

가족을 모두 죽이고 돌아온 내게 아크리치가 말했다.

그는 모든 것을 알고 내게 학센 자작가와 라이언블룸 후작가를 공격하라 명한 것이었다.

-하핫, 물론 아무런 생각도 안 들었겠지. 하지만 나는 참으로 즐거웠느니라. 구경하는 재미가 쏠쏠했지.

그때만큼 아크리치를 증오했던 적이 없었다.

이때만큼 내 재능이 원망스러웠던 적이 없었다.

그럼에도 나는 계속 아크리치를 위해서 싸워야 했다.

그리고 결국 그의 소망대로 모든 왕국을 무너트리는데 성공했다.

-드디어! 온 세상이 내 앞에 무릎을 꿇었다!

끈질기게 버티던 제국이 결국 무너진 그날, 아크리치는 날 크게 치하했다.

-이게 모두 네 덕분이다! 네가 없었다면 이런 날은 오지

않았을 게다. 아니지, 널 찾아낸 것은 나니까 결국 내 공로가 가장 큰 셈이구나. 으하하핫!

그렇다.

이 세상에서 오로지 아크리치만이 내 재능을 정확하게 알아봤다.

그래서 세상은 나라는 재앙을 맞닥트리게 되었다.

하지만 아크리치조차 예상치 못한 일이 있었다.

내 재능은 이미 아크리치의 계산을 초월해 있던 것.

아크리치가 강탈해 간 육체의 지배권을 되찾을 정도로 말이다.

승전을 축하하는 날.

내 정신이 되돌아왔다.

지옥과도 같은 광경이있다.

성벽은 무너졌다. 건물들은 모두 파괴되어 불타고 올랐다.

거리에서는 학살이 자행되고 있었다.

"아아악!"

"도망쳐! 절대로 붙잡혀서는 안 돼!"

학살을 당하고 있는 쪽은 인간이었다.

본래 이 성 안에 살고 있던 사람들의 피가 흩뿌려지고 있었다.

학살을 벌이고 있는 쪽은 인간이 아니었다.

반쯤 썩어버린 좀비, 살점을 뭉뚱그려 만든 미트골렘, 뼈만 남은 채 움직이는 본오우거.

그 외에 수많은 언데드가 인간을 죽이고 있었다.

"제발 제 아들만큼은 살려 주세요!"

"엄마! 엄마아아아!"

언데드들은 이성이 없기에 일말의 자비도 베풀지 않았다.

사람들은 잔인하게 도륙당했다.

-하하핫, 아하하하핫!

그런 광경을 바라보며 누군가 웃음을 터트렸다.

이 지옥에 어울리지 않게 고급 모피 코트를 걸치고 있는 남성이었다.

아니, 남성이 맞기는 한 걸까.

온통 뼈만 남아 있기에 정확한 성별을 알아볼 수가 없었다.

-좋구나! 아주 좋아! 내가 기대했던 그대로야!

두개골이 턱을 딱딱 부딪치며 연신 웃음소리를 냈다.

해골만 남아 있기에 표정을 알아볼 수는 없다.

하지만 누가 봐도 해골은 크게 기뻐하고 있었다.

-옛말에 복수란 기다림이 클수록 기쁜 법이라고 하더군. 500년 전에 다짐했던 일을 이제야 완수한 지금 내가

느끼는 기쁨이 얼마나 클지 예상이 가나?

대답은 들려오지 않았다.

그러자 아크리치 도르고는 몸을 돌리며 다시 물었다.

-왜 대답이 없나? 이 몸이 묻고 있지 않나.

도르고가 돌아본 곳에는 해골병사들이 한 중년 남성을 움켜잡고 있었다.

잘 익은 호박처럼 샛노란 머리카락과 가슴까지 올 정도로 풍성한 수염.

제국의 황제 하워드 아델라이트였다.

하워드 아델라이트는 해골병사들에게 붙잡힌 채 도르고에게 소리쳤다.

"이노옴! 감히 짐의 백성들을 모두 죽이다니! 이 지옥에 떨어져도 모자랄 더러운 악마 같으니!"

지금의 도르고에게 황제의 저주는 아무짝에도 소용없었다.

오히려 감미롭기까지 했다.

도르고는 황제의 분노를 음미하다가 입을 열었다.

-그래 이제 할 말은 끝났나? 그럼 슬슬 즉위식을 진행해도 되겠어.

"그게 무슨 가당찮은 소리냐! 네놈 따위가 즉위식이라니!"

-허어, 그거야 당연히 이 몸의 즉위식이지. 나는 역사상 최초로 대륙통일을 실현시켰다. 그러니 황제라 불려도 부

족함이 없지 않겠나.

도르고는 웃음을 터트렸다.

황제는 두 눈을 질끈 감았다.

저 언데드는 대체 어디까지 인간을 모독할 생각이란 말인가.

-자, 그럼 황관을 가지고 오도록 해라.

언데드 군단들 사이에서 검은 갑옷을 입고 있는 언데드가 걸어 나왔다.

그 언데드를 본 순간, 황제는 안색을 굳힐 수밖에 없었다.

데스나이트 데미안 학센.

무수히 많은 기사가 저 데스나이트에게 목숨을 잃었고 수십만이 넘는 병사도 학살을 당했다.

도르고가 대륙을 정벌할 수 있었던 것은 오로지 저 데스나이트 덕분이었다.

-오오, 이 몸의 가장 충성스러운 기사여.

도르고는 애정이 듬뿍 담긴 눈빛으로 데스나이트를 바라봤다.

-그대 덕분에 나는 이 자리에 오를 수 있었다. 이 공로를 대체 어떻게 치하해야 할꼬?

데스나이트는 황관을 든 채 가만히 서 있을 뿐이었다.

그 모습에 도르고는 웃음을 흘렸다.

-어리석은 질문이었군. 그대는 이 몸의 노예. 이 몸을 섬

기는 것이야말로 가장 큰 기쁨일진데.

도르고의 웃음소리가 점점 더 커질 때였다.

대뜸 데스나이트가 황관을 머리 뒤로 집어 던졌다.

난데없는 행동에 도르고의 웃음소리가 뚝 멈췄다.

-응? 뭐냐? 나는 그런 명령은 내린 적이 없…….

데스나이트가 등에 메고 있던 대검을 움켜쥐었다.

한 걸음 내딛는 것과 동시에 칼을 휘둘렀다.

도르고는 반사적으로 흑마법을 펼쳤다.

검은 방벽이 그의 앞을 가로막았다.

하지만 데스나이트의 참격은 너무나도 쉽게 방벽을 찢었다.

동시에 도르고의 몸을 반으로 절단했다.

-이, 이게 어찌된 일…….

데스나이트가 투구를 벗어 던졌다. 앳된 얼굴이 드러났다.

틀림없는 인간의 얼굴이었다.

하지만 데스나이트로 변한 영향 때문에 피부가 온통 회색으로 물들어 있었다.

"드디어…… 내 의지대로 움직이는군."

그 얼굴에서 목소리가 흘러나오자 도르고는 더더욱 당황할 수밖에 없었다.

-어, 어떻게 말을 하고 있는 거지? 분명 이지를 모조리 말살시켜 놨는데?

“말살된 것처럼 보였을 뿐이지. 나는 완전히 사라지지 않았다. 내 몸속에 갇혀서 모든 것을 지켜보고 있었다.”

데스나이트.

아니, 데미안 학센은 반만 남은 도르고의 상반신을 집어 들었다.

얼굴은 무감정했으나 두 눈동자에서는 증오와 분노가 타오르고 있었다.

그것을 알아본 도르고가 미소를 지었다.

-오오…… 화가 많이 난 모양이구나. 이해한다. 나라도 그랬을 게야.

위험한 순간임에도 도르고는 여유가 넘쳤다.

리치는 라이프베슬이라 부르는 마력저장고에 자신의 영혼을 보관한다.

라이프베슬을 파괴하지 않는 한 리치는 죽지 않는다.

아크리치인 도르고도 마찬가지였다.

-너의 공을 생각해서 오늘만큼은 특별히 분풀이를 허락해 주마. 내가 다시 널 제어할 방법을 찾을 동안만 말이다.

도르고는 예비용 육체를 여러 개 만들어 놨다.

육신이 파괴당하면 곧바로 예비용 육체에 정신을 옮긴 뒤, 다시 데미안 학센을 지배할 생각이었다.

-자, 어서 행동하거라. 이 몸을 가루가 되도록 부숴도 좋고, 욕을 퍼부어도 좋…… 우웨에에엑!

별안간 도르고가 입에서 검은 마력을 토해 냈다.

입뿐만이 아니었다. 전신에서 검은 마력이 뿜어져 나왔다.

라이프베슬에 보관되어 있던 흑마력과 영혼이 밖으로 역류하고 있었다.

-마, 말도 안…… 우웨에엑!

라이프베슬은 멀쩡했다.

그럼에도 도르고는 실시간으로 죽어 가고 있었다.

도무지 이해할 수 없는 일이었다.

"오랜 세월 동안 널 죽일 방법을 고민했다."

리치는 라이프베슬을 파괴하지 않으면 죽지 않는다.

하지만 도르고의 지배를 받는 상황에서 라이프베슬을 찾는 것은 불가능했다.

"오로지 널 죽이기 위해서 영혼까지 같이 베어 내는 검술을 만들어 냈다."

-그, 그런 검술이 있을 리가…….

"왜 없을 거라고 생각하지?"

데미안 학센은 도르고의 목덜미를 더욱 강하게 틀어쥐며 말했다.

"내가 누군지 벌써 잊은 거냐? 날 앞에 두고 항상 자랑스러워하지 않았나! 네놈이 만들어 낸 최고의 걸작품이라면서 말이야!"

데미안 학센.

수많은 강자를 먹어 치우며 성장한 그의 재능은 신적인 영역에 닿아 있었다.

검만 있으면 무엇이든 해낼 수 있었다.

불가능이란 단어는 그에게 통용되지 않았다.

-마, 막아라! 당장 이놈을 막아!

당황한 도르고가 언데드 군단을 향해 명령했다.

해골병과 골렘들이 데미안 학센에게 달려들었다.

데미안 학센이 대검을 크게 휘두르자 시커먼 오러가 해일이 되어서 언데드 군단을 덮쳤다.

검은 해일은 군단을 으스러트리고 찢어발겼다.

언데드들은 저항 한번 못 해 보고 모조리 쓸려 나갔다.

-아, 안 돼…….

어처구니없는 광경에 도르고는 할 말을 잃었다.

적이 되고 나니 뼈저리게 와 닿았다.

그가 만든 데스나이트가 얼마나 규격 외의 괴물인지.

더 이상 도르고의 몸에서 흑마력이 새어 나오지 않았다.

도르고는 느낄 수 있었다. 죽음이 다가왔다 사실을.

-사, 살려 줘…… 제, 제발……!

데미안 학센은 입꼬리를 비틀며 말했다.

"지옥에나 떨어져라."

도르고의 해골 속 안광이 사라졌다. 영혼이 완전히 소멸해 버린 것이다.

데미안 학센은 도르고의 해골을 바닥에 내동댕이쳤다.
그리고 가루가 될 때까지 짓밟았다.
-우워어어어!
-크어어어!
황궁 밖에 남아 있는 언데드들이 괴성을 지르기 시작했다.
주인이 사라지자 폭주하기 시작한 것이다.
"닥쳐라."
데미안 학센은 흑마력을 퍼트려서 언데드들을 다시 지배했다.
언데드 군단은 순식간에 침묵했다.
전쟁이 길어지면서 도르고는 데미안 학센에게 흑마법의 지식을 주입시켰다.
그 때문에 데미안 학센은 군단 내에서 도르고 다음으로 뛰어난 흑마법사였다.
"모두 자괴해라."
데미안 학센의 명령에 군단은 스스로를 파괴하기 시작했다.
수십만이 넘는 언데드 군단이 순식간에 모조리 사라졌다.
"그, 그대는 대체……?"
황제는 놀란 얼굴로 데미안 학센을 바라봤다.
하지만 데미안 학센은 그에게 전혀 관심이 없었다.
"……드디어 끝났다."

데미안 학센은 바닥에 주저앉았다.

언데드임에도 불구하고 짙은 피로감이 그의 몸을 집어삼켰다.

“아니지, 아직 끝나지 않았어.”

데미안 학센은 칼날을 역으로 움켜쥐었다.

칼끝을 자신의 가슴에 가져다 댔다.

이 피부 아래에는 데미안 학센을 데스나이트로 가동하게 만드는 동력원이 존재한다.

이것을 파괴하면 데미안 학센은 진정한 죽음을 맞이할 수 있다.

“아직…… 할 일이 남아 있다.”

가족들의 얼굴이 떠올랐다. 웃고 있는 얼굴은 떠오르지 않았다.

자신은 언제나 가족들을 화나게 만들었으니까.

“사과해야지. 죄송하다고, 미안하다고.”

데미안 학센은 망설임 없이 자신의 가슴에 칼을 박아 넣었다.

고통은 없었다.

짙은 어둠만이 그의 시야를 가렸을 뿐이었다.

그리고…….

“데미안?”

어둠 속에서 목소리가 들려왔다.

"데미안, 왜 이런 곳에서 자고 있는 거니? 어서 일어나렴."

꿈에 그리던 누님의 목소리였다.

다행히 지옥에 떨어지기 전에 누님을 만날 수 있었다.

"아버지께서 찾고 계셔. 화가 단단히 나셨던데. 이번에는 대체 무슨 짓을 저지른 거야?"

역시 아버지께서도 화가 많이 나신 모양이다.

어서 아버지를 찾아뵈어야 한다.

그래서 자신이 저지른 모든 죄를 고백하고 용서를 빌어야 했다.

데미안 학센은 결심을 굳히며 눈을 떴다.

밝게 내리쬐는 햇볕과 누님의 얼굴이 보였다.

"……어?"

마지막으로 봤던 누님의 얼굴보다 한참 어렸다.

데미안 학센은 너무 놀라서 누님에게 말했다.

"……누님, 왜 이렇게 어려지신 겁니까?"

"어머, 갑자기 웬 아부니. 알겠다. 아버지께 혼날 때 편들어 달라고 이러는 거지?"

누님은 까르륵 웃었다.

너무 오랜만에 들어보는 웃음소리에 데미안 학센은 멍한 표정을 지을 수밖에 없었다.

"알겠어. 이 누나만 믿으렴. 그럼 옷매무새만 다듬고 빨리 와야 한다?"

누님은 먼저 걸음을 옮겼다.

누님이 향하는 곳에는 학센 자작가의 저택이 보였다.

"……저택은 분명히 내 손으로 파괴했을 텐데?"

데미안 학센은 자신의 몸을 내려다봤다.

데스나이트 때와 달리 혈색이 흐르는 뽀얀 피부가 보였다.

"……나한테 무슨 일이 일어난 거지?"

조금 더 시간이 지난 뒤에야 데미안 학센은 비로소 깨달았다.

자신이 과거로 회귀했다는 것을 말이다.

복수하러 왔다

"내게 무슨 일이 생긴 거지?"

데미안 학센은 들판 위에 누운 채로 중얼거렸다.

아크리치 도르고를 죽이고 자살했다. 저승으로 가서 가족들에게 사죄하고자 했다.

그런데 정신을 차려보니 과거로 회귀해 있었다.

"설마 꿈을 꾸고 있는 건가?"

사람은 죽을 때 일생이 주마등처럼 눈앞을 스치고 지나간다고 한다.

어쩌면 자살에 성공해서 지금 죽어 가는 중이고 주마등을 보고 있는 걸지도 몰랐다.

"아니면…… 반대로 그 모든 것이 꿈이었던 건가?"

가문에서 쫓겨나고, 용병이 되고, 아크리치를 만나고, 데스나이트가 되어 결국 모든 인간을 멸망시켰다.

어쩌면 그 모든 게 꿈속에서 벌어진 일들은 아니었을까.

"……확인해 보면 알겠지."

전생에 데미안 학센은 무수히 많은 강자와 싸우면서 그들의 기술과 경지를 자신 것으로 삼았다.

만약 꿈이었다면 그 모든 지식도 허상일 것이다. 하지만 꿈이 아니라면…….

데미안은 바닥에 굴러다니고 있는 나뭇가지를 집어 들었다.

그리고 들판 위에 놓여 있는 바위 쪽으로 다가갔다. 바위는 무척 단단해 보였다.

"이 정도면 딱 적당하군."

데미안이 싸웠던 상대 중에 '성벽파괴자'라 불리던 기사가 있었다.

그는 '쇄파(碎波)'라는 경지에 도달한 마스터였다.

쇄파는 타격을 통해 전달되는 충격을 몇 배로 증폭시키는 경지였다.

이 경지에 도달한 덕분에 성벽파괴자는 워해머 한 자루로 성벽을 유리창처럼 부수고 다닐 수 있었다.

데미안 학센은 성벽파괴자와 20분을 겨룬 끝에 그의 모든 기술과 경지를 흡수하고 승리를 거뒀다.

"꿈이 아니라 현실이라면…… 이 정도 바위는 쇄파로 쉽게 부술 수 있을 거야."

데미안 학센은 나뭇가지로 바위를 겨누었다.

앞으로 튀어 나가며 팔을 내질렀다. 나뭇가지의 끝으로 바위의 중심을 찍었다.

그러자 충격을 견디지 못하고 나뭇가지가 으스러졌다.

데미안은 부서진 나뭇가지를 망연히 바라보다가 나지막이 중얼거렸다.

"……미치겠군."

바위의 중심부에서 실금이 번져 나가기 시작했다.

실금은 거미줄처럼 바위 전체를 뒤덮었다.

이윽고 바위가 유리처럼 산산이 부서지며 무너져 내렸다.

"……꿈이 아니었어."

이걸로 확실해졌다.

머릿속에 있는 기억과 지식들은 허상이 아니었다.

데미안 학센은 정말로 과거로 거슬러 올라온 것이다.

아직 가족들이 살아 있는 시기로, 아직 잘못을 바로잡을 수 있는 시간대로.

"……하핫."

데미안 학센은 수년 만에 웃음을 터트렸다.

웃음은 이윽고 울음으로 변했다.

손으로 가슴을 움켜쥐었다. 그래도 감정을 억누를 수 없었다.

데미안 학센은 바닥에 웅크린 채 한참 동안 눈물을 흘렸다.

"어떻게 과거로 돌아오게 된 거지?"

울음이 멈추자 의문이 떠올랐다.

하지만 고민해 봤자 답이 나올 리가 없었다.

과거로 회귀하다니. 그야말로 신의 기적이라고밖에 표현할 수 없었다.

"가족들에게 사죄하고 싶다고 생각하기는 했지만……."

설마 그 사죄를 이승에서, 그것도 과거에서 하게 될 줄은 몰랐다.

"전생의 나는 자신밖에 모르는 이기적인 놈이었지."

가족들의 헌신을 알아보지 못하고 멋대로 행동했다.

가족들에게 상처를 입히고 결국에는 존속살해라는 끔찍한 죄악을 저질렀다.

하지만 이번에는 다를 것이다.

가족을 위해서 살겠다.

오직 그들의 행복과 미래만을 생각하며 살아야겠다.

"그렇게 어려운 목표는 아니야."

데미안 학센에게는 재능이 있다.

모든 왕국을 멸망시키고도 끝을 알 수 없었던 재능이 있었다.

이 재능이라면 무엇이든 해낼 수 있다.

데미안 학센이 결심을 굳혔을 때였다.

"아이고! 도련님!"

저택에서 남자 하인 한 명이 다급하게 달려왔다.

체력이 그리 좋지 못한지 데미안 학센 앞에 도착하자마자 숨을 헐떡였다.

"루이즈 아가씨께서 들어오라고 하셨는데. 왜 여태 안 오신 겁니까! 가주님의 분노가 극에 달하셨습니다요!"

데미안 학센은 남자 하인의 얼굴을 빤히 바라봤다.

분명 익숙한데 기억이 잘 나지 않았다.

"……빅터."

그러다 불현듯 떠올랐다. 이 남자 하인의 이름이.

"맞아. 빅터라는 이름이었어."

"예? 제 이름은 갑자기 왜 부르시는 겁니까요?"

"아무것도 아니다."

망나니처럼 살던 시절, 데미안 학센의 뒤치다꺼리를 담당했던 하인이 빅터였다.

"가주님께서 다리몽둥이를 분질러서라도 도련님을 꼭 데려오라고 하셨습니다!"

"아버지께서 화가 많이 나신 모양이군. 내가 무슨 짓을 저질렀기에 그러시는 거지?"

데미안 학센의 말에 빅터는 어처구니없다는 표정을 지었다.

데미안 학센으로서는 어쩔 수 없는 일이었다.

자신이 정확히 어느 시간대로 회귀했는지 전혀 몰랐기 때문이다.

"며칠 전에 술집에서 시비가 붙었다가 거기 직원들한테 된통 얻어터지셨잖아요. 그거 때문에 화가 나신 겁니다."

잊고 있었던 기억의 단편이 되살아났다.

다만 왜 술집에 갔는지는 기억이 나지 않았다.

딱 한 가지, 그 술집에서 바가지를 씌우는 바람에 난동을 피웠다가 개처럼 얻어맞고 도망친 기억은 났다.

"그래서 아버지께서 화가 많이 나셨군."

"많이 나신 정도가 아닙니다. 그 소문이 지금 쫙 퍼져서 학센 자작가의 위상이 땅에 떨어졌습니다요. 그걸 아시고 노발대발하고 계셔요."

영지도 작고, 힘도 약하다지만 학센 자작가는 엄연한 귀족이다. 그런데 장남이라는 놈이 술집에서 평민들에게 얻어터지고 쫓겨났다.

망신도 이런 망신이 없었다.

"일단 아버님께 가 봐야겠구나."

"가서 뭘 어쩌시려구요?"

"네가 가 봐야 한다지 않았더냐."

"그렇게 말씀드리긴 했지만…… 어디 숨어 있다가 가주님의 분노가 잠잠해지길 기다리는 게 낫지 않을까 싶습니다요."

그 말에 데미안 학센은 고개를 저었다.

"그럴 수는 없지."

"예?"

"이번 생에는 가족들에게 부끄러운 짓을 하지 않기로 결심했거든."

순간, 빅터의 얼굴이 멍해졌다.

데미안 학센이 이런 말을 하는 것이 무척 낯설다는 듯이 말이다.

"그럼 나는 아버지께 가 보마."

데미안 학센은 빅터의 어깨를 두드리며 저택으로 향했다.

"이노오옴!"

영주실에 들어오자마자 칼이 날아들었다.

아버지가 롱소드를 내려친 것이다.

데미안 학센은 피하지 않았다.

칼날의 궤도로 보아하니 자신을 죽일 생각이 없어 보였다.

아니나 다를까 롱소드는 데미안 학센의 머리 옆을 스치고 지나가서 문에 박혔다.

"여보! 진정하세요!"

"아버지! 제발 그만하세요!"

누님과 어머니가 황급히 달려와서 아버지의 양팔을 붙잡았다.

하지만 아버지의 분노는 누그러들 기색을 보이지 않았다.

"정녕 네가 미쳤구나! 술집에서 난동을 피우다가 쫓겨나? 그것도 모자라서 우리 가문의 이름을 팔아먹어? 네놈 때문에 우리 가문의 명예가 얼마나 실추되었는지 아느냐?"

아버지는 씩씩거리며 문에 박힌 롱소드를 뽑으려 했다.

누님과 어머니가 필사적으로 아버지를 말렸다.

"이거 놓으시오! 내 오늘 저놈의 머리통을 깨 버려야겠소!"

"안 돼요! 진짜 데미안을 죽일 생각이세요!"

"아버지! 우리 이성적으로 생각해요! 이러다 큰일 나겠어요!"

세 사람이 옥신각신 다투기 시작했다.

그러나 정작 사건의 주범인 데미안 학센은 감회에 젖어 있었다.

'아버지께 혼나는 게 얼마만이지?'

과거에는 그토록 아버지를 싫어했다.

고리타분하고 꽉 막혀 있는 인간이라고 생각했다.

하지만 이제 와서 생각해 보면 아버지는 언제나 데미안 학센을 걱정했었다.

사건이 터질 때마다 금방 알아차리는 게 그 증거였다.

"젠장! 알겠으니 이만 놓으시오!"

결국 실랑이 끝에 승리한 것은 어머니와 누님이었다.

아버지는 벽에 꽂힌 롱소드를 손에서 놓았다.

그리고 근처에 있는 의자에 털썩 주저앉았다.

"왜 말이 없느냐! 변명이라도 해 보란 말이다!"

그렇다고 화까지 누그러든 것은 아니었다.

아버지의 호통에 데미안 학센은 곧바로 대답했다.

"없습니다."

"그래! 없겠지! 입이 있으면…… 뭐. 뭐? 없다고?"

아버지가 당황해서 되물었다.

당연한 반응이었다.

과거의 데미안 학센은 항상 변명과 자기변호를 일삼는 한심한 놈이었으니까.

"제 실수로 학센 자작가의 명예를 더럽히고 말았습니다. 변명의 여지가 없는 제 잘못입니다."

하지만 지금의 데미안 학센은 달랐다. 그는 가족의 앞에서 부끄러운 짓을 하지 않겠다고 다짐했다.

"……그, 그래 알기는 제대로 알고 있구나."

아버지가 떨떠름한 표정을 지었다.

데미안 학센이 곧바로 잘못을 인정하자 당혹감에 화를 낼 수가 없는 상황이었다.

"여보, 보세요. 저 아이도 잘못했다고 말하고 있잖아요.

이만 용서해 주세요."

"아버지, 제가 책임지고 혼낼게요. 다시는 이런 일이 없도록 할 테니까……."

어머니와 누님이 아버지를 달래기 시작했다.

데미안 학센은 그리움 가득한 얼굴로 그 모습을 바라봤다.

언제나 이랬다.

자신이 잘못을 저지르면 아버지는 화를 내었고 어머니와 누님이 자신을 옹호해 줬다.

그때는 두 사람의 행동이 귀찮기만 했다.

자신을 애 취급한다고 느꼈다. 실제로는 전혀 그렇지 않았는데.

"아뇨. 용서해 주실 필요 없습니다."

하지만 이제는 저 두 사람의 도움을 받아서는 안 됐다.

"죄를 저질렀으니 벌을 받겠습니다."

데미안 학센의 돌발선언에 어머니와 누님의 눈동자가 커졌다.

"이노옴!"

사그라지던 아버지의 분노가 다시 거세게 타올랐다.

"네놈이 아직도 정신을 못 차렸구나! 빌어도 모자랄 판에 감히 자존심을 세워?"

아버지 입장에서는 데미안 학센이 대든다고 받아들여진 모양이다.

이것도 데미안 학센의 잘못이었다.

망나니 시절의 그는 툭하면 아버지와 맞먹으려 들었다.

“이놈이 아직 정신을 못 차렸구나! 오냐! 네놈에게 벌을 내려 주마! 내 절대로 이번 일은 그냥 넘어가지 않을…….”

“하지만 그전에 제가 저지른 일을 수습하고 오도록 하겠습니다.”

“뭐, 뭣?”

아버지가 눈동자를 동그랗게 떴다.

망나니 시절의 데미안 학센은 단 한 번도 자신의 잘못을 책임지려 하지 않았다.

그랬던 자식의 입에서 ‘수습’이라는 말이 나오니 놀랄 수밖에 없었던 것이다.

“벌은 그때 제대로 받도록 하겠습니다.”

데미안 학센은 공손하게 인사한 뒤, 영주실을 나갔다.

“…….”

아버지는 천천히 고개를 돌려서 이네와 딸을 바라보며 물었다.

“혹시 그날 너무 얻어맞아서 머리라도 다친 걸까?”

영주실을 나왔을 때였다.

데미안 학센은 복도에 서 있는 한 소년을 마주하게 되었다.

"……."

두 사람은 한동안 말없이 서로를 바라봤다.

데미안 학센은 감격스러웠기 때문이었고, 소년 쪽은…….

"형님, 대체 언제까지 가문에 폐를 끼칠 생각이십니까?"

데미안 학센을 경멸했기 때문이었다.

"아버지와 어머님, 누님께서 형님 때문에 얼마나 마음고생을 하고 계신지 모르시겠죠. 아신다면 그렇게 행동할 수 없을 테니까요."

동생 아벨 학센은 데미안 학센과 달리 똑 부러지고 능력이 넘치는 아이였다.

학센 자작가의 자랑이자 희망이라고 불릴 정도였다.

부끄럽게도 데미안 학센은 그런 동생을 질투했다.

"아벨."

"왜요. 또 무슨 변명을 하시려고요. 이제 형님의 변명을 듣는 것도 질린……."

"그동안 미안했다."

아벨 학센의 눈동자가 커졌다.

너무 놀란 나머지 한 번도 눈을 깜빡이지 않았다.

"이번 일은 내가 책임지고 해결하도록 하마."

데미안 학센은 걸음을 내딛었다.

동생의 어깨를 한번 두드린 뒤, 밖으로 나갔다.

밖으로 나오자 빅터가 놀란 얼굴로 데미안 학센에게 물었다.

"어? 도련님? 왜 멀쩡하신 겁니까? 전 틀림없이 영주님께 얻어맞으실 줄 알았습니다."

"시답잖은 소리는 그만하고 마차나 끌고 와라."

"예? 마차는 왜요?"

그 물음에 데미안 학센이 대수롭지 않게 말했다.

"당한 만큼 되갚아 주러 가야지."

도시 랜드워크.

학센 자작가에서 얼마 떨어지지 않은 곳에 위치한 도시였다.

왕국의 북부와 동부를 잇는 중심에 있어 하루에도 수많은 물류가 오고 가는 상업의 메카였다.

그만큼 유흥거리도 많이 발달해 있었다. 전생의 데미안 학센도 유흥을 즐기기 위해서 이틀이 멀다 하고 랜드워크 도시를 방문했다.

'이렇게 멀쩡한 모습으로 다시 보게 되다니.'

랜드워크 도시로 진입한 데미안 학센은 잠시 추억에 젖었다.

데스나이트 시절, 도르고의 명령에 의해서 랜드워크 도시 역시 자신의 손으로 무너트렸다.

그날, 언데드들에게 학살당하며 사람들이 내지르던 비명소리가 아직도 귀에 선했다.

"도련님? 표정이 안 좋으십니다."

빅터가 데미안 학센의 얼굴을 살피며 물었다.

"별일 아니다."

"별일 아니긴요. 역시 거 술집에 다시 찾아가려니 무서우신 거 아닙니까?"

빅터의 말에 데미안 학센은 인상을 썼다.

지금 이게 뭔 개소리냐는 표정이었다.

"이해합니다. 거기 경호원들이 보통 사납습니까요. 거기다 '검은뱀' 소속이라 무서운 게 없잖습니까."

"검은뱀? 그게 뭐지?"

"아이고, 도련님. 또 왜 그러십니까. 지금 랜드워크 도시에서 가장 잘나가고 있는 조직 이름이잖아요."

"아아……."

듣고 나서야 기억이 났다.

이 시기에 굉장히 유명했던 조직이 하나 있었다.

신생조직 주제에 단기간에 랜드워크 도시의 조직들을 모조리 흡수해서 암흑가의 지배자가 되었기 때문이다.

이후에는 그 세력이 더욱 강대해져서 랜드워크 도시를

취락펴락할 정도였다.

하지만 데미안 학센이 용병으로 일할 당시에는 이미 망한 지 오래였다.

랜드워크 도시를 찾아온 기사에 의해서 모조리 참살을 당했기 때문이다.

"검은뱀 소속이라 그렇게 막 나갈 수 있었던 것이군."

랜드워크는 상인들이 중심이 되는 도시다.

막대한 자본과 영향력으로 귀족의 손아귀에서 벗어나 독자적인 세력을 구축했다.

그렇기에 이곳에서는 귀족의 힘이 약할 수밖에 없었다.

그런 마당에 '검은뱀'이라는 배경까지 업고 있으니 학센 자작가 같이 영세한 귀족을 우습게 본 것이리라.

"안내해라."

"예? 어, 어딜 말씀이십니까?"

"당연한 것을 묻는구나. 그 술집이 아니면 내가 어딜 간단 말이냐."

'검은뱀'도 까먹었는데. 그 술집까지 가는 길을 기억하고 있을 리가 없다.

그런데 데미안 학센의 말에 빅터의 표정이 창백하게 물들었다.

"도, 도련님…… 서, 설마 진짜 거기를 가실 생각이십니까?"

"그렇다만."

"저, 저는 틀림없이 시늉만 하실 줄 알았습니다……."

"거 녀석, 농담도 잘하는구나."

데미안 학센이 빅터의 어깨를 툭툭 두들기며 웃었다.

"이제부터 명심해라. 오늘부터 나는 거짓말은 하지 않는다."

"예? 예?"

"알아들었으면 빨리 앞장서라."

데미안 학센의 명령에 빅터의 눈동자에 눈물이 맺혔다.

"……도련님, 도착했습니다."

빅터가 힘없는 목소리로 말했다.

술집은 골목으로 조금만 들어가면 바로 나타났다.

"도련님, 진짜 들어가실 겁니까요? 제발 저랑 도련님의 건강을 위해서 한 번 더 심사숙고하시는 게……."

데미안 학센은 재미있다는 눈빛으로 빅터를 바라봤다.

그렇게 싫으면 못 하겠다고 버티면 될 것을 기어코 안내를 마친 뒤에 불평을 늘어놓다니.

정말 미련한 놈이었다.

"정 두려우면 너 먼저 돌아가도 된다."

"예? 그건 안 될 일이죠! 도련님이 가시는데. 어떻게 제가 도망치겠습니까!"

빅터가 주먹을 불끈 쥐며 소리쳤다.

"그래도 기왕이면 둘 다 도망치는 편이 안 맞고 좋지 않겠습니까요……."

이내 한 마디를 덧붙였다.

데미안 학센은 실소를 흘렸다. 정말이지 재미있는 놈이다.

"걱정 말고 따라와라."

데미안 학센은 망설임 없이 걸음을 내딛었다.

빅터는 안절부절못하면서도 그를 뒤따랐다.

술집의 입구는 두 명의 경호원들이 지키고 있었다.

한 놈은 담배를 피우고 있었고, 다른 놈은 과도로 사과껍질을 깎고 있었다.

"응?"

담배를 피우던 경호원이 데미안 학센을 발견했다. 안타깝게도 대머리였다.

대머리는 고개를 주억거리다가 옆에 있던 다른 경호원을 불렀다.

"야, 저 새끼 그 새끼 아니냐?"

옆에 있던 경호원은 사과를 깎다 말고 고개를 들었다.

이쪽은 대머리와 달리 머리숱이 수북했다.

"저번에 얻어터지고 도망친 그 병신 귀족 아니냐고."

"맞는 거 같은데. 무슨 배짱으로 얼굴을 내밀었지? 또 오면 죽여 버린다고 했는데."

두 경호원이 말을 주고받는 사이, 데미안 학센은 문 앞에 도착했다.

"이보쇼. 귀족 나으리. 여기는 또 왜 온 거요? 그날 우리가 경고했을 텐데. 두 번 다시는 얼굴을 비추지 말라고."

수북이가 과도로 사과 모퉁이를 큼직하게 잘라서 입에 넣었다.

우걱우걱 사과를 씹으며 물었다.

"아니면 뭐, 혹시 복수라도 하려고 오셨나?"

"눈치가 좋구나. 과연 입구를 지킬만한 인재야."

"뭐라고?"

"네 말대로 복수하려고 왔다."

수북이가 두 눈을 연신 깜빡거렸다.

그러다 대머리를 돌아보며 물었다.

"야, 이 새끼가 지금 뭐라고 한 거냐?"

"복수하려고 왔다는데?"

"내가 잘못 들은 게 아니었네?"

수북이가 헛웃음을 터트렸다.

"꼴에 귀족이라고 우리 같은 천민한테 얻어터진 게 자존심이 상했나 보지?"

수북이가 먹다 만 사과를 바닥에 던졌다.

사과즙이 묻은 손바닥으로 데미안 학센의 뺨을 톡톡 두드렸다.

"어디 얼굴도 몇 대 쳐 줘? 어금니 몇 개 부러지면 정신을 차리려나?"

그것도 모자라서 손가락으로 볼을 꼬집고 흔들기까지 했다.

"혹시 착각할까 봐 말해 주는데. 학센 자작가처럼 있는지 없는지도 모를 가문은 이 도시에서 아무 힘도 못 써. 우리가 댁을 여기서 죽여도……."

데미안 학센은 수북이를 말없이 바라봤다.

정확히는 그가 들고 있는 과도에 시선이 꽂혀 있었다.

"적당하군."

"뭐?"

대뜸 데미안 학센이 수북이 손에서 과도를 쑥 뽑아냈다.

"무기를 안 가져왔으니 잠깐 빌리도록 하마."

"이, 이 새끼가 미쳤나!"

수북이가 당황해서 과도를 빼앗으려 했다.

하지만 그보다 먼저 데미안 학센이 과도를 휘둘렀다.

횡으로 그어진 과도가 수북이의 목을 스치고 지나갔다.

살갗이 갈라지며 피가 터져 나왔다.

수북이는 고장 난 수도꼭지처럼 피를 뿜어대며 바닥으로 허물어졌다.

"커, 커억!"

과일이나 깎는 무딘 칼에 사람의 목이 종잇장처럼 잘려 나갔다.

그 충격적인 광경에 대머리는 제대로 말을 잇지 못했다.

"뭐, 뭐야! 이 새끼가 지금 무슨 짓을 한 거야!"

데미안 학센이 싸운 적들 중에 살망귀(殺忙鬼)라 불리는 마스터가 있었다.

특이하게도 무기술이 아니라 살인술로 마스터의 경지에 오른 인물이었다.

살망귀가 오른 경지는 '겁살검(劫煞劍)'으로 사람의 몸을 물처럼 베어 낼 수 있는 능력을 가지고 있었다.

겁살검 덕분에 살망귀는 무딘 목검을 가지고도 사람의 몸을 쑹덩쑹덩 썰어 댈 수 있었다.

유명한 악인이었기에 도르고가 포섭하려 했으나 일이 틀어져서 데미안 학센과 싸우게 되었다.

데미안 학센은 30분을 겨룬 끝에 살망귀의 모든 기술과 경지를 흡수하고 승리를 거뒀다.

"가, 감히 검은뱀을 건드려? 진짜 죽고 싶어서 환장을 했구나!"

"아까 못 들었나? 복수하러 왔다니까?"

"이 개새끼가!"

대머리가 주먹을 움켜쥔 채 달려들었다.

데미안 학센은 무감정한 눈동자로 대머리의 움직임을 읽어 내려갔다.

얼굴을 노리고 날아드는 주먹을 상체를 틀어서 피했다.

그와 동시에 과도를 위로 쳐 올렸다.

과도가 대머리의 손목을 스치며 지나갔다.

대충 휘둘렀음에도 손목이 툭 절단되었다.

"끄악!"

대머리가 손목을 움켜쥐며 비명을 질렀다.

데미안은 대머리의 관자에 과도를 박아 넣었다.

대머리의 눈동자가 뒤집히며 옆으로 쓰러졌다.

덕분에 과도가 저절로 뽑혀 나왔다.

"후우."

데미안 학센이 심호흡을 했다.

잠깐 몸을 움직였을 뿐인데 호흡이 거칠어졌다.

'역시 이 몸은 너무 약해.'

근육은 전혀 발달되어 있지 않다. 심폐시구력은 바닥을 기고 있다.

그렇다고 마나연공법을 익힌 것도 아니다.

'이래서야 전생의 경지를 구현하기는 힘들겠군.'

돌아가면 우선 체력단련부터 해야겠다.

데미안 학센이 계획을 정하고 있을 때였다.

"도, 도련님!"

빅터가 놀라서 달려왔다. 빅터는 바닥에 쓰러진 시체를 바라보며 말을 잇지 못했다.

"대, 대체 언제 이런 검술을…… 아, 아니 그보다 굳이 죽이셔야 했습니까요?"

빅터의 입장에서는 당연한 물음이었다.

데미안 학센과 이 둘의 실력 차이는 극명했다.

충분히 제압할 수 있음에도 죽이는 것은 너무 과한 행동이었다.

하지만 데미안 학센은 그렇게 생각하지 않았다.

"왜 죽였냐고?"

아무리 가문의 권세가 약하다 한들 데미안 학센은 귀족이다.

술집에서 난동을 피우다 천민들에게 얻어맞았다는 오명은 어지간한 방법으로는 씻을 수 없다.

"나와 우리 가문의 명예를 되찾아야 할 게 아니냐."

방법이 있다면 치욕을 몇 배로 되갚는 것뿐이다.

가령 상대방을 모두 죽여 버린다던가 말이다.

따지고 보면 피해자는 데미안 학센이다.

그가 술집에서 난동을 피운 이유는 말도 안 되는 바가지 때문이었으니까.

분명 데미안 학센을 우습게 보고 그딴 짓을 벌였으리라.

"무서우면 그냥 밖에서 기다리고 있어도 된다."

빅터는 고개를 저으며 말했다.

"그, 그래도 제가 도련님의 등이라도 지켜 드려야 하지 않겠습니까."

그 대답에 데미안 학센은 웃음을 터트렸다. 과연 미련한 놈이었다.

"좋은 마음가짐이로군."

그리 말하며 데미안 학센은 술집 안으로 들어갔다.

술집의 내부는 무척 넓었다.

중앙에는 노출이 심한 옷을 입은 무희들이 춤을 추기 위한 무대가 있었다.

손님들은 그 주변에 앉아서 술을 마시며 환호하는 중이었다.

'그래, 나는 이런 장소를 좋아했지.'

과거의 기억이 새록새록 떠올랐다.

철없던 시절의 기억이라 부끄러움이 앞섰다.

'나도 진짜 어쩌자고 이딴 곳에 다녔는지…….'

데미안 학센이 속으로 한탄하고 있을 때였다.

"꺄아악!"

"꺄악!"

피가 묻어 있는 데미안 학센을 발견한 여자 종업원들이 비명을 질렀다.

그 소리를 들은 경호원들이 곳곳에서 튀어나왔다.

"씨발, 대체 무슨 일이야?"

"어, 저 새끼 뭐야? 칼 들고 있잖아?"

경호원 한 명이 데미안 학센에게 다가왔다.

제법 험한 인생을 살아 왔는지 얼굴에 온통 흉터가 가득한 남자였다.

"이봐, 어디서 온 놈이냐. 왜 남의 사업장에 와서 깽판을 피우고 지랄이야."

"날 알아보겠나?"

"몰라 이 새끼야. 닥치고 어디서 온 놈인지나 말해!"

아무래도 문을 지키고 있는 경호원들이 특별했나 보다.

하긴 경호원을 맡기에는 지나치게 눈치가 좋다 싶었다.

"잔챙이들에게는 볼일 없다. 사장 나오라고 해라."

진짜로 사장이 나오길 기대하고 한 말은 아니었다. 눈앞의 남자를 도발하기 위해서였다.

"이런 미친 새끼를 봤나!"

화를 참지 못한 남자가 데미안 학센의 멱살을 움켜쥐려고 했다.

그보다 먼저 데미안 학센의 과도가 움직였다.

물 흐르듯이 휘둘러진 과도가 남자의 두 손목을 절단했다.

“……어?”

사람의 손목이라는 게 이토록 쉽게 절단되는 거였던가?

남자가 당황한 사이, 데미안 학센이 남자를 스치며 지나갔다. 동시에 목을 베였다.

동맥과 정맥이 절단되며 피가 치솟았다. 지독한 피비린내가 사방으로 퍼졌다.

“꺄아아악!”

“아아아아악!”

그 모습에 손님들과 종업원들이 경악했다. 경호원들은 잔뜩 겁을 먹었다.

“다시 말하겠다.”

그들을 향해 데미안 학센이 말했다.

“사장 나와.”

경호원들이 서로의 눈치를 살폈다.

곧이어 다들 품에서 단검을 빼들었다.

“이 개새끼가!”

“죽여 버려!”

십수 명의 경호원들이 사방에서 달려들었다.

그들을 바라보며 데미안 학센은 짧게 혀를 찼다.

“불나방들이 따로 없군.”

데미안 학센의 손이 움직였다.

그가 과도를 휘두를 때마다 경호원들의 목이 베였다.

“컥! 커억!”

“끄어억!”

성인 남성들이 허수아비처럼 픽픽 쓰러졌다.

눈 깜짝할 사이에 모든 경호원이 시체로 변했다.

“후우.”

데미안 학센은 거칠어진 숨을 진정시켰다. 역시 체력이 부족했다.

“도, 도련님! 여, 여기 이걸 쓰세요!”

어느새 빅터가 경호원들이 들고 있던 단검을 가지고 왔다.

데미안 학센은 감탄할 수밖에 없었다.

정말 놀라운 적응력이었다.

“고맙기는 하지만 필요 없다.”

“예? 그래도 과도보다는 이게 낫지 않겠습니까?”

과도에 비해서 단검은 조금 더 길고, 폭도 넓었으며, 훨씬 날카로워 보였다.

하지만 데미안 학센은 딱히 무기를 바꿀 생각이 없었다.

“잔챙이들을 상대하는데. 뭘 쓰든 똑같지.”

데미안 학센은 술집 안쪽으로 들어갔다.

그가 지나가자마자 숨죽이고 있던 종업원들과 손님들이 쏜살같이 밖으로 도망쳤다.

안쪽으로 들어가자마자 경호원들이 달려들었다.

"다 함께 달려들어!"

"방패로 밀어붙여라!"

작정을 했는지. 이들은 나무로 된 방패를 들고 데미안 학센을 막아섰다.

"컥!"

"끄악!"

하지만 별 의미 없는 저항이었다.

데미안 학센이 과도를 휘두를 때마다 방패가 절단되고, 목이 베었다.

쾅.

사장실 문을 발로 찼다. 거친 소리와 함께 문이 활짝 열렸다.

"시끄럽군."

안에는 두 명의 남자가 있었다.

사장용 의자에는 노년의 남성이 앉아 있었다.

그 옆에는 젊은 청년이 꼿꼿하게 허리를 펴고 서 있었다.

"좀 조용히 들어올 수 없나? 나는 소란스러운 건 딱 질색이란 말일세."

궁지에 몰린 사람치고는 너무 여유로웠다.

데미안 학센은 의아하게 여기며 노인에게 물었다.

"사장이냐?"

"그래, 이 술집의 사장 안데르센 홈이라고 하네. 자네는 대체 누구인가."

"데미안 학센."

"학센? 학센 자작가의 그 얼간이?"

노인, 안데르센 홈의 눈동자가 커졌다.

믿기 힘들다는 얼굴로 데미안 학센을 훑어봤다.

"그 얼간이가 이런 실력자였다고? 아니, 그전에 내 가게를 왜 습격한 거지?"

"며칠 전에 여기서 얻어맞고 쫓겨난 적이 있거든."

"……그만한 실력을 가지고 우리 애들한테 얻어맞았다고?"

안데르센은 더더욱 혼란스럽다는 표정을 지었다. 데미안 학센은 어깨를 으쓱거렸다.

"그때는 내가 좀 많이 취해서."

어차피 납득시키기 위해서 온 게 아니었다.

데미안 학센은 대충 얼버무렸다.

"살려서 보내 줬으면 집에 처박혀서 조용히 있을 것이지. 왜 주제넘게 다시 내 가게를 찾아온 것인가?"

"그 일로 잃은 게 너무 많아서 말이야. 되찾으려고 왔다."

"잃어? 아, 명예를 말하는 것이군. 그런데 내가 늙어서 그런가 도통 이해가 안 가는구나. 학센 자작가에 잃어버릴 명예 같은 게 있기는 한가?"

노인의 말에 데미안 학센의 눈가가 꿈틀거렸다.

"수하들은 이 일을 내게 보고조차 올리지 않았네. 왜 그런지 아는가? 학센 자작가는 그 정도밖에 안 되기 때문이야."

"이거 안 되겠군."

데미안 학센이 짧게 혀를 차며 말했다.

"와서 머리를 박고 사과하면 살려 주려고 했는데. 팔 한 짝도 받아 가야겠어."

"하하핫, 어처구니가 없군."

안데르센 홈이 웃으며 자리에서 일어났다.

그리고 줄곧 가만히 서 있던 청년을 향해 공손히 허리를 숙였다.

"테드 님께서 나서 주셔야 할 것 같습니다."

"날 사용하는 대가는 비싸다."

"알고 있습니다. 보스께 이미 설명을 들었습니다."

안데르센 홈이 서랍에서 작은 가죽 주머니를 꺼내서 내밀었다.

"금화 열 닢입니다."

"어떻게 해 주면 되지?"

"팔다리만 잘라 주십시오. 그럼 나머지는 제 수하들을 시켜서 뒷간에 처박아 놓겠습니다."

"알겠다."

테드가 무미건조하게 말하며 허리춤의 롱소드를 빼들었다.

그 순간, 묵직한 살기가 사방으로 퍼졌다.

데미안 학센은 흥미롭다는 얼굴로 청년을 살폈다.

"보아하니 이런 곳에 고용될 인물은 아닌 것 같은데."

"불쾌한 착각은 하지 마라. 나는 검은뱀 소속이다. 보스의 명령으로 이 술집에 대기하는 중이었다."

"검은뱀? 요즘 잘나간다더니 과연 대단하군. 견습기사를 술집 경비병으로 써먹고."

데미안 학센의 말에 청년의 얼굴에 놀라움이 번졌다.

"……내가 견습기사인 걸 어떻게 알아맞혔지?"

"내가 눈치가 좀 좋거든."

정식기사가 되려면 훈련생, 견습기사, 준기사, 정식기사라는 과정을 거쳐야 한다.

견습기사는 훈련생 바로 다음이다.

그렇다고 해서 견습기사가 약하다는 소리는 아니다.

견습기사만 되어도 맨손으로 사람을 가볍게 때려 죽일 수 있을 정도로 강하다.

"제법 괜찮은 상대로군."

"제법?"

테드가 기가 찬다는 반응을 보였다.

"견습기사씩이나 되는 인간이 이딴 곳에서 일하고 있는

것만 봐도 견적이 나오지."

데미안 학센은 비웃음과 함께 덧붙였다.

"재능이 부족해서 준기사의 경지에 오르지 못하고 쫓겨난 것 같은데. 그런 놈한테는 제법이라는 평가도 과하다고 생각하지 않나?"

까득.

이를 가는 소리와 함께 테드의 살기가 더욱 짙어졌다.

"정곡을 찔린 모양이지?"

"우선 그 입부터 찢어 주마."

말이 끝나기가 무섭게 테드가 땅을 박차고 돌진했다.

데미안 학센과 테드 사이의 거리는 대략 10미터.

테드는 그 거리를 단 한 번의 도약으로 뛰어넘었다.

'다리 힘이 제법 좋군.'

거리가 좁혀지자 테드가 곧바로 롱소드를 휘둘렀다.

날 길이만 1미터가 넘는 장검이 데미안 학센의 목을 노리며 날아들었다.

데미안 학센은 한 걸음 뒤로 물러났다.

장검이 아슬아슬하게 코끝을 스치고 지나갔다.

'이렇게 동작이 큰데도 칼끝이 흔들리지 않는다. 견습기사치고는 수준이 꽤 높아.'

첫 번째 참격이 빗나갔음에도 테드는 놀라지 않고 곧바로 공격을 이어 나갔다.

연이은 참격이 데미안 학센을 노렸다.

데미안 학센은 딱 한 걸음씩만 물러나며 참격을 피했다.

'신체능력도 좋고, 검술도 수준급이다. 반응속도도 날카로워.'

평소에도 훈련을 쉬지 않았다는 증거였다.

'검은뱀' 같은 쓰레기 집단에 고용되어 있기에 우습게 봤는데. 제법 능력 있는 놈이었다.

'슬슬 힘에 부치는군.'

데미안 학센의 검술은 달인의 영역을 초월한 지 오래였다.

하지만 신체능력은 그렇지 않았다.

벌써 숨이 가빠지고 온몸에서 땀이 흘렀다.

'정말로 돌아가면 체력부터 키워야겠어.'

계속 피하기만 하다가 체력이 바닥이 나면 위험해진다.

데미안 학센은 이제 반격에 나서기로 했다.

"이 쥐새끼 같은 놈!"

테드가 화를 내며 롱소드를 높이 쳐들었다.

"어디 이것도 피할 수 있는지 보자!"

롱소드를 쥔 손을 얼굴 옆에 붙인다. 칼끝으로 데미안 학센을 겨누었다.

전형적인 찌르기 자세.

하지만 데미안 학센은 테드의 의도를 바로 읽어 내렸다.

'비전을 사용할 속셈이로군.'

비전(祕傳).

이름난 무기술이라면 하나둘씩 가지고 있는 절기를 말한다.

오러와 결합된 비전은 일격에 산을 깎아 내리고, 성벽을 부수는 등. 자연재해와도 같은 위력을 가지고 있다.

아직 견습기사이니 만큼 청년이 사용할 수 있는 비전은 어디까지나 평범한 기술 수준일 게 분명했다.

하지만 그마저도 치명적이다.

원래 비전이란 오러가 없던 시절, 상대방을 반드시 죽이기 위해서 고안된 기술에서 시작되었으니까.

"하앗!"

청년이 앞으로 튀어 나가며 칼을 내질렀다.

데미안 학센이 그 기술을 받아치려던 찰나, 청년이 몸을 틀었다.

직선으로 가속하던 몸이 반 바퀴 회전했다.

뒤따라온 롱소드가 데미안 학센의 뒷목을 베었다.

놀라운 연계 공격이었다.

다만, 그것을 본 데미안 학센의 감상평은 무척 짧았다.

'별거 아니군.'

데미안 학센은 아무렇지도 않게 허리를 뒤로 젖혀서 롱소드를 피했다.

롱소드가 허공을 스치며 지나갔다.

그 찰나, 데미안 학센이 과도를 들어 올렸다.

청년의 손이 지나갈 자리에 과도를 가져다 댔다.

손목이 갈라지며 근육이 끊어졌다.

손가락에 풀리며 롱소드가 땅으로 떨어졌다.

테드는 손목을 움켜잡으며 신음했다.

"마, 말도 안 돼! 대체 어떻게 내 기술을……."

데미안 학센이 청년의 목에 과도를 박아 넣었다. 청년의 몸이 땅바닥으로 쓰러졌다.

"그럭저럭 즐거웠다."

데미안 학센이 과도에 묻은 피를 털어 내며 안데르센 홈을 돌아봤다.

"믿고 있던 놈도 죽었는데. 이제 어떻게 하시려나?"

안데르센 홈은 담배를 꺼내다 말고 굳어 버렸다.

몸을 달달 떨며 데미안 학센을 손가락질했다.

"네, 네가 방금 무슨 짓을 저질렀는지 아느냐? 저 견습 기사는 검은뱀의 보스가 애지중지하는 심복이야! 그놈을 죽였다가는 검은뱀에서……."

데미안 안데르센 홈에게 가까이 다가가며 말했다.

"검은뱀을 걱정할 시간에 자기를 먼저 걱정하는 게 좋을 거 같은데."

데미안 학센은 안데르센 홈의 어깨 위에 과도를 올려놓았다.

그제야 팔을 잘라 버린다는 경고가 떠올랐는지 안데르센 홈의 얼굴이 창백하게 질렸다.

"이, 이보게 우리 서로 오해가 있었던 것 같은데."

"오해? 그딴 걸 해결하기 전에 일단 해야 할 일이 있지 않나?"

안데르센 홈은 냉큼 데미안 학센의 앞에 엎드렸다.

그 행동에 데미안 학센은 만족스럽게 웃었다.

"눈치가 빠르군. 마음에 들어."

데미안 학센은 안데르센 홈의 머리를 손바닥으로 툭툭 두들겼다.

안데르센 홈은 벌레 씹은 표정을 지었다.

"어째 불만이 많은 얼굴인데?"

"그, 그럴 리가 있나."

"말이 좀 짧군."

"그, 그럴 리가 있겠습니까."

"그래, 이제야 좀 마음에 드는군."

데미안 학센은 안데르센 홈이 사용하던 의자에 앉았다.

푹신푹신한 것이 꽤 고급스러운 의자였다.

"빅터. 왜 그렇게 멀뚱멀뚱 서 있는 게냐. 너도 와서 앉아라."

데미안 학센은 문 쪽에서 있는 빅터를 향해 말했다.

빅터는 엉거주춤 안으로 들어왔다.

"도, 도련님…… 바, 방금 제가 뭘 본 겁니까요? 대, 대체 어떻게 견습기사를……."

"그런 쓸데없는 질문은 나중에 해라."

데미안 학센은 안데르센 홈을 향해 물었다.

"그럼 아까 했던 대화를 이어 갈까? 내가 이 술집에서 당한 일 때문에 나랑 우리 가문의 체면이 말이 아니야. 이걸 어떻게 보상할 생각인가?"

안데르센 홈은 침을 꿀꺽 삼켰다.

"자, 잠깐만 기다려 주십시오."

안데르센 홈은 사장실 한쪽에 놓여 있는 금고로 다가갔다.

금고의 문을 열고 그 안에 있는 금괴 몇 개를 꺼냈다.

"저, 저따위가 학센 자작가의 해를 끼쳐서 죄송합니다. 이만한 금액이면 충분한 보상이 되겠습니까?"

"부족해."

"예?"

"안에 더 있잖아. 다 꺼내와."

"하, 하지만 이걸 다 가져가시면 검은뱀에 낼 상납금도 없어집니다."

"그거야 그쪽 사정이지. 싫으면 그냥 죽이고 가져가지 뭐."

안데르센 홈은 입술을 깨물었다.

그 행동에 데미안 학센이 과도를 손가락을 튕겼다.

"가, 가져오겠습니다!"

안데르센 홈이 금고 안의 금괴랑 금화를 모조리 꺼내서 내놓았다.

그제야 데미안 학센은 흡족한 반응을 보였다.

"빅터. 전부 챙겨라."

"예, 옙!"

빅터는 허겁지겁 물건들을 모조리 챙기기 시작했다.

안데르센 홈은 망연자실한 얼굴로 그 모습을 바라봤다.

"그럼 남은 계산을 끝내 볼까."

"나, 남은 계산이라고요?"

"말했잖아. 그쪽 팔 한 짝을 자르겠다고."

데미안 학센이 의자에서 일어났다.

안데르센 홈이 기겁을 하며 소리쳤다.

"자, 잠깐만요! 돈을 드렸잖습니까!"

"저건 나와 우리 가문이 받은 모독에 대한 값이고. 이건 따로 치러야지."

데미안 학센은 망설임 없이 안데르센 홈에게 나가갔다.

안데르센 홈의 얼굴이 새하얗게 질렸다.

"사, 살려 주십시오! 제 나이에 팔이 잘려 나가면 죽고 말 겁니다!"

"그거야 네 사정이지."

"제, 제발 부탁드립니다!"

안드르센 홈은 데미안 학센의 구두라도 핥을 기세였다.

"싫으면 팔 한 짝 값을 다른 걸로 치르던가."

"이, 이제 남은 돈이 없습니다."

"못 치르면 잘라야지."

데미안 학센이 과도를 들어 올렸다.

안데르센 홈이 두 손을 내밀며 소리쳤다.

"자, 잠깐만요! 잠깐만 기다려 주십시오!"

안데르센 홈이 어디론가 달려갔다.

사장실에 놓여 있던 서랍장을 옆으로 밀었다.

그러자 벽 속에 들어가 있던 작은 금고가 모습을 드러냈다.

"여, 여기 바, 받아 주십시오."

안데르센 홈이 금고 안에서 가져온 것은 열 개의 약병이었다.

"이게 뭐지?"

"연단학파에서 만든 비약입니다!"

데미안 학센은 신기하다는 얼굴로 약병을 살펴봤다.

연단학파라면 굳이 기억을 뒤져볼 필요도 없는 유명한 곳이었다.

연단학파는 비약의 제조를 주력으로 삼는 연금술사 집단이었다.

현시점에서 만병통치약이라 불리는 엘릭서를 제작할 수 있는 유일한 곳이기도 했다.

연단학파에서 만든 비약은 같은 무게의 보석과 거래된

다고 들었다.

"효능이 뭐지?"

"워, 원래 기사들이 훈련할 때 먹는 비약입니다. 체력과 활력을 크게 증진시켜 주죠."

들어본 적 있다.

기사들 중에는 훈련의 효과를 극대화시키기 위해서 비약을 섭취하는 경우가 있다고 말이다.

돈이 아주 많은 가문에서만 누릴 수 있는 호사였다.

"이런 걸 네가 왜 갖고 있는 건데?"

"나이가 많다 보니 한 번씩 건강을 위해서 챙겨 마시려고 구입해 놨습니다."

"거 살 만큼 산 거 같은데. 적당히 하지."

데미안 학센이 쯧쯧 혀를 찼다.

안데르센 홈은 남몰래 주먹을 쥐었다.

"이거면 팔 한 짝 값으로는 충분하군."

"다, 다행입니다."

"그러니 귀만 잘라 가마."

"예?"

안데르센 홈이 말을 이해하기도 전에 데미안 학센이 과도를 내리쳤다.

과도가 귀를 스치고 지나갔다. 잘려 나간 귀가 땅에 떨어졌다.

“끄아아악! 이 새파란 애송이가!”

안데르센 홈은 귀를 움켜잡으며 고통스러워했다.

핏발이 선 눈으로 데미안 학센을 노려봤다.

“이놈! 이딴 짓을 벌이고도 무사하길 바라느냐? 검은뱀에서 반드시 네놈을…….”

“말해.”

“뭐, 뭐라고?”

“데미안 학센이 이 가게를 다 박살 내고 네놈의 돈을 가져갔다고 똑똑히 전하란 말이다.”

데미안 학센은 무덤덤한 목소리로 말을 이어 나갔다.

“너희 같은 깡패 새끼들의 생리는 내가 잘 알고 있지. 적당히 밟으면 주제를 모르고 더욱 나대는 새끼들이 아니던가?”

용병으로 일할 시절, 데미안 학센은 세상에 대해서 많은 것을 배웠다.

그 가르침 중 하나가 바로 적이 생기면 철저하게 짓밟아 놓으라는 것이었다.

“조만간 내가 검은뱀을 찾아가겠다. 세력이 좀 크다고 으스대는 네놈들을 모조리 죽여 주마.”

데미안 학센이 과도를 집어던졌다.

과도는 안데르센 홈의 코끝을 스치고 바닥에 박혔다. 새된 비명소리가 터져 나왔다.

"알아들었으면 내 말을 토시 하나 틀리지 말고 똑똑히 전해라."

그리 말하며 데미안 학센이 술집을 나섰다. 그 뒤를 빅터가 뒤따랐다.

학센 자작가로 돌아가는 길.

마차 안에서 빅터가 걱정스러운 얼굴로 물었다.

"도련님, 정말 이대로 돌아가도 되는 겁니까?"

"뭐가 말이냐?"

"그렇게 많은 사람을 죽였으니 랜드워크 도시에서 도련님을 가만히 놔두지 않을 거 아닙니까?"

빅터의 물음에 데미안 학센은 별거 아니라는 식으로 말했다.

"우리가 그 술집을 나설 때, 경비병들이 앞을 막았더냐?"

"그건 아니었습니다요."

"검은뱀 정도로 규모가 큰 조직은 경비원들과 적당히 합을 맞추기 마련이지. 자기네 구역에서 사건이 터져도 무시해달라는 식으로 말이야."

원래는 자신들이 무슨 짓을 저질러도 경비병들에게 책을 잡히지 않기 위한 부탁이었으리라.

그게 이번에는 반대로 데미안 학센에게 유리하게 작용했다.

"하, 하지만 나중에라도 랜드워크 도시에서 도련님을 수배하기라도 하면……."

"깡패 새끼들한테 자존심을 빼면 뭐가 남겠느냐? 한 명한테 가게가 모조리 털렸는데. 그놈들 성격에 경비병들에게 날 잡아 달라고 부탁할까?"

데미안 학센이 굳이 안데르센 홈을 살려 둔 이유도 그 때문이었다.

검은뱀 쪽에서 최대한 빨리 상황 파악을 해야 경비병들에게 손을 쓸 게 아닌가?

"검은뱀이라면 틀림없이 자신들 손으로 날 죽이려 할 거다. 어쩌면 우리 영지를 습격할지도 모를 일이군."

그 말에 빅터의 표정이 어두워졌다.

"걱정하지 마라. 내가 있지 않느냐."

데미안의 위로에 빅터의 얼굴이 조금이나마 밝아졌다.

"그런데 도련님, 대체 언제 검을 배우신 겁니까요? 술집의 경호원들은 그렇다 쳐도 견습기사까지 이기실 정도로 실력이 뛰어나실 줄은 몰랐습니다."

"틈틈이 수련했지."

데미안 학센은 이번에도 대충 말했다.

그럴싸한 핑계를 생각해 내기에는 너무 귀찮았다.

"차라리 오늘 검은뱀을 치시는 게 낫지 않겠습니까?"
"허어, 이런 무서운 놈을 봤나. 아예 싹을 뽑아 버리자고?"
"아, 아니 그렇잖습니까. 오늘 도련님의 실력을 보면 검은뱀 따위는 문제가 되지 않을 것 같습니다."
"그건 그렇지."
하지만 데미안 학센은 오늘은 물러나는 것을 선택했다.
약한 체력이 계속 발목을 붙잡았기 때문이다.
칼질을 몇 번만 해도 숨이 가빠오는 이 저급한 몸뚱이로 검은뱀 전체와 싸우기에는 불안한 요소가 많았다.
"급할 거 있느냐. 천천히 돌아가도 되지."
데미안 학센은 오늘 손에 넣은 비약을 꺼내들며 중얼거렸다.
연금학파에서 제작한 비약이라니. 오늘 큰 횡재를 했다.
이 비약을 섭취하고 훈련하면 훨씬 빠른 속도로 신체를 단련시킬 수 있을 것이다.
조금.
아주 조금만 더 체력이 좋아지면 된다.
그 즉시 랜드워크 도시로 찾아가서 검은뱀을 처단할 생각이었다.
"아, 도착했습니다."
창문 밖을 내다보며 빅터가 말했다.
두 사람은 마차에서 내렸다.

"데미안! 네 이놈!"

마차에서 내리자마자 저 멀리서 아버지가 달려왔다.

어머니와 누님, 동생도 있었다.

"대체 어딜 갔다가 이제 오는 게냐! 네가 또 무슨 짓을 벌일지 몰라서 내가 얼마나……."

아버지의 목소리가 조금씩 잦아들었다.

데미안 학센의 옷에 묻어 있는 피를 발견한 것이다.

"너, 너…… 대체 어디서 무슨 짓을……."

"빅터, 보여 드리거라."

데미안 학센이 빅터에게 말했다.

빅터는 낑낑거리면서 커다란 자루를 아버지의 앞에 내려놓았다.

빅터가 자루의 입구를 열자 금괴가 모습을 드러냈다.

아버지는 너무 놀라서 이상한 소리를 냈다.

"허, 허어업! 이, 이게 대체 뭐냐!"

"제가 쫓겨났던 술집을 찾아가서 사과를 받아 냈습니다. 이건 그 대가입니다."

"대, 대가라고?"

"예, 조만간 우리 가문에 대한 안 좋은 소리가 모두 사라질 겁니다."

검은뱀이라 해도 소문까지 막을 수는 없다.

며칠 내로 오늘 있었던 일들이 도시 전체에 쫙 퍼질 것이다.

"피곤하니 오늘은 이만 올라가 보겠습니다."

데미안 학센이 걸음을 옮겼다. 아버지는 말을 잇지 못했다.

"……지금 무슨 일이 벌어진 거요?"

아버지가 아내와 딸을 향해 물었다.

두 사람도 영문을 모르기는 마찬가지였다.

"……형님!"

방으로 올라가려는 데미안 학센을 동생인 아벨 학센이 붙잡았다.

"방금 하신 말씀이 사실입니까? 술집으로 가서 대가를 받아 냈다고요?"

"사실이다."

"대체 어떤 식으로 대가를 받아 내신 겁니까? 실마 그곳의 경호원을 죽인 겁니까?"

"그래, 죽였다."

그 말에 아벨 학센의 표정이 굳었다.

"……뒤에서 칼로 찌르기라도 하신 겁니까?"

"내가 그런 좀스러운 짓을 할 리가 있느냐. 정문으로 들어가서 모두 죽였다."

"저는 지금 농담을 하려는 게 아닙니다!"

아벨 학센은 데미안 학센의 말을 믿지 않았다.

사실 믿을 수 없는 일이긴 했다.

가문의 재산만 축내던 머저리가 갑자기 수십여 명을 죽인다는 게 말이다.

"지금 랜드워크 도시가 어떤 상황인지 아십니까? 검은뱀이라는 신생조직이 모두 장악하고 있습니다. 형님이 그런 행동을 하시면 검은뱀에서 가만히 있지 않을 겁니다!"

겨우 암흑가 조직 따위를 무서워해야 하는 게 학센 자작가의 현실이었다.

영지는 작고, 영지민들의 숫자도 적다. 저택을 지키는 병사는 열 명이 채 안 되니 당연한 걱정이었다.

"대체 왜 자꾸 사고만 치시는 겁니까! 우리 가문을 어디까지 위험하게 만드실 생각이냔 말입니다!"

"역시 너라면 믿고 가문을 맡길 수 있겠구나."

"예? 방금 뭐라고 하셨…… 그, 그만! 하지 마세요!"

데미안 학센은 아벨 학센의 머리를 마구 쓰다듬었다.

아벨 학센이 두 손으로 저항했으나 데미안 학센은 교묘하게 피했다.

"걱정 마라. 내가 전부 처리할 테니까."

그 말을 남기고 데미안 학센은 다시 계단을 올라갔다.

아벨 학센은 혼란스러운 얼굴로 데미안 학센을 바라봤다.

훈련

"빅터! 이게 대체 무슨 일이냐!"

학센 자작가의 가주 폴 학센은 빅터를 붙잡고 자초지종을 캐물었다.

빅터는 영 자신 없는 목소리로 도시에서 있었던 일들을 있는 그대로 털어 놓았다.

아니나 다를까 폴 학센은 빅터의 말을 믿지 않았다.

"어디서 거짓말을 하고 있느냐!"

"지, 진짜입니다!"

"데미안은 태어나서 지금까지 단 한 번도 칼을 잡아 본 적이 없다! 그런 녀석이 수십 명을 죽이고, 그것도 모자라서 견습기사까지 죽였다고?"

빅터는 억울해 죽을 것 같았다.

더 억울한 것은 자기 자신이 생각해 봐도 말이 안 되는 소리였다는 점이었다.

"안 되겠다! 내 직접 사람을 보내서 확인해 봐야겠다!"

폴 학센은 곧바로 랜드워크 도시로 집사를 보냈다.

해질녘에 떠난 집사는 이튿날 점심에 돌아왔다.

"어떻더냐."

집사는 대답을 망설였다. 폴 학센이 재촉하고 나서야 입을 열었다.

"빅터의 말이 맞았습니다. 검은뱀에서 관리하는 술집에서 학살이 벌어졌는데. 범인이 귀족 남성 한 명이었다는 소문이 성 곳곳에 쫙 퍼져 있습니다."

폴 학센은 자신의 머리를 움켜잡았다.

너무 혼란스러운 나머지 눈앞이 빙글빙글 도는 것 같았다.

"수고했네. 이만 나가 보도록 하게."

집사는 허리를 숙이며 밖으로 나갔다.

집사가 사라지자 폴 학센은 아내를 돌아봤다.

"여보 들었소? 그 아이가 사고를 쳐도 단단히 친 모양이오."

검은뱀이라면 폴 학센도 잘 알고 있었다.

귀족들의 모임에서 자주 화젯거리로 올랐기 때문이다.

"큰일이오. 검은뱀을 건드렸으니 저쪽에서 우리를 가만 놔두지 않을 것이오."

자존심이 상하는 이야기였으나 학센 자작가는 무척이나

약소한 가문이었다.

검은뱀 같은 거대 조직의 보복을 견뎌낼 힘이 없었다.

"도통 이해가 가지 않는구려. 내가 아는 한 데미안은 검술을 배운 적이 없소. 그런데 어떻게……"

아내는 슬며시 다가와서 남편의 손을 꼭 잡았다.

"여보, 자세한 사정은 모르겠지만…… 그래도 다행이지 않나요?"

"다행이라니? 그게 무슨 말이오."

"그래도 데미안이 맞고 오지는 않았잖아요?"

폴 학센은 어이가 없다는 표정을 지었다.

지금 농담이 나오냐고 말하려 했다. 하지만 아내의 표정은 진심이었다.

"저도 혼란스럽기는 마찬가지예요. 그래도 데미안이 맞고 오는 것보다는 때리고 오는 편이 낫죠."

"이번에는 때린 정도가 아니오만……."

폴 학센은 씁쓸한 얼굴로 말했다.

"검은뱀에 대한 건 걱정 마세요. 그깟 건달들이 귀족들을 어떻게 손대겠어요."

반박할 말이 계속 떠올랐으나 폴 학센은 꾹 참았다.

지금은 아내에게 공감해 주는 게 옳다는 것을 알고 있었기 때문이다.

"그 아이에 대한 건 나중에 한번 천천히 물어보기로 해요."

"……알겠소."

폴 학센은 깊은 한숨을 내쉬었다.

"그런데 그 아이는 지금 뭘 하고 있소?"

"달리고 있다고 하더라고요."

"달린다고?"

폴 학센이 어리둥절한 표정을 지었다.

아내는 별거 아니라는 식으로 말했다.

"체력이 너무 약하다면서 새벽부터 영지 주변을 빙글빙글 돌고 있어요."

랜드워크 도시에 다녀온 다음 날 아침.

데미안 학센은 새벽부터 침대에서 일어났다.

게으름에 익숙한 육신은 늦잠을 원했으나 초인적인 인내심으로 참아냈다.

데미안 학센은 움직이기 편한 차림으로 갈아입고 밖으로 나왔다.

"새벽 공기를 느껴본 게 얼마만이더라."

데스나이트 시절, 데미안 학센은 자유를 박탈당한 채 자신의 몸에 갇혀 있었다.

그 때문에 새벽공기의 서늘함이 무척 반갑게 느껴졌다.

아침 훈련을 시작하기에 앞서서 데미안 학센은 미리 챙겨온 유리병을 꺼냈다.

안데르센 홈에게 강탈해 온 비약이었다.

유리병을 입에 대고 비약을 들이켰다.

비약은 그 즉시 생명력으로 바뀌어 신체 곳곳에 퍼졌다.

"생각보다 효과가 좋군."

지금부터 데미안 학센이 할 일은 비약으로 얻은 생명력을 모두 흡수하는 일이다.

생명력을 흡수하는 가장 좋은 방법은 직접 몸을 움직이는 것이었다.

신체를 혹사시킬수록 생명력은 신체를 회복시키기 위해서 빠르게 흡수되었다.

"헛둘, 헛둘."

데미안 학센은 영지의 경계선을 따라서 달리기 시작했다.

훈련이라고는 한 번도 안 해 본 몸이라 달리는 속도는 형편없었다.

느려터진 데다 얼마 뛰지 않아서 숨이 가빠졌다.

"헉, 허억."

그래도 데미안 학센은 뛰는 것을 멈추지 않았다.

정말 괴로웠지만 그만큼 비약의 생명력이 빠르게 흡수되는 게 느껴졌기 때문이다.

사실 데미안 학센은 인간의 몸을 단련시키는 방법에 대

해서 잘 모른다.

이건 용병 시절에 단장에게 배운 훈련법을 재현하는 것뿐이었다.

'그래도 나름 기사 가문의 훈련법이었지.'

전생에 몸을 담았던 용병단의 단장은 놀랍게도 견습기사 출신이었다.

그가 배운 모든 것은 전부 기사가문에서 배운 것들이었다.

기사가문은 대를 이어서 기사를 육성시키는 만큼 효율적인 훈련법들이 많기로 유명했다.

'단장이 말하기를 모든 훈련의 기초는 달리기라고 했지.'

기초체력과 심폐지구력을 키우는 데는 달리기만 한 것이 없다며 매일 새벽마다 단원들을 뛰도록 시켰다.

당시에는 불만이 많았지만 얼마 지나지 않아서 단장이 옳았음을 깨닫게 되었다.

'지금 내게 필요한 것은 체력이다.'

검술이 중요하지 않은 것은 아니다.

하지만 지금 최우선은 체력이었다.

과도를 휘두르는 것만으로도 지치는 저질 체력으로는 아무것도 할 수 없을 테니까.

'체력을 키우고 나면 검술에 매달려야겠다.'

전생의 데미안 학센은 무수히 많은 강자를 쓰러트리고 그들의 기술과 경지를 흡수했다.

그리고 그것들을 토대로 새로운 경지에 도달했다.

역사상 아무도 도달하지 못한 경지에 말이다.

데미안 학센은 그 경지에 '신검(神劍)'이라는 이름을 붙였다.

'누가 들으면 오만하다고 욕할지도 모르겠어.'

그렇다고 이름을 바꿀 생각은 없었다.

데미안 학센이 도달한 경지에는 그만한 이름이 붙을 자격이 있었다.

아크리치라는 강대한 존재를 단칼에 소멸시킨 것이 바로 그 증거였다.

하지만 현재로서는 '신검'의 경지를 구현하는 것은 불가능했다.

'우선 체력이 너무 약하다.'

높은 경지일수록 구현할 때, 신체에 부담이 컸다.

칼을 몇 번 휘두르는 것만으로도 지치는 몸으로는 신검을 구현할 수 없다.

'그리고 검술도 새로 만들어야 해.'

전생에 데미안 학센은 데스나이트 신체를 기반으로 검술을 갈고닦았다.

그렇기에 인간으로 돌아온 지금은 당시에 만든 검술을 사용할 수 없었다.

인간의 몸에 맞는 새로운 검술을 만들어 내야 '신검'을 구현할 수 있었다.

'쓸 만한 검술이라면 지금도 얼마든지 만들어 낼 수 있지만…… 그딴 걸로 만족할 수는 없지.'

전생의 힘을 되찾는 정도로 만족할 생각은 없다.

데스나이트 시절을 뛰어넘는 절대적인 검술을 만들어 낼 생각이었다.

그리하여 '신검'보다 훨씬 더 높은 경지에 도달하고 싶었다.

'마나연공법도 새로 익혀야겠어.'

마나연공법이란 외부의 마력을 흡수해서 체내에 저장하는 방법을 말했다.

기사가 되기 위해서는 마나연공법을 반드시 익혀야 했다.

'내가 알고 있는 마나연공법은 전부 흑마력을 사용하는 것뿐이다.'

흑마력과 마력은 완전히 다른 힘이다.

그렇기에 마력을 사용하는 마나연공법을 새로 익혀야 했다.

용병시절에 단장에게 배운 마나연공법이 있기는 했지만 수준이 낮았다.

견습기사 출신이라고 하지만 훈련생 시절에 퇴출당했기 때문에 대단한 연공법을 전수받지 못한 탓이었다.

'할 일은 많은데 시간이 없다.'

데미안 학센이 이렇게 서두르는 데는 이유가 있었다.

그에게는 가족의 행복 외에 이루어야 할 목표가 한 가지 더 있었다.

'도르고.'

과거로 돌아왔으니 도르고도 살아 있을 것이다.

도르고의 목표는 인류멸망과 죽은 자들의 제국을 건설하는 것.

도르고를 처단하지 않고서는 가족들의 행복을 논할 수 없었다.

'하루빨리 신검에 도달해야지 그놈을 다시 죽일 수 있다.'

도르고는 인간을 멸망시키기 위해서 몇백 년 동안 많은 준비를 해 왔다.

다만 이번 생에는 데미안이 없을 테니 궁극적인 목표는 이루지 못할 것이다.

하지만 어떤 식으로든 이 세상에 해악을 끼칠 게 분명했다.

'그놈을 죽이지 않고서는 평화를 논할 수가 없다.'

도르고는 모든 흑마법을 마스터했다. 그중에서도 특히 뛰어난 분야가 언데드 제조였다.

도르고가 제작한 언데드는 강력할뿐만 아니라 기이한 능력과 지성까지 갖추고 있었다.

인간처럼 생각하고, 학습할 수 있으며 특별한 능력까지 가지고 있는 언데드.

그 위험성은 상상을 초월했다.

'특히 도르고가 제작한 삼대마왕들은 재앙이나 다름이 없었지.'

도르고는 자신이 제작한 세 개의 걸작에 감히 마왕이라는 칭호를 붙였다.

하지만 막상 그들을 생각해 보면 아무도 그 이름이 과하다는 말을 하지 못했다.

삼대마왕은 한 명 한 명이 국가급 전력을 가지고 있었으니까.

'그래 봤자 나보다는 약했지만.'

데스나이트 시절 데미안 학센은 그들을 압도할 정도로 강했다.

삼대마왕 전원이 덤벼도 상대가 되지 않았다.

하지만 그건 어디까지나 데스나이트 시절 이야기였다. 이제는 방심할 수 없었다.

'조만간 도르고가 꼬리를 드러낼 거다.'

데미안 학센의 기억이 맞다면 앞으로 몇 년 뒤 도르고가 제작한 언데드들이 세상에 나타난다.

전쟁에 필요한 물자들을 구하기 위해서 활동을 시작하기 때문이다.

자신이 만든 언데드들을 온 세상에 파견해서 온갖 물자를 끌어모았다.

용병으로 일하던 시절에도 언데드를 처치해 달라는 임무를 맡았다가 도르고를 만나게 되었다.

'그전에 도르고를 죽일 수 있는 힘을 키워야 한다.'

회귀를 했다고 해서 감정까지 옛날로 돌아온 것은 아니다.

데미안 학센의 마음속에는 아직도 도르고에 대한 증오심이 불타고 있었다.

'반드시 죽여 주마.'

그리 생각하며 데미안 학센은 조용히 이를 갈았다.

데미안 학센이 훈련을 시작한 지 며칠이 지났다.

그동안 데미안 학센은 정말 놀랍도록 달라져 있었다.

"헛둘, 헛둘."

처음에는 걷는 것인지 달리는 것인지 분간이 가지 않을 정도로 느렸다.

하지만 지금은 달리는 속도가 굉장히 빨라졌다.

"헛둘, 헛둘."

이제는 체력이 크게 좋아져서 1시간을 넘게 달려도 크게 지치지 않았다.

그만큼 성실하게 훈련에 집중했다는 증거였다. 물론 비약이 큰 비중을 차지하기도 했다.

비약의 기운을 흡수하지 못했다면 이렇게 단기간에 체력이 좋아지지 못했을 것이다.

새벽부터 시작된 달리기는 아침 식사 시간이 되어서야 끝났다.

"이제 좀 달릴 맛이 나네."

데미안 학센은 나무 그늘 아래에 앉아서 숨을 골랐다. 미리 챙겨온 수통의 뚜껑을 열어 물을 들이켰다.

"크하, 시원하다."

2시간을 넘게 달렸지만 아직 데미안 학센의 훈련은 끝나지 않았다.

오늘은 달리기 외에 체력을 키울 수 있는 훈련을 몇 가지 더 추가할 생각이었다.

전부 용병단장에게 직접 배운 운동법이었다.

"그나저나 검은뱀에서 왜 이렇게 조용하지."

그날 이후, 검은뱀은 한 번도 수작을 부리지 않았다.

"무슨 꿍꿍이라도 있나?"

어차피 체력만 좀 붙으면 검은뱀을 완전히 청소해 버릴 생각이었다.

이제 비약도 다 떨어졌으니 보충도 할 겸. 조만간 랜드워크 도시로 찾아갈 생각이었다.

"충분히 쉬었으니 시작해 보자."

데미안 학센은 몸을 일으켜 다시 훈련을 시작했다.

데미안 학센의 훈련은 점심 무렵이 되어서야 끝났다.

땀에 흠뻑 젖은 몸을 이끌고 저택으로 향하고 있을 때였다.

저택 앞에 고급스러워 보이는 마차 몇 대가 서 있는 모습이 보였다.

'어디서 온 마차지?'

얼핏 봐도 평범한 신분이 탈 수 있는 마차가 아니었다.

데미안 학센이 인장을 확인하기 위해서 가까이 갔을 때였다.

"도련님! 도련니이임!"

다급한 외침과 함께 빅터가 달려왔다.

빅터는 데미안 학센의 앞에 멈춰서서 숨을 헐떡였다.

"크, 큰일 났습니다! 지금 당장 응접실로 가 보셔야 합니다!"

"무슨 일인데 그러는 거냐."

"라, 라이언블룸 후작가에서 사람이 왔습니다!"

라이언블룸.

그 말을 듣자마자 데미안 학센은 불길한 예감이 들었다.

"설마 라이언블룸 이공자가 찾아온 건 아니겠지?"

"그, 그걸 어떻게 아셨습니까요? 이공자랑 호위기사들이 저희 영지를 찾아왔습니다!"

젠장.

데미안 학센은 손바닥으로 이마를 짚었다.

머릿속이 지끈지끈 아파 왔다.

'혹시나 했는데 이미 이공자를 건드렸구나.'

전생에 데미안 학센이 저질렀던 가장 큰 사건 중 하나가 이미 벌어졌을 줄이야.

"알려 줘서 고맙다."

데미안 학센은 빅터에게 감사를 표한 뒤, 저택으로 달려갔다.

곧바로 응접실 문을 열고 안으로 들어갔다.

가장 먼저 가족들의 얼굴이 보였다.

아버지와 어머니, 누님과 동생까지 모두 모여 있었다.

"데미안?"

가족들이 놀라서 소리쳤다.

데미안 학센은 대답할 겨를도 없이 시선을 옮겼다.

"오, 왔어?"

가족들이 앉아 있는 자리의 맞은편.

그곳에 달갑지 않은 얼굴이 앉아 있었다.

"갑자기 찾아와서 미안하게 됐어. 근데 더 이상 기다리기 힘들어서 말이야."

장난기 가득한 얼굴.

데미안 학센보다 작은 체격.

그에 비해서 놀랍도록 다부진 근육.

이 남자의 이름만큼은 굳이 기억을 더듬지 않아도 금방 떠올랐다.

"데미안 학센, 그래서 내 얼굴을 때린 대가는 어떻게 치를 생각이지?"

라이언블룸 후작가의 이공자.

어윈 라이언블룸이 데미안 학센에게 물었다.

회귀 전, 데미안 학센은 많은 사건을 일으켰다.

그중에서 단연 최악의 사건은 모두가 보는 앞에서 어윈 라이언블룸의 얼굴을 때린 일이다.

이는 학센 자작가 전체가 책임져야 할 정도로 심각한 사건으로 커져 버렸다.

이 일을 무마시키기 위해서 누나인 루이스 학센은 팔려 가듯이 이공자와 혼인을 해야 했다.

"데, 데미안……."

아버지, 폴 학센이 데미안 학센에게 다가왔다. 어깨를 움켜잡으며 물었다.

"정말이냐? 정말 네가 이분의 얼굴을 때렸느냔 말이다!"

데미안 학센은 고개만 끄덕였다.

폴 학센의 눈동자에 분노가 서렸다.

이공자 앞이 아니었더라면 데미안 학센을 후려칠 기세였다.

"대체 왜 그런 짓을 저지른 게냐? 대체 왜!"

"자작님, 너무 뭐라 하지 마십시오. 따지고 보면 제 잘못도 있으니까요."

어윈 라이언블룸이 끼어들었다.

눈치가 없는 게 아니었다. 일부러 한 행위였다.

"제가 교제했던 여성을 설마 데미안 학센 공자가 마음에 두고 있었을 줄 누가 알았겠습니까. 그걸 저는 또 눈치 없이 당사자 앞에서 떠들어댔으니……."

그리 말하며 어윈 라이언블룸은 히죽 웃었다.

"꽤 매서운 주먹이었어요. 아직도 어금니가 흔들리는 거 같다니까요?"

데미안 학센은 어윈 라이언블룸을 고깝게 바라봤다.

라이언블룸 후작가는 유명한 기사명문가였다.

후작가의 혈통을 물려받은 이들은 모두 뛰어난 재능을 가지고 있었다.

이공자 어윈 라이언블룸도 예외는 아니었다.

대공자 만큼은 아니지만 그 역시 대단한 기재라고 소문이 자자했다.

데미안 학센 따위에게 얻어맞을 만한 실력이 아니었다.

다시 말하자면 어윈 라이언블룸은 일부러 얻어맞은 것이다.

학센 자작가를 옭아매기 위해서 말이다.

"하지만 사교회에서 제게 주먹을 휘두르다니…… 이 일로 아버지께서 크게 노하셨습니다. 학센 자작가 따위가 라이언블룸을 우습게 보냐면서요."

폴 학센의 얼굴이 창백하게 변했다.

라이너블룸 후작은 애플 왕국 최고의 기사 중 한 명이었다.

그런 남자의 분노를 학센 자작가가 견뎌 낼 수 있을 리가 없다.

"자작님, 저희 가문이 입은 모독을 어떻게 배상하실 생각이십니까?"

"그, 그건……."

폴 학센은 좀처럼 해답을 낼 수가 없었다.

학센 자작가처럼 영세한 가문에서 라이언블룸 후작가가 만족할 만한 보상을 내놓을 수 있을 리가 없었다.

가문의 재산을 다 팔아도 모자랄 판이었다.

"역시 별 해결책이 없으신 모양이군요."

어윈 라이언블룸이 이미 예상했다는 듯 조소를 지었다.

"그럼 자작님, 이렇게 하면 어떻겠습니까?"

"무슨 말을 하려는 건가?"

"사실 저는 예전부터 루이즈 양을 흠모해 왔습니다."

어윈 라이언블룸이 루이즈에게 시선을 옮겼다.

끈적끈적한 눈빛에 루이즈는 고개를 살짝 돌렸다.

"몇 번이고 루이즈 양께 제 마음을 말씀드렸지만 번번이 거절당하고 말았지요."

"그거랑 이번 일이랑 무슨 상관이지?"

"저와 루이즈 양이 혼인을 하는 겁니다."

그 말에 방 안이 조용해졌다.

어윈 라이언블룸은 개의치 않고 말을 이어 나갔다.

"그럼 이번 일을 가족 문제로 축소시킬 수 있습니다. 그럼 제가 받은 모독도 자연스럽게 넘길 수 있을 테고, 다른 사람들도 더 이상 수군거리지 않겠죠."

"그럴 수는 없네."

폴 학센은 일말의 망설임도 없이 어윈 라이언블룸의 제안을 거절했다.

"루이즈에게는 이미 교제 중인 약혼자가 있네. 그러니……."

"그럼 제가 당한 모독은 어떻게 책임지실 생각이시죠?"

어윈 라이언블룸의 얼굴에서 웃음이 사라졌다. 싸늘한 눈빛으로 폴 학센을 바라봤다.

"이번 일은 사과 한두 마디로 넘어갈 수 없습니다. 어떻게든 학센 자작가에서 책임을 져야 합니다."

"자네……."

"선택하십시오. 절 모독한 대가를 지불할지. 아니면 절 선택하실지 말입니다."

어윈 라이언블룸의 선언에 폴 학센은 고개를 숙였다.

이러지도 저러지도 못한 채 망설이고 있을 때였다.

"……좋아요."

별안간 뒤에서 대답이 들려왔다.

루이즈 학센이 어윈 라이언블룸을 바라보며 말하고 있었다.

"그 제안…… 받아들일게요."

그녀의 말에 어윈 라이언블룸의 입가에 활짝 미소가 번졌다.

반대로 아버지와 어머니, 동생의 얼굴은 구겨졌다.

"루이즈! 그게 대체 무슨 소리냐!"

"자, 잠깐만 기다리렴! 엄마랑 아빠가 다른 방법을 생각해 볼게!"

"맞습니다! 왜 형님이 저지른 일을 누님께서 책임진단 말입니까!"

가족들이 루이즈 학센을 설득하기 시작했다.

하지만 루이즈 학센은 의견을 굽히지 않았다.

학센 자작가가 라이언블룸 후작가의 분노를 피하기 위해서는 이 방법밖에 없었다.

"루이즈 양, 실로 현명하시군요."

어윈 라이언블룸이 루이즈 학센에게 그윽한 시선을 보냈다. 버터를 튀긴 듯이 느끼했다.

"그럼 조만간 정식으로 사람을 보내겠습니다. 구체적인 논의는 그때 하기로 하죠."

어윈 라이언블룸이 밖으로 나가려 했다.

그 앞을 누군가가 가로막았다.

"응? 데미안 공자, 무슨 할 말이라도 있나?"

어윈 라이언블룸이 히죽 웃으며 물었다.

"아니지. 이제 처남이라고 불러야 하나?"

데미안 학센은 어윈 라이언블룸의 개소리를 한 귀로 듣고 흘려보냈다.

대신 어두운 표정을 짓고 있는 가족들을 살펴봤다.

'행복하게 만들어 주겠다고 다짐한 지 며칠이나 되었다고 이런 일이 생기는 건지…….'

새삼 자신의 업보가 깊다는 것을 실감했다.

옛날의 자신은 정말 쓰레기 같은 놈이었다.

'이를 어떻게 한담.'

이대로 순순히 이공자에게 누님을 시집보낼 수는 없었다.

이공자는 부하들에게는 한없이 믿음직스러운 주군이었

으나, 가정 내에서는 폭군이나 다름없었다.

누님과 자식들에게는 교육이라는 명목으로 자주 폭력을 휘둘렀다.

심지어 의처증까지 있어서 수시로 누님을 의심하고 손찌검을 했다.

'그래서 누님의 몸에 멍 자국이 사라질 날이 없었지.'

그런 모진 꼴을 당하면서도 루이즈 학센은 단 한 번도 데미안 학센을 원망하지 않았다.

데미안 학센이 라이언블룸 성을 공격해서 자신을 살해하는 그 순간에도 말이다.

'지금 내게는 어윈 라이언블룸의 억지를 막을 방법이 없다.'

데미안 학센은 영세한 자작가의 장남일 뿐이다.

라이언블룸 후작가의 둘째 공자를 막을 수 있는 권력이 없다.

'짜증 나는데. 그냥 다 죽여 버리고 끝낼까?'

데미안 학센은 어윈 라이언블룸과 호위기사들을 가늠했다.

'어윈 라이언블룸이 한 명에 호위기사가 세 명. 네 명 모두 준기사다.'

기사가 되기 위해서는 훈련생, 견습기사, 준기사, 정식기사라는 단계를 거친다.

견습기사만 되어도 일반인 중에서는 적수를 찾아보기 어려웠다. 뛰어난 기술을 보유하고 있는데다 마력으로 신체능력을 상승시킬 수 있기 때문이다.

견습기사에서 바로 한 단계 위에 있는 준기사는 그보다 몇 배는 더 강했다.

준기사가 되기 위해서는 오러를 발현할 수 있어야 했다.

오러란 마력을 응집시켜서 만들어 내는 무형의 칼날이었다.

덧씌워진 날붙이는 바위도 물처럼 베어 내는 건 물론, 강철로 만들어진 방패도 종잇장처럼 찢었다.

포악하다는 몬스터도 오러 앞에서는 도축장에 들어온 소나 다름없었다.

기사만이 손에 넣을 수 있는 최강의 무기. 그것이 바로 오러였다.

'싸우게 되면 네 명을 동시에 상대해야 한다.'

준기사부터는 괴물이라 불리기에 손색이 없었다.

맨몸으로 맹수를 죽일 수 있는 신체능력과 무엇이든 베어 낼 수 있는 오러.

인류의 한계를 뛰어넘는 신체와 최강의 무기를 동시에 갖춘 괴물이 바로 준기사였다.

만약 데미안이 싸우게 된다면 그런 괴물들을 네 명이나 동시에 상대해야 했다.

'넷 중에서도 어윈 라이언블룸은 특히 강하다.'

심지어 어윈 라이언블룸은 그냥 준기사가 아니었다. 준기사의 끝자락에 서 있었다.

조금만 더 나아가면 정식기사가 될 수 있는 수준이었다.

상식적으로 아무리 생각해 봐도 이길 수 없는 싸움이었다.

'5분이면 되겠군.'

물론 상식적으로 그렇다는 소리다.

데미안 학센은 검에 관해서는 신적인 영역에 도달한 인물이었다.

준기사 따위로는 네 명이 아니라 백 명이 있어도 데미안 학센을 이길 수 없다.

'근데 진짜로 쟤들을 다 죽여 버리면 라이언블룸 후작가에서 가만히 있지 않을 게 뻔한데.'

죽이는 것은 문제가 되지 않았다.

하지만 죽이고 난 후가 문제였다.

데미안 학센 혼자라면 몰라도 가족들까지 위험에 빠트릴 수는 없었다.

'어쩔 수 없다. 귀찮지만 좀 돌아가 주마.'

"이 비겁한 새끼야!"

대뜸 데미안 학센이 고함을 질렀다.

“너랑 나 사이의 일에 가족을 끌어들여? 그게 후작가의 소공자라는 놈이 할 짓이냐!”

데미안 학센이 씩씩거리며 연신 삿대질을 했다.

그 모습에 어윈 라이언블룸은 비웃음을 머금었다.

“그러게 일찍 처남이 알아서 해결을 하지 그랬어? 처남이 능력이 없으니 루이즈가 책임을 지는 거잖아.”

“다, 닥치지 못해?”

데미안 학센은 길길이 날뛰었다.

그가 화를 낼수록 어윈 라이언블룸의 미소는 짙어졌다.

어윈 라이언블룸은 이미 모든 목적을 이루는 데 성공한 승자였다.

패자의 분노 따위는 즐겁기만 할 뿐이었다.

“나, 나랑 결투하자!”

“결투?”

“그래! 결투해서 내가 이기면 이번 일은 그냥 묻어 버리는 거야!”

“흠.”

어윈 라이언블룸은 썩 탐탁지 않다는 반응을 보였다.

“내가 이기면?”

“어, 어?”

“내가 이기면 무엇을 줄 생각이지?”

"그, 그건…… 드, 들어서 뭐 하게! 당연히 내가 이길 텐데!"

"쯧쯧."

어윈 라이언블룸은 혀를 찼다.

"나와 결투가 하고 싶으면 동등한 조건을 내걸어야지."

어윈 라이언블룸은 그리 말하며 데미안 학센을 지나치려 했다.

그때였다.

"어딜 도망치려고!"

데미안 학센이 주먹을 휘둘렀다.

어윈 라이언블룸은 머리를 틀어서 주먹을 피했다.

"어쭈, 피해?"

데미안 학센이 다시 주먹을 휘두르려 했다. 그러자 호위기사들이 나섰다.

"나서지 마라."

어윈 라이언블룸이 그런 호위기사들에게 명령을 내렸다.

겨우 데미안 학센 따위를 막는 네 도움을 빌어서야 체면이 서지 않았다.

"따끔한 맛을 봐야 정신을 차릴 모양이군."

어윈 라이언블룸은 검술뿐만 아니라 격투술에도 조예가 있어, 데미안 학센의 엉성한 주먹질 따위는 바로 제압할 수 있었다.

"그래도 이제부터 가족이니 살살해 주마."

데미안 학센이 다시 주먹을 뻗었다.

어윈 라이언블룸은 그 주먹을 낚아챘다. 동시에 팔을 꺾어서 제압하려 했다.

그때였다.

갑자기 안면에 충격이 가해졌다. 어윈 라이언블룸의 머리가 뒤로 젖혀졌다.

"컥!"

얼굴을 맞은 어윈 라이언블룸이 뒤로 발라당 넘어졌다.

어윈 라이언블룸은 믿기 힘들다는 표정을 지었다.

"……지금 내 얼굴을 때렸어?"

어떻게 때린 거지? 라는 의문이 떠오른 것도 잠시, 순수한 분노가 차올랐다.

원래 그와 데미안 학센 사이에는 엄청난 격차가 있다.

저번에는 일부러 맞아 줬을 뿐이다.

그런데 이번에는 그럴 생각이 전혀 없음에도 안면 타격을 허용했다.

어윈 라이언블룸의 자존심이 크게 흔들렸다.

"그래! 때렸다! 어떻게 할래!"

데미안 학센이 다시 달려들었다.

어윈 라이언블룸은 벌떡 몸을 일으켰다.

"제압하는 선에서 멈추려고 했는데 아무래도 안 되겠네."

어윈 라이언블룸이 자세를 잡았다.

주먹이 날아오는 순간, 두 손으로 주먹을 휘감았다.

이번에는 뼈를 부러트릴 각오로 손에 힘을 줬다.

하지만 그보다 먼저 데미안 학센이 무릎으로 어윈 라이언블룸의 복부를 가격했다.

"커흑!"

불시에 아랫배를 얻어맞자 어윈 라이언블룸은 온몸의 힘이 쭉 빠졌다.

그 찰나를 놓치지 않고 데미안 학센은 다시 얼굴에 주먹을 꽂아 넣었다.

"컥!"

어윈 라이언블룸이 얼굴을 붙잡고 뒤로 물러났다.

그러나 이번에는 한 번으로 끝나지 않았다.

"이 개자식아! 네가 감히 우리 누님을 건드려?"

앞으로 튀어나온 데미안 학센이 어윈 라이언블룸의 옆구리에 주먹을 박아 넣었다.

온몸의 뼈가 찡하게 울렸다.

"자! 때렸다! 때렸는데 어떻게 할 건데!"

데미안 학센의 주먹은 멈추지 않았다.

연달아 어윈 라이언블룸의 몸 곳곳을 폭행했다.

어윈 라이언블룸은 반격하려 했지만 소용없었다.

데미안 학센의 주먹은 예상치 못한 곳을 뚫고 들어왔다.

얼굴, 옆구리, 복부, 명치 등등. 신체 곳곳을 얻어맞았다.

결국 라이언 블룸은 반격을 포기할 수밖에 없었다.

조금이라도 덜 맞기 위해서 몸을 웅크렸다.

"저, 저저."

"아, 아니?"

너무 당황한 나머지 기사들은 말릴 생각조차 못 했다.

"이, 이 버러지가!"

그때였다.

계속 얻어맞던 어윈 라이언블룸이 발악하며 주먹을 뻗었다.

데미안 학센은 그 주먹을 가볍게 피했다.

그리고 어윈 라이언블룸의 다리를 걷어찼다.

어윈 라이언블룸의 몸이 허공에 붕 뜨더니 바닥으로 떨어졌다.

그런데 떨어지면서 머리를 모서리에 부딪혔다.

어윈 라이언블룸의 눈동자가 허옇게 뒤집혔다.

"이, 이공자님!"

"괜찮으십니까?"

호위기사들이 당황해하며 어윈 라이언블룸을 마구 흔들었다.

그래도 어윈 라이언블룸은 정신을 차리지 못했다.

"후."

데미안 학센은 상쾌하다는 듯 이마의 땀을 닦으며 말했다.

"이제야 속이 좀 시원하네."

데미안 학센은 깊은 만족감을 느꼈다.

어윈 라이언블룸을 흠씬 두들겨 패 버렸다. 격하게 움직이고도 숨이 거칠어지지 않았다.

이 두 가지 사실이 데미안의 마음을 무척 흡족하게 만들었다.

'그동안 훈련한 성과가 있었군.'

데미안 학센이 뿌듯함을 느끼고 있을 때였다.

기절했던 어윈 라이언블룸이 정신을 차렸다.

까드득.

정신을 차리자마자 어윈 라이언블룸은 이를 갈며 일어났다.

"데미안 학센!"

짙은 살기를 내뿜어대며 어윈 라이언블룸이 고함을 내질렀다.

"이 버러지 새끼가! 주제 파악 못하고 나한테 손을 대?"

어윈 라이언블룸이 주머니에서 장갑을 꺼냈다.

그것을 데미안 학센의 얼굴을 향해 던졌다.

"너에게 결투를 신청한다!"

"드디어 받아들여 주시는군."

데미안 학센이 얼굴에 붙은 장갑을 움켜잡았다.

"내가 이기면 내가 저지른 일에 대한 책임을 묻지 마라."

"좋아! 대신 내 조건도 받아 줘야겠어!"

"뭐지?"

"결투에서 한쪽이 죽어도 책임을 묻지 마라!"

그 말에 데미안 학센이 한쪽 입꼬리를 비틀며 말했다.

"후회할 텐데."

"이공자! 지금 그게 무슨 소리인가!"

어윈 라이언블룸의 발언에 폴 학센이 거세게 항의했다.

"목숨을 건 결투라고? 절대 용납할 수 없네! 내 아들의 목숨을 뭐로 아는 겐가!"

"내 아들의 털끝 하나라도 건드려 봐요! 가만 놔두지 않을 테니까!"

"당장 나가세요! 더 이상 무례한 행동은 용납하지 않겠어요!"

폴 학센 뿐만이 아니었다. 어머니와 누님도 항의했다.

유일하게 입을 다물고 있는 사람은 동생인 아벨 학센뿐이었다.

"가서 막아."

어윈 라이언블룸은 학센 일가를 설득하지도, 상대하지도 않았다.

그저 기사들에게 명령을 내릴 뿐이었다.

"이공자님, 조금 진정하십시오."

"맞습니다. 뭐 하러 이런 쓸데없는 일에 흥분을 하십니까."

기사들이 용기를 내어 말했다. 그들이 봐도 상황이 영 이상하게 흘러가고 있었다.

그러자 이공자가 핏발 선 눈으로 기사들을 노려봤다.

"너희들부터 죽고 싶어?"

그 말에 기사들은 침을 꿀꺽 삼킬 수밖에 없었다.

오랫동안 어윈 라이언블룸을 호위해 왔기에 알 수 있었다.

저 말이 농담이 아니라 진심이라는 것을.

"쓸데없는 소리는 그만하고 방해하지 못하게 막기나 해."

기사들은 하는 수 없이 학센 일가를 막아섰다.

"당장 비키시게! 지금 이게 말이 되는 일이라고 생각하나!"

"이공자님의 명령입니다."

"비키라고 하지 않았나!"

폴 학센이 기사들을 밀치려 했다.

하지만 기사들의 힘을 이길 수는 없었다.

그런 아버지를 보며 데미안 학센은 복잡한 기분을 느껴야 했다.

이 못난 자식을 위해서 후작가의 이공자와 맞서다니.

존경심과 죄책감이 동시에 느껴졌다.

"데미안! 안 된다! 하지 마라! 빌란 말이다!"

폴 학센이 다급하게 외쳤다.

이번 생에는 아버지의 말씀을 잘 따르기로 했다. 하지만 오늘만큼은 예외였다.

왜 빌어야 한단 말인가.

지금 이 상황은 데미안 학센이 의도한 것인데.

"셋 셀 동안 무기 들어. 설마 거지같은 집안이라 쓸 만한 무기가 없는 건 아니겠지?"

데미안 학센은 눈을 게슴츠레하게 떴다.

가족들에게 함부로 구는 것도 마음에 안 드는데 말도 함부로 내뱉고 있었다.

그냥 결투에서 이기는 걸로는 부족했다.

자존심을 완전히 박살 내 버리고 싶었다.

마땅한 방법이 없을까 싶어서 주변을 살폈다.

그때, 테이블 위에 적당한 물건이 올라와 있는 게 보였다.

"……지금 뭐 하는 거지?"

어윈 라이언블룸이 이해할 수 없다는 얼굴로 물었다.

그도 그럴 것이 데미안 학센이 집어 든 것은 디저트를 집어 먹기 위한 포크였기 때문이다.

"무기를 들라면서?"

"결투에 쓸 무기를 들라고 말했을 텐데?"

데미안 학센이 포크를 까딱거리며 말했다.

"네놈 따위는 이걸로 충분하다."

"하……."

어윈 라이언블룸은 어이없다는 듯이 웃음을 터트렸다.

웃음소리는 한참 동안 이어졌다.

그러다 지독한 살의가 담인 얼굴로 으르렁거렸다.

"넌 내가 반드시 죽여 버린다."

말이 끝나기가 무섭게 어윈 라이언블룸이 땅을 박찼다.

데미안 학센의 머리를 향해 롱소드를 내리쳤다.

데미안 학센은 상체를 살짝 튼 것만으로 롱소드를 피했다.

"이걸 피해?"

어윈 라이언블룸이 놀랐다는 얼굴로 말했다.

"시궁쥐도 도망치는 재주는 있다, 이거냐? 어디 언제까지 피할 수 있는지 한번 볼까?"

어윈 라이언블룸이 연달아 칼을 휘둘렀다.

데미안 학센은 몸을 조금씩 움직이는 것만으로도 그 모든 공격을 피했다.

'자기 형이랑 버릇이 똑같군.'

전생에 데미안 학센은 혼자서 라이언블룸 후작가를 무너뜨렸다.

그때, 후작가의 대공자와 격돌했다.

당시에 대공자는 소드마스터의 경지에 올라 후작위를 물려받은 상태였다.

그만큼 대공자의 재능은 대단했다.

전투 도중 실시간으로 발전하는 게 확연하게 드러날 정도였다.

'그래 봤자 내가 이겼지만.'

약 7시간에 걸친 격전 끝에 데미안 학센은 대공자의 모든 기술과 경지를 습득했다.

그리고 약점을 파훼하여 대공자의 목을 베었다.

'라이언블룸 가(家)의 검은 이미 완벽하게 파악하고 있다.'

사자맹후검(獅子猛吼劍).

몰아치는 기세가 사자가 울부짖는 것과 같다하여 붙여진 이름이다.

하지만 약점을 알고 있는 데미안 학센의 입장에서는 강아지가 짖는 것으로밖에 보이지 않았다.

"너……."

칼이 번번이 허공만 가르자 어윈 라이언블룸의 표정이 달라졌다.

무언가 이상하다는 사실을 깨달은 것이다.

"어떻게 네놈 따위가 내 검을 모두 피하고 있는 거냐."

"다 실력이지."

데미안 학센이 대수롭지 않게 말했다.

그 말에 어윈 라이언블룸의 얼굴에 분노가 떠올랐다.

"개소리 집어치워!"

고함과 함께 어윈 라이어블룸이 마력을 일으켰다.

마력을 운용하자 어윈 라이언블룸의 움직임이 눈에 띄게 빨라졌다.

'이제 피하는 건 힘들겠군.'

요 며칠 동안 훈련에 매진한 덕분에 데미안 학센의 기초체력은 크게 증가했다.

이렇게 격하게 움직이고도 숨을 헐떡이지 않는 게 그 증거였다.

하지만 아직 데미안 학센의 육체는 너무나도 약했다.

마력을 운용하고 있는 어윈 라이언블룸의 움직임도 못 따라갈 정도로 말이다.

'못 피하겠으면 흘려보내면 되지.'

어윈 라이언블룸이 롱소드를 내리쳤다.

롱소드의 날이 데미안 학센의 정수리를 노렸다.

데미안 학센은 포크로 롱소드를 막았다.

두 쇠붙이가 격돌하는 순간, 어윈 라이언블룸의 입가가 비틀렸다.

"병신 같은 새끼."

겨우 디저트를 집어먹는 용도로 만들어진 포크 따위가 롱소드를 막을 수 있을 리가 없다.

포크는 형편없이 부러지고 데미안 학센의 손목은 잘려 나갈 것이다.

그렇게 생각했을 때, 롱소드의 궤적이 틀어졌다.

정수리를 노렸던 칼날은 왼쪽으로 빗겨 나가 땅에 박혔다.

도무지 이해가 안 가는 현상이었다. 어윈 라이언블룸의 표정에 당혹감이 떠올랐다.

다른 기사들도 마찬가지였다.

"이 자식이?"

어윈 라이언블룸은 다시 검을 휘둘렀다.

땅에 박힌 롱소드를 뽑아내며 아래에서 위로 사선을 그었다.

데미안 학센은 이번에도 역시 포크로 롱소드를 막았다.

두 쇠붙이가 부딪히는 순간, 또다시 칼의 궤적이 틀어졌다.

사선을 긋던 칼날이 갑자기 위로 치솟았다.

그 바람에 어윈 라이언블룸은 하마터면 칼을 놓칠 뻔했다.

"어엇?"

어윈 라이언블룸은 이를 악물고 다시 칼을 휘둘렀다.

이번에는 데미안 학센이 무슨 짓을 하는지 똑똑히 볼 수 있었다.

날아오는 롱소드를 포크의 사이에 꽂았다.

그리고 각도를 살짝 틀어서 롱소드를 흘려보냈다.

어윈 라이언블룸의 눈동자가 빠질 듯이 커졌다.

도저히 믿을 수 없다는 얼굴로 롱소드와 포크를 번갈아 쳐다봤다.

"어, 어떻게…… 너 따위가 이런 기술을 쓸 수 있는 거야!"

데미안 학센이 싸웠던 적들 중에 '검성(劍聖)'이라는 인물이 있었다.

유검의 극에 달한 인물로 날아오는 화살뿐만 아니라 마법까지도 흘려보낼 수 있는 능력을 가지고 있었다.

검성이 도달한 경지는 '만류통찰(萬流通察)'로 모든 공격의 흐름을 읽을 수 있는 경지였다.

데미안 학센은 검성과 3일 동안 격전을 벌인 끝에 승리를 거뒀다.

"천재라서."

이런 사정을 굳이 이야기할 생각은 없었다. 데미안 학센은 짧고 간단하게 대답했다.

그 말이 어윈 라이언블룸을 분노하게 만들었다.

"개소리 집어치우라고 했지!"

어윈 라이언블룸이 칼자루를 바로잡았다.

전신의 마력이 더욱 거세게 타올랐다.

"이번에야말로 그 포크 채로 베어 주마!"

어윈 라이언블룸이 더욱 맹렬하게 검을 휘둘렀다.

데미안 학센은 아무렇지도 않게 공격들을 모두 흘려보냈다.

"저, 저저……."

"내가 지금 뭘 보고 있는 거지?"

그 광경을 지켜보던 기사들은 모두 경악할 수밖에 없었다.

처음에 데미안 학센이 검격을 받아 냈을 때는 운이 좋다고 생각했다.

하지만 두 번, 세 번, 네 번. 계속 같은 일이 반복되자 깨달을 수밖에 없었다.

데미안 학센.

그가 범상치 않은 검술 실력을 가지고 있다는 것을.

"여, 여보 내가 지금 뭘 보고 있는 거요?"

"저, 저도 모르겠어요."

놀랍기는 학센 일가도 마찬가지였다.

폴 학센을 비롯한 가족들은 멍한 얼굴로 데미안 학센을 지켜봤다.

"혼자서 술집의 경호원들을 전부 죽인 게 진짜였단 말인가?"

모두가 놀라고 있는 와중에 당사자인 데미안 학센은 스스로에게 큰 만족감을 느끼고 있었다.

'비약의 효과가 좋기는 좋군. 몇 개 더 뜯어내러 가야겠어.'

이렇게 오랫동안 움직였음에도 크게 힘들지 않았다.

일반적인 체력 훈련이었다면 체력이 이렇게까지 빠르게 올라가지 못했을 것이다.

데미안 학센이 다른 생각을 하고 있을 때였다.

"이건…… 이딴 건 있을 수 없는 일이야!"

연이은 헛손질 때문일까. 어윈 라이언블룸의 표정이 험악하게 일그러졌다.

"라이언블룸의 이공자인 내가! 너 같은 버러지 한 명을! 어쩌지 못한다는 게 말이 돼?"

이 자리에 있는 사람 중에서 데미안 학센이 가장 먼저 변화를 눈치 챘다.

어윈 라이언블룸의 롱소드에서 적갈색 연기가 일어났다. 그것을 본 기사들이 모두 기겁했다.

"이공자님! 오러를 꺼내시면 안 됩니다!"

오러(Aura).

오랜 시간 동안 수련한 전사만이 만들어 낼 수 있다는 최강의 무기.

날붙이에 덧씌우면 철판을 물처럼 베어 내고, 망치에 맺히게 하면 바위를 바살 낼 수 있다.

인간처럼 힘없는 종족이 무수히 많은 아종족을 누르고 대륙의 패권을 거머쥘 수 있었던 것은 모두 오러 덕분이었다.

"어디 이것도 막을 수 있는지 보자!"

오러가 맺힌 장검이 데미안 학센의 몸을 사선으로 베었다.

데미안 학센은 날아오는 칼날을 향해 포크를 가져다 댔다.

그 순간, 모두가 데미안 학센의 죽음을 예감했다.

포크가 잘려 나가고 그의 몸이 절단될 것이라 생각했다.

하지만.

"……어?"

"어엇?"

"뭣?"

이변은 없었다. 검성의 경지 '만류통찰'은 오러가 실린 공격조차 흘려보냈다.

말도 안 되는 광경에 어윈 라이언블룸의 머릿속이 잠시 새하얗게 물들었다.

그 바람에 롱소드를 쥐고 있는 손에 힘이 풀렸다.

그것을 눈치챈 데미안 학센은 포크에 조금 더 힘을 주었다.

롱소드가 손에서 쑥 빠져나갔다가 형편없이 바닥으로 떨어졌다.

무기가 사라지자 어윈 라이언블룸은 무방비한 상태에 놓였다.

데미안 학센이 앞으로 달려 나갔다.

어윈 라이언블룸이 피할 틈도 없이 포크로 목을 그었다.

어윈 라이언블룸의 목에 혈선이 그어졌다.

목이 베이는 순간, 어윈 라이언블룸은 자신의 주마등을

보았다.

지금까지 살면서 겪었던 일들이 모두 눈앞을 스치고 지나갔다.

하지만 주마등이 끝났음에도 그는 저승으로 끌려가지 않았다.

"……허, 허억!"

어윈 라이언블룸은 비명을 지르며 바닥으로 허물어졌다.

어윈 라이언블룸은 떨리는 손으로 자신의 목을 매만졌다. 피는 새어 나왔으나 상처는 깊지 않았다.

"내, 내가 사, 사사, 살아 있어?"

죽지는 않았지만 극심한 공포감 때문에 온몸에 힘이 들어가지 않았다.

어윈 라이언블룸은 기사들을 향해 소리쳤다.

"뭐, 뭐 하는 거야! 다, 당장 나를 지켜! 지키란 말이야!"

"다가오지 마라."

어느새 어윈 라이언블룸의 옆에는 데미안 학센이 서 있었다.

"이 결투는 한쪽이 죽을 때까지 진행된다. 방해하는 자가 있다면 그놈부터 죽이겠다."

데미안 학센이 포크로 어윈 라이언블룸을 겨누며 말했다.

케이크나 잘라 먹을 때 쓰는 포크로 협박을 하다니.

우스꽝스러운 광경이었으나 웃는 사람은 단 한 명도 없

었다.

"어윈 라이언블룸."

데미안 학센이 싸늘한 목소리로 말했다.

"이 결투의 승자는 나다. 네놈은 약속했던 대로 저번 일을 더 이상 거론하지 마라."

마음 같아서는 이 자리에서 어윈 라이언블룸을 죽여 버리고 싶었다.

하지만 아직 데미안 학센은 후작가를 감당할 수 있는 수준이 아니었다.

"더 이상 네놈의 얼굴을 보고 싶지 않다. 그러니 당장 꺼져라."

그리 말한 뒤, 데미안 학센은 포크를 테이블 위에 올려놓았다.

어윈 라이어블룸은 도망치듯 학센 자작가를 떠났다.

"……데미안, 오늘만큼은 묻지 않을 수 없구나."

어윈 라이언블룸이 떠나자마자 가족들은 데미안 학센을 붙잡고 물었다.

"대체 언제, 어디서, 누구한테, 어떻게 검술을 배운 것이냐."

술집의 경호원들을 혼자서 상대했다는 말을 들었을 때는 그저 괴상한 일로 취급했다.

하지만 오늘 일은 달랐다. 라이언블룸 후작가는 최고의 명문기사가문이었다.

그런 가문에서 기재라 불리는 어윈 라이언블룸을 어린애처럼 다루다니?

그것도 모자라서 오러가 맺힌 칼까지 흘려보내다니?

"음."

가족들의 물음에 데미안 학센은 조용히 생각에 잠겼다.

자신이 회귀했다는 것을 가족들이 믿어 줄 리가 없었다.

문제는 그럴듯한 해명을 만들어 낼 수도 없다는 것이었다.

그만큼 데미안 학센은 파격적으로 강해졌으니 말이다.

결국 데미안 학센은 해명을 포기했다.

"그냥 저절로 깨우쳤습니다."

그 말에 아버지가 괴상한 표정을 지었다.

"장난치지 말 거라."

"장난 아닙니다."

"네가 무슨 하늘이 내린 천재라도 되는 줄 아느냐! 이런 검술을 갑자기 깨우치고!"

데미안 학센의 눈동자가 동그랗게 변했다.

"어떻게 아셨나요. 그게 정답인데."

"데미안!"

"그럼 저는 이만 훈련하러 가 보겠습니다."

데미안 학센은 아버지의 추궁을 뿌리치고 도망쳤다.

흑마법사

랜드워크 도시.

상인과 장인들이 모여서 세워진 이 도시는 돈과 사람이 마를 날이 없는 부유한 곳이다.

언제나 밝게 빛나며 화려하게 짝이 없는 곳이지만 이 도시에도 명암은 존재했다.

도시에 적응하지 못하고 떨어져 나간 사람들은 도시 외곽에 모여서 살아갔다.

랜드워크 도시의 빈민가는 그렇게 만들어졌다.

더럽고, 냄새나고, 위험하기에 도시의 사람들은 웬만하면 빈민가에 가지 않으려 했다.

덕분에 빈민가는 약속이라도 한 듯 언제나 조용했다.

"꺄악!"

"이, 이게 무슨 짓들이야!"

그랬던 빈민가가 오늘따라 소란스러웠다.

갑자기 들이닥친 수십 명의 장정이 움막을 하나하나 뒤지더니 빈민들을 끌어낸 것이다.

"이 거지 새끼들이 어디서 큰소리야!"

"닥치고 있지 못해!"

빈민들은 나름대로 저항을 했으나 소용없었다.

장정들이 얼굴과 복부에 주먹을 한 번씩 꽂아 넣자 조용해졌다.

"빨리 그놈을 찾아내라!"

"먼저 찾는 놈한테는 보스가 금화 열 닢을 주겠다고 하셨다!"

장정들은 초상화를 들고 빈민들 사이를 돌아다니기 시작했다.

빈민들의 얼굴을 한 명 한 명 살폈다.

"이놈 아니야?"

"이마에 점이 없잖아. 얘는 아니야."

그때였다.

빈민 중 한 명이 벌떡 일어나더니 장정 두 명의 턱에 주먹을 꽂아 넣었다.

그리고 몸을 돌려 달아났다.

"어? 저기 도망친다!"

"잡아! 놓치면 보스가 저놈 대신 우리를 죽일 거야!"

장정들이 그 남자를 우르르 쫓아갔다. 남자는 멀리 가지 못하고 장정들에게 사로잡혔다.

"이 뱀 새끼들이 감히 누구 몸에 손을 대는 거냐! 당장 놓지 못해!"

남자는 난동을 피웠으나 장정들의 힘을 이길 수 없었다.

바닥에 엎어진 채로 장정들에 의해서 단단히 제압되었다.

"보스! 시궁쥐의 두목을 잡았습니다!"

"와서 확인을 부탁드리겠습니다!"

남자를 제압한 장정들이 누군가를 불러왔다.

잠시 후, 뚱뚱한 남성이 어기적어기적 걸어왔다.

"쩝쩝."

손에 큼직한 설탕빵을 움켜쥔 채 말이다.

"쩝쩝, 생각보다 빨리 잡혔네."

"이게 다 보스께서 뛰어나신 덕분이 아니겠습니까. 유능한 상관 밑에는 유능한 부하들이 모여드는 법이니까요."

옆에 있던 수하가 손바닥을 싹싹 비비며 아부했다.

아부가 마음에 들었는지. 남성은 흡족한 얼굴로 고개를 끄덕였다.

"쩝쩝, 하필 숨어도 이런 더러운 곳에 숨었다냐."

남성은 냄비처럼 커다란 설탕빵을 단숨에 먹어 치웠다.

그러자 수하가 잽싸게 새로운 설탕빵을 내밀었다.

"쩝쩝, 냄새 때문에 음식 맛이 떨어지잖아. 하여간 마음에 안 드는 놈이야.”

“그러게말입니다. 눈치라고는 조금도 없는 놈입니다.”

쩝쩝거리는 소리가 길어질수록 바닥에 제압되어 있던 남성의 표정이 일그러졌다.

결국 남성은 참지 못하고 소리쳤다.

“이 돼지 새끼야! 작작 좀 처먹어!”

“쩝쩝, 돼지? 저거 설마 나한테 한 말이냐?”

“그런 것 같습니다. 하여간 안목이라고는 조금도 없는 놈입니다. 보스의 근육질 몸을 보고 돼지라고 말하다니요.”

“쩝쩝, 보는 눈이 저따위니 조직을 다 말아먹은 거지.”

뚱뚱한 남성은 조금도 화를 내지 않았다.

대신 세 번째 설탕빵을 뜯을 뿐이었다.

“이봐 시궁쥐.”

뚱뚱한 남성은 손가락에 묻은 설탕 가루를 쪽쪽 빨며 말했다.

“내가 경고했지. 좋게 이야기할 때, 조직을 포기하고 내 밑에 들어오라고.”

시궁쥐.

얼마 전까지만 해도 랜드워크 암흑가를 꽉 잡고 있던 조직의 이름이었다.

다른 조직들이 힘을 합쳐야 대항이 가능할 정도로 시궁쥐의 세력은 몹시 강대했다.

그렇게 강대한 세력을 자랑했던 시궁쥐는 하루아침에 망해 버렸다.

시궁쥐뿐만이 아니었다. 다른 조직들도 모조리 무너졌다.

바로 저 뚱뚱한 남자, 세드릭 워커에 의해서 말이다.

"봐봐, 결국 쥐는 뱀의 먹이가 될 뿐이잖아?"

세드릭 워커가 만든 조직 '검은뱀'은 무시무시한 호전성을 앞세우며 삽시간에 랜드워커 도시의 암흑가를 지배했다.

시궁쥐까지 무너진 이상, 검은뱀에 대항할 조직은 단 하나도 남아 있지 않았다.

"쩝쩝, 이놈도 잡았으니 이제 다 끝났다. 대충 처리하고 시체는 아무 데나 묻어놔."

"예, 보스."

세드릭 워커는 이제 관심이 없다는 듯 몸을 돌렸다.

시궁쥐의 두목은 욕설을 내뱉으려 했다.

"이 개 같은…… 읍! 으읍!"

검은뱀의 조직원들이 입에 재갈을 씌우는 바람에 그럴 수 없었다.

세드릭 워커는 마차에 올라탄 뒤, 수하에게 물었다.

"이제 남은 잔당은 더 이상 없지?"

"예, 그렇습니다."

최근 며칠 동안, 세드릭 워커는 박살 난 조직들의 잔존 세력을 없애는데 시간을 쏟아부었다.

"그럼 이제 그 귀족 놈을 처리하러 가야겠군."

"귀족 놈이라면…… 아, 술집을 습격한 데미안 학센 말이군요."

수하의 말에 세드릭 워커의 볼이 살짝 실룩거렸다.

약 일주일 전, 세드릭 워커가 뒤를 봐주고 있던 술집이 습격을 당했다.

술집을 지키던 조직원과 심지어 고용했던 견습기사까지 학살을 당한 어마어마한 사건이었다.

이 일로 세드릭 워커와 검은뱀의 위상은 크게 떨어졌다.

줄곧 숨어 다니던 잔당들이 일제히 반기를 들 정도로 말이다.

"애들을 보내서 정리할까요?"

대뜸 세드릭 워커가 수하의 뒤통수를 후려쳤다.

"병신이냐? 도시도 아니고 영지에 있는 귀족을 죽이겠다고?"

그깟 별 볼 일 없는 가문 따위 하루 만에 다 처리할 수 있다.

하지만 약소하다 해도 귀족은 귀족이다.

영지에 머물던 귀족이 갑자기 살해당한다?

이런 엄청난 일을 왕궁에서 가만히 두고 볼 리가 없다.

"이런 등신을 부하라고 데리고 있는 내가 병신이지!"

"죄, 죄송합니다."

"미안한 줄 알면 빵 하나만 더 줘 봐."

수하는 냉큼 설탕빵을 내밀었다.

세드릭 워커는 설탕빵을 한입 크게 베어 물었다.

"쩝쩝, 직접 건드리면 귀찮아져. 이런 일은 전문가한테 맡기는 게 최고지."

"역시 보스이십니다! 그런데 전문가가 대체 누굽니까?"

"흑마법사."

"예?"

"흑마법사를 고용할 거야. 아니 이미 고용했어."

세드릭 어커의 입가에 비열한 웃음이 떠올랐다.

"흑마법사가 조금만 수작을 부려도 그깟 조그만 영지는 순식간에 망해 버릴걸. 굳이 피를 볼 필요도 없지."

세드릭 워커의 말을 듣고도 수하의 얼굴은 영 밝아지지 않았다.

"흑마법사는 위험하지 않습니까? 듣자 하니 조금만 심기를 건드려도 고용주를 세뇌시켜서 노예로 만든다던데요."

"그런 흑마법이 쉬운 줄 아냐? 고위 흑마법사쯤 되어야 가능한 일이야. 고위 흑마법사를 만나기가 얼마나 힘든데."

"그건 그렇지만……."

"그리고 지금은 교단에서 흑마법사들을 빡세게 단속하는 기간이야. 고위 흑마법사들은 모두 교단을 피해 다니느라 정신이 없을걸."

마차가 멈춰 섰다.

세드릭 워커는 수하들을 데리고 도시 외곽에 위치한 허름한 집으로 들어갔다.

"오, 오셨습니까."

집 내부에는 꾀죄죄한 남성이 세드릭 워커를 기다리고 있었다.

"그쪽이 페이클리 맞아?"

"그, 그렇습니다."

페이클리는 꾀죄죄할 뿐만 아니라 말까지 더듬고 있었다.

여러모로 믿음이 가는 인상은 아니었다.

"의뢰 내용은 이미 알고 있지? 흑마법으로 학센 자작가에 피해를 입히면 입힐수록 보수를 많이 지불하겠어."

"아, 알겠습니다!"

"흑마법을 사용하는데 필요한 물품들은 내가 준비해 주지. 말만 해."

"정말이십니까? 가, 감사드립니다!"

페이클리는 연신 허리를 숙였다.

무릇 마법사들이란 콧대가 높기 마련이다.

마법이라는 초월적인 힘을 사용하기 때문이다. 흑마법사들도 예외는 아니었다.

그에 비해서 페이클리는 너무 비굴했다.

"대신 만약 댁이 교단에 붙잡히면 나랑은 모르는 사이인 거야."

"명심, 또 명심하겠습니다."

페이클리는 다시 허리를 숙였다. 머리가 거의 바닥에 닿을 정도였다.

아침 식사 시간.

학센 자작가의 사람들이 모두 한 자리에 모였으나 대화 소리는 들려오지 않았다.

그저 식기를 달그락거리는 소리만 들려왔다.

이따금씩 가족들은 약속이라도 한 것처럼 한곳을 쳐다봤다.

학센 자작가의 장남 데미안 학센에게 말이다.

그 시선을 아는지 모르는지 데미안 학센은 묵묵히 식사에만 열중했다.

이윽고 음식을 모두 비우자마자 냅킨으로 입가를 닦았다.

"먼저 일어나 보겠습니다."

"그, 그렇게 하거라."

아버지의 허락이 떨어지자마자 데미안 학센은 자리에서 일어났다.

밖으로 나간 데미안 학센은 볼을 긁적였다.

'내가 많이 어색한 모양이군.'

불만이 있는 것은 아니었다.

개차반으로 지내던 아들이 하루아침에 달라졌으니 낯설 수밖에 없으리라.

'시간이 지나면 차차 나아지겠지.'

그리 생각하며 데미안 학센은 복도를 걸었다. 이제부터 아침 훈련을 시작해야 했다.

그때, 하녀 한 명이 데미안 학센에게 다가왔다.

"무슨 일이지?"

"아가씨께서 도련님께 전하라 하신 물건이 있습니다."

하녀가 내민 것은 수통과 간단한 간식거리였다.

데미안 학센은 잠시 멍한 얼굴로 물건들을 바라봤다.

"……누님께서 이걸 내게 주라 하셨다고?"

"예, 언제나 응원하고 있다는 말을 전해 달라 하셨습니다."

데미안 학센은 씁쓸한 미소를 지었다.

이 못난 동생 때문에 욕보이실 뻔했음에도 이렇게 격려해 주시다니.

"고맙다는 말을 전해 주게."

하녀는 머리를 살짝 숙인 뒤에 물러났다.

데미안 학센은 훈련에 필요한 물건들을 챙겨서 밖으로 나왔다.

누님이 챙겨준 물과 음식 외에도 땀을 닦을 수건, 마지막으로 조금 특별한 물건을 가지고 왔다.

"아버지께 감사해야겠어."

바로 롱소드였다.

회귀 첫날, 데미안 학센의 머리를 쪼개 버릴 뻔했던 그 롱소드였다.

오늘부터 검술 훈련을 시작할 생각이라 어젯밤에 아버지께 말씀드려서 받아왔다.

"그렇게 좋은 칼은 아니지만…… 어차피 훈련용이니까."

검을 만든 대장장이의 실력도 별로인데 재료로 쓰인 쇠도 저질이었다.

그래도 학센 자작가의 경제 사정을 생각하면 이런 칼 한 자루도 아껴서 사용해야 했다.

"어윈 라이언블룸의 무기라도 뺏을 걸 그랬나."

후작가의 소공자라는 자리에 걸맞게 어윈 라이언블룸은 대단한 명검을 가지고 있었다. 데미안 학센조차 혹할 정도였다.

"기회가 되면 좋은 칼부터 구해야겠어."

무기에 구애되는 경지는 이미 지났다.

하지만 원래 검사란 종자들은 명검을 갈구하기 마련이다.

데미안 학센이 이런저런 생각을 하며 영주관 밖으로 나왔을 때였다.

"아이고 이를 어떻게 한담."

마구간 쪽에서 탄식이 들려왔다.

데미안 학센은 의아함을 느끼며 그쪽으로 걸음을 옮겼다.

그러자 마구간에 우르르 모여 있는 사용인들의 모습이 보였다.

무슨 일인가 싶어서 사용인들 틈으로 마구간 안쪽을 살펴봤다.

'말이 죽었잖아?'

자작가에서 보유하고 있는 세 마리의 말 중에서 한 마리가 죽어 있었다.

두 눈도 제대로 감지 못한 채 혀를 삐죽 내밀고 있었다.

"어제까지만 해도 분명히 멀쩡했는데……."

"그런 놈이 왜 죽는단 말이야?"

"그걸 모르니 나도 답답해하고 있잖아."

시종들이 머리를 벅벅 긁어댔다.

"영주님께서 엄청 화내실 텐데……."

"화만 내시면 다행이지. 우리보고 물어내라고 하시면 어떻게 하나."

말처럼 비싸고 귀한 동물을 죽였으니 시종들이 이런 걱정을 하는 것도 무리가 아니었다.

기껏해야 짐승이 죽었을 뿐인데 데미안 학센은 쉽사리 시선을 떼지 못했다.

죽은 말에게서 어쩐지 익숙한 기운이 느껴졌다.

완전히 타 버린 재와 같으면서 피처럼 비릿한 복잡 미묘한 느낌.

'……흑마법?'

좀 더 자세히 알아보기 위해서 데미안 학센은 시종들을 헤치며 말에게 다가갔다.

"누가 미는 거야? 어, 도련님?"

"도, 도련님께서 오셨다고?"

데미안 학센의 존재를 알아차리자마자 사용인들은 잔뜩 겁에 질린 표정을 지었다.

자작가의 재산에 큰 손해를 입힌 상황에서 개차반으로 유명한 데미안 학센까지 등장했으니 당연한 반응이었다.

그러나 정작 데미안 학센은 사용인들에게는 관심이 없었다.

흑마법의 흔적을 찾기 위해서 말의 시체를 살펴볼 뿐이었다.

'역시 내 생각이 맞았군.'

말의 가죽을 쓰다듬자 손가락 끝에서 검은 마력이 묻어

나왔다.

양은 적었지만 확실했다. 평범한 마력이 아닌 흑마력이었다.

'누군가 흑마법으로 말을 죽였어.'

사실 데미안 학센은 흑마법에도 통달해 있었다.

데스나이트 시절, 도르고는 데미안 학센을 더욱 강력한 존재로 만들고자 했다.

그래서 자신이 익히고 있는 모든 흑마법을 주입시켜 놨다.

도르고의 소망대로 데미안은 검과 흑마법을 동시에 구사하며 공포의 대상으로 군림했다.

'누가 이런 짓을 벌인 거지?'

흑마법사를 고용할 만큼 자신에게 원한을 가질 만한 상대는 어윈 라이언블룸과 검은뱀 둘 뿐이었다.

하지만 어윈 라이언블룸은 어제 떠났으니 아직 후작가에 도착하지도 못했을 것이다.

'그럼 남은 건 검은뱀뿐이다.'

귀족을 죽이기에는 위험부담이 너무 크니까 흑마법사를 시켜서 괴롭힐 모양인 모양이었다.

'이거 골치 아프게 되었군.'

학센 자작가처럼 가난한 영지에 이런 식으로 가축이 계속 죽어 나가면 엄청난 손해를 입게 된다.

'최대한 빨리 흑마법사를 처단해야 하는데…….'

문제는 흑마법사를 어떻게 찾냐는 것이었다.

만약 데스나이트 시절 데미안 학센이었다면 기감을 확장시켜서 찾아내겠지만 지금은 그런 행동이 불가능했다.

'……흑마법으로 추적해 볼까?'

솔직히 말해서 데미안 학센은 흑마법이 혐오스러웠다.

도르고에 의해서 인생이 망가졌으니 당연한 일이었다.

하지만 그것과는 별개로 도움이 된다면 얼마든지 사용할 의향이 있었다.

데미안에게 중요한 것은 가족의 안위와 행복이었으니 말이다.

'우선 사용인들을 다른 곳으로 보내야겠어.'

사용인들이 보는 앞에서 흑마법을 사용할 수는 없었다.

데미안 학센은 사용인들을 향해 말했다.

"아무래도 이 말은 전염병으로 죽은 것 같다."

"예? 갑자기 웬 전염병…… 헙!"

시종은 황급히 자신의 입을 막았다. 겁먹은 눈동자로 데미안 학센을 바라봤다.

감히 말에 토를 달았으니 크게 혼날 것이라 생각한 모양이었다.

"전염병이 번질 수 있으니 마구간 주변에 사람들이 못 오게 해라. 그리고 사람들을 불러내서 말 사체를 태워라."

"아, 알겠습니다."

데미안 학센의 명령에 사용인들이 흩어졌다.

마구간 근처는 금세 조용해졌다.

사람들이 사라지자 데미안 학센은 사체에 남은 흑마력을 모조리 끌어모았다.

흑마력은 평범한 방법으로는 모을 수 없었다.

그렇기에 우선 사체에 있는 흑마력을 재활용할 수밖에 없었다.

얼마 안 되는 양이었지만 추적 마법 정도는 충분히 사용할 수 있었다.

"이걸 이렇게 하면……."

데미안 학센은 술식을 짜서 올리고 발현시켰다.

그를 중심으로 검은 파동이 사방으로 퍼져 나갔다. 잠시 후, 데미안 학센의 입가가 비틀렸다.

"저쪽이군."

데미안 학센의 시선이 서쪽을 향했다.

데미안 학센은 추적 마법을 따라서 흑마법사를 쫓았다.

흑마법이 가리킨 곳은 영지 옆에 있는 숲이었다.

평소에는 영지민들이 버섯과 약초를 채집하기 위해서 들리는 곳이었다.

"생각보다 멀리 있었군."

저주계열 흑마법은 거리가 멀어질수록 성공확률이 낮아졌다.

흑마법사가 저택에서 이렇게 먼 곳에 자리를 잡았다는 것은 그만큼 실력에 자신이 있다는 뜻이었다.

"위험한 놈일지도 모르겠는걸."

그리 말하며 데미안 학센은 숲 안쪽으로 걸음을 옮겼다.

숲의 중심부에 도착했을 때였다.

추적마법이 갑자기 뚝 끊어졌다.

"여기 근처에 있는 것 같은데……."

데미안 학센이 멈춘 곳에는 아무것도 없었다.

바닥에는 낙엽이 좀 깔려 있었고 근처에는 나무만 자라고 있을 뿐이었다.

"어딘가에 숨어 있는 모양인데."

흑마법사는 악마의 종이라 하여 교단의 추적을 받고 있다.

그래서 대다수의 흑마법사는 자신 혹은 주거지를 감추는 게 습관화가 되어 있었다.

"어디 보자……."

데미안 학센은 주변을 탐색하기 시작했다. 나무들의 밑동과 흔해 보이는 바위까지 샅샅이 살폈다.

한참을 돌아다니던 데미안 학센의 몸이 멈췄다.

발에 밟히는 흙의 감촉이 어딘가 이상했다. 데미안 학센은 바닥을 살폈다.

"환영이잖아?"

놀랍게도 보통 환영이 아니었다. 어느 정도 물리력을 가지고 있는 환영이었다.

"역시 위험한 놈이 맞았군."

데미안 학센은 환영을 자세히 살펴봤다.

도르고에게 주입받은 흑마법의 지식은 굉장히 광범위할 뿐만 아니라 자세했다.

그 덕분에 데미안 학센은 마법을 이루고 있는 술식을 금방 파악했다.

"찾았다."

마법을 유지하고 있는 핵을 향해 롱소드를 찔러넣었다.

핵이 망가지며 마법이 해제되었다. 환상이 사라지며 계단이 나타났다.

데미안은 계단으로 내려갔다. 아래에 도착하자 넓은 공동이 모습을 드러냈다.

"프흐흐흣."

덤으로 괴상한 웃음소리까지 들려왔다. 데미안 학센은 곧바로 벽 뒤에 몸을 숨겼다.

"검은뱀의 보스인지 뭔지 그 멍청한 녀석. 진짜로 내가 요구한 물건들은 모조리 사 왔구나."

체구가 작은 남자가 한껏 기뻐하고 있었다.

데미안 학센은 남자를 살폈다.

150cm가 간신히 넘는 작은 신장. 근육이라고는 전혀 붙어 있지 않은 앙상한 팔다리.

전형적인 마법사 체형이었다.

‘이상하군. 그리 위험해 보이지 않는데.’

데미안 학센이 예상했던 것과 달리 흑마법사에게서는 그리 대단한 기운이 느껴지지 않았다.

‘힘을 숨기고 있나? 아니, 그래도 내가 알아보지 못할 리가 없는데.’

데미안 학센의 관찰력은 달인의 영역을 초월했다.

설사 흑마법사가 힘을 감추고 있다 하더라도 몰라볼 리가 없었다.

‘조금 더 지켜봐야겠군.’

데미안 학센은 기척을 숨긴 채 흑마법사를 관찰했다.

“이만한 양이라면 당분간 실험재료를 걱정할 일은 없겠어.”

흑마법사는 공동에 널려 있는 물건들을 바라보며 말했다.

다른 동물의 내장과 피가 가득 담긴 항아리, 온갖 종류의 약초 따위들이 공동에 널려 있었다.

“그나저나 나도 한물갔군. 이딴 저급한 의뢰나 맡게 되다니."

흑마법사는 마음에 안 든다는 듯이 말했다.

"교단에게 쫓기지만 않았어도 이딴 귀찮은 일을 맡을 필요도 없었을 텐데…… 빌어 처먹을."

흑마법사는 테이블 위에 놓여 있던 와인을 집어 들었다.

잔에 따르지도 않고 병나발을 불었다.

"크으, 좀 지루하기는 하겠지만 나쁘지 않아. 교단의 시선도 피하고, 그동안 구상만 해 뒀던 실험도 해 보고."

제법 주량이 센지 흑마법사는 금방 와인 한 병을 비웠다.

"그래도 혼자 있으려니 적적하긴 하군."

흑마법사는 동굴을 둘러보며 생각에 잠겼다.

"그러고 보니 저 귀족가의 장녀가 상당한 미녀였지."

무슨 생각을 하는지 흑마법사는 가만히 앉아서 턱을 매만졌다.

"아니, 아니야. 상당한 수준이 아니야. 저 정도 미녀는 수도에 가도 보기 힘들어. 설마 저런 보석이 이런 시골에 있을 줄이야."

별안간 흑마법사가 히죽 미소를 지었다.

무슨 생각을 하는지 눈빛이 굉장히 징그러웠다.

"어차피 망할 가문인데. 미리 납치해 와서 재미 좀 봐도 되겠지?"

어차피 들을 사람은 없기 때문일까.

흑마법사는 루이즈 학센에 대한 온갖 음탕한 말들을 쏟아 냈다.

'저 병신이 지금 뭔 개소리를 하고 있는 거지?'

문제는 그의 생각과 달리 이곳에는 한 명이 더 있다는 것이었다.

'누님을…… 뭐?'

전생에서 루이즈 학센은 죽는 그 순간까지 데미안 학센을 걱정해 줬다.

데미안 학센이 가장 많이 속죄해야 할 가족이 바로 루이즈 학센이었다.

그런 마당에 저딴 소리를 듣게 되니 분노가 치밀어 올랐다.

데미안 학센은 일부러 발걸음 소리를 크게 내며 공동 안으로 들어갔다.

"웬 놈이냐!"

흑마법사는 곧바로 데미안 학센을 돌아봤다.

그리고 데미안 학센의 얼굴을 확인하자마자 두 눈동자가 빠질 듯이 커졌다.

"너는…… 그놈이로군. 학센 자작가의 장남."

흑마법사의 눈동자가 게슴츠레해졌다.

"혼자서 수십 명을 죽였으니 조심해야 한다고 검은뱀에서 주의를 주기는 했는데…… 어떻게 여기를 찾아낸 거지?"

"곧 죽을 놈이 궁금한 게 왜 이렇게 많지?"

"죽어? 누가? 내가?"

데미안 학센이 아버지에게 받은 롱소드를 뽑았다.

"잘 알고 있구나. 알겠으면 곱게 목을 내놓고 기다려라."

"이거 골 때리는 놈이네."

흑마법사의 입가가 비틀렸다.

"결정했다. 넌 실험체로 만들어서 두고두고 괴롭혀 주마."

흑마법사가 손을 들어올리자 허공에 검은 마력이 모여들기 시작했다.

검은 마력은 이윽고 수십 발의 탄환이 되어 데미안 학센에게 쏘아졌다.

흑탄이 발사되는 순간, 데미안 학센의 머릿속에는 흑마법사를 죽일 수백 가지 방법이 떠올랐다.

날아오는 흑탄을 모조리 베어 낸 뒤 흑마법사의 심장에 칼을 꽂아 넣을 수도 있었고, 흑탄을 흘려보내서 모조리 흑마법사에게 되돌려줄 수도 있었다.

하지만 갑자기 나타난 이변에 그런 계획들을 모두 잊을 수밖에 없었다.

데미안 학센의 왼쪽 손등에서 붉은빛이 뿜어져 나온 것이다.

"이거 설마……?"

당황한 데미안 학센이 손등을 들여다봤다.

손등 위에 밝게 빛나는 글씨가 떠올라 있었다.

그 글씨를 보자마자 데미안 학센의 눈동자가 빠질 듯이 커졌다.

"권능이잖아……?"

데미안 학센이 경악하며 소리친 순간, 흑탄들이 데미안 학센을 덮쳤다.

하지만 흑탄들은 단 한 발도 데미안에게 닿지 못했다.

그전에 흑마력으로 변해서 흩어졌다.

"……어어?"

그 광경을 본, 흑마법사의 얼굴에 의문이 떠올랐다.

흑마법사는 자신의 손바닥을 들여다봤다.

"그 사이에 술에 취했나? 헛손질을 하고 있네."

흑마법사는 다시 흑탄을 생성해서 날려 보냈다.

방금 진보다 두 배로 늘어난 흑탄이 데미안 학센을 향해 쇄도했다.

데미안 학센이 흑탄을 향해 손을 뻗었다.

이번에는 가까이 오지도 못하고 소멸해 버렸다.

"너…… 너 정체가 뭐야! 뭐 하는 놈인데 내 마법에 간섭을 하고 있어!"

흑마법사는 경악한 얼굴로 소리쳤다.

데미안 학센은 그 질문에 대답해 줄 여력이 없었다.

'어떻게 권능이 남아 있는 거지?'

도르고는 데미안 학센을 절대병기로 만들고자 했다.

최강의 육체를 주고, 최고의 마법들을 주입시켰음에도 만족하지 못했다.

그래서 자신이 수집해 놓았던 고대의 신물에 담겨 있던 힘을 데미안의 몸에 전이시켰다.

그렇게 데미안이 총 일곱 개의 권능을 얻었다.

각각의 권능은 도르고조차 제어하기 힘들 정도로 막강한 능력을 가지고 있었다.

지금 데미안 학센이 발휘한 권능은 그중에서 탐욕의 권능이었다.

'말도 안 돼. 권능이 남아 있을 리가 없어.'

권능의 정체가 무엇인지는 데미안 학센도 몰랐다.

하지만 회귀를 하는 과정에서 데스나이트로서의 육체와 흑마력을 모두 잃었으니 권능도 없어졌으리라 생각했다.

'진짜 탐욕의 권능이 맞는 건가?'

탐욕의 권능은 마력으로 이루어진 모든 것들을 무너트리고, 그 힘을 갈취하는 능력을 가지고 있었다.

이것이 탐욕의 권능이 맞다면 흑탄을 소멸시킨 것에서 멈추지 않고 흑마력을 가져올 수 있으리라.

데미안 학센은 허공을 향해 손을 뻗었다. 흑탄이 소멸하면서 흩어졌던 흑마력이 모조리 모여들었다.

'세상에…….'

설마했지만 진짜였다. 데미안 학센의 몸에는 일곱 개의 권능이 고스란히 남아 있었다.

"알겠다! 너도 흑마법사였구나! 혼자서 수십 명을 죽인 것도 흑마법이 있어서 가능한 일이었어!"

흑마법사가 안도의 한숨을 내쉬었다.

"이런 곳에서 같은 업계인을 만날 줄이야…… 귀족이 흑마법사인 경우는 흔치 않은데 누구한테 배운 거지? 실력이 대단하던데."

데미안 학센은 무슨 개소리냐는 얼굴로 흑마법사를 쳐다봤다.

대답 대신 탐욕의 권능으로 끌어모은 흑마력을 이용해서 흑탄을 만들어 냈다.

"지금 무슨 짓을 하려는……."

데미안 학센은 흑마법사를 향해 흑탄을 쏘아 보냈다.

흑마법사는 황급히 흑마법으로 방패를 만들어 흑탄을 막아 냈다.

"이게 무슨 짓이야! 왜 날 공격하고 지랄인데!"

"왜 공격했냐니."

데미안 학센이 어처구니가 없다는 얼굴로 말했다.

"너는 검은뱀의 사주를 받고 우리 가문의 영지에 저주를 내렸다. 그것만으로 죽어야 할 이유는 충분하지 않나?"

"너랑 나는 같은 흑마법사잖아!"

"누가 같은 흑마법사라는 거냐."

데미안 학센이 눈살을 찌푸렸다.

"내가 이 세상에서 제일 싫어하는 게 흑마법사다. 보이기만 하면 갈기갈기 찢어버리고 싶을 정도로."

데미안 학센의 인생을 망친 도르고는 흑마법사였다.

그런 마당에 흑마법사에 대해 좋은 감정이 있을 리가 없었다.

"뭐? 하지만 너는 분명히 방금 전에……."

"개소리 그만하고 죽을 준비나 해라."

데미안 학센이 롱소드를 빼들었다. 호기심도 다 채웠으니 이제 마무리를 지을 차례였다.

"……대체 뭐 하는 놈인지는 모르겠지만."

흑마법사의 전신에서 흑마력이 뭉클뭉클 흘러나오기 시작했다.

"날 죽이겠다면 같은 흑마법사라 해도 용서할 수 없다!"

"그러니까 아니라고 했지."

흑마법사가 양손으로 수인(手印)을 맺었다.

"저주학파 흑마법사 앞에 서는 것은 곧 자살행위와도 같다는 걸 알려 주마."

한순간에 흑마력이 사라졌다.

정말로 없어진 것은 아니었다. 흑마법을 사용하기 위해서 소모되었을 뿐.

흑마법사의 발밑에서 회색 연기가 치솟아 올랐다.

기이하게도 회색 연기에는 날카로운 이빨이 돋아난 입이 달려 있었다.

"온몸의 관절이 썩어서 죽어라."

회색 연기가 데미안 학센을 덮쳤다. 뾰족한 이빨이 데미안의 몸 곳곳을 씹었다.

실제로 통증은 느껴지지 않았다. 하지만 이빨을 통해서 무언가가 흘러들어오고 있었다.

'부식 계열의 저주로군.'

데스나이트 시절, 데미안 학센도 저주를 자주 애용했다.

다수의 적과 싸울 때는 저주만 한 게 없었기 때문이었다.

수만 명이 넘는 대군이라 할지라도 저주에 당하면 순식간에 무너져 내렸다.

'제법 수준이 높은 저주야. 내가 아니었다면 효과를 톡톡히 봤겠어.'

데미안 학센이 탐욕의 권능을 발휘했다.

회색 연기가 순식간에 분해되었다.

분해된 흑마법은 흑마력으로 전환되었다.

데미안은 흑마력을 모조리 흡수했다.

"……."

자신의 마법이 해제되는 모습에 흑마법사의 얼굴이 딱딱하게 굳었다.

"……진짜로 정체가 뭐냐."

"데미안 학센."

"'진짜' 정체가 뭐냔 말이야! 너는 누구인데 데미안 학센의 행세를 하고 있는 거야!"

이것 또한 참신한 개소리였다.

"이제는 가짜 취급까지 하네. 난 진짜 데미안 학센이 맞다."

"무슨 헛소리를……! 너는 내 흑마법을 해제한 것도 모자라서 내 흑마력을 자신의 것으로 삼았어! 고위 흑마법사가 아니면 절대로 할 수 없는 일이야!"

흑마법사가 신경질을 내며 소리쳤다.

한참을 씩씩거리고 나서야 흑마법사는 조금 진정했다.

"……좋아."

빠득, 흑마법사가 이를 갈았다.

"정체를 밝히기 싫다면…… 강제로 밝히게 만들어 주마."

흑마법사가 자신이 착용하고 있던 팔찌를 풀었다.

그 순간, 토굴 전체가 시커멓게 물들었다.

바닥도 천장도 벽도 온통 새까맣다. 마치 밤하늘에 휘감긴 것 같았다.

"젠장."

이만한 흑마력을 해방시키고도 흑마법사는 영 탐탁지 않은 얼굴이었다.

“교단을 상대할 비장의 무기였는데.”

까득, 흑마법사는 이를 갈며 데미안 학센을 노려봤다.

“이렇게 된 이상, 곱게 죽을 생각은 하지 마라! 제발 죽여 달라고 애원하게 만들어 주마!”

데미안 학센은 흑마법사의 경고를 조금도 귀담아듣지 않았다.

흑마법사가 벗은 팔찌에 모든 신경이 집중되어 있었다.

‘저렇게 많은 양의 흑마력을 담고 있었는데도 내가 눈치 채지 못하다니.’

마력이란 많은 양을 저장할수록 감추기 힘든 법이다.

쌓이면 쌓일수록 존재감이 강해지기 때문이다. 이는 흑마력도 마찬가지였다.

그런데 저 팔찌는 데미안 학센조차 감지하지 못할 정도로 완벽하게 마력을 감추고 있었다.

‘설마 유물인가?’

유물, 혹은 아티팩트.

까마득한 과거에 존재했다는 고대문명의 유적지에서만 발견할 수 있다는 귀물.

현재보다 월등히 뛰어난 기술로 제작되었기에 하나 같이 대단한 기능을 가지고 있다고 한다.

"그런 걸 들고 다니는 걸 보니 보통 흑마법사가 아니로군. 너야말로 대체 누구냐."

"자기 정체도 안 밝히는 놈한테 해 줄 말은 없다."

이번에도 흑마법사는 대답을 거부했다.

"……라고 말하고 싶지만 나는 너처럼 예의도 모르는 무뢰한이 아니거든."

흑마법사가 자신의 손목을 걷었다.

팔뚝에 하얀 꽃이 문신으로 그려져 있었다.

"유란(Yulan)의 간부 아기토라고 한다."

흑마법사들은 토벌의 대상이다.

그들의 사용하는 흑마법은 사람의 영혼과 시체를 농락한다. 신성교단은 이러한 흑마법사들의 행태를 눈감아 주지 않았다.

흑마법사들을 이단으로 규정하고 그들을 없애기 위해서 일 년에도 몇 번씩 소탕작업을 벌일 정도였다.

그렇다고 흑마법사들도 가만히 당해 준 것은 아니다.

신성교단에 대항하고자 서로 정보를 교환하고, 도움을 주고받으면서 조직을 형성했다.

때때로 이 조직은 큰 악명을 얻고 교단도 처치하기 곤란

할 만큼 성장하기도 했다.

"유란의 간부라고?"

'유란'도 그런 흑마법사의 조직 중 하나였다.

그것도 데미안 학센이 알고 있을 정도로 유명했다.

비교적 최근에 탄생한 신생 조직으로 흑마법을 이용한 청부살인을 주력으로 삼았다.

그 탓에 수많은 사건에 연루되어 있지만 여태까지 신성교단이 토벌하지 못했다.

그만큼 구성원 전체의 전투력이 높았기 때문이다.

그런 대단한 집단 소속이니 저 흑마법사 아기토의 실력이 어떨지는 굳이 가늠할 필요도 없었다.

"그런 놈이 왜 검은뱀 따위에 고용된 거지?"

"몸을 숨길 필요가 있어서 잠시 의탁했을 뿐이다. 고용된 적 없어!"

"몸을 숨겨……? 아, 신성교단 때문이로군."

유란 성도 되는 집단의 간부가 이렇게까지 은밀하게 몸을 숨겨야 할 때는 신성교단이 움직일 때뿐이었다.

"최근에 신성교단에서 흑마법사들을 소탕 중이라는 말을 들어 본 적이 있어. 그걸 피하느라 삼류 흑마법사 행세를 하고 있었군."

아기토가 까득 이를 갈았다.

"그래, 네 말이 맞다. 젠장, 용돈이나 벌려고 맡은 의뢰에서 너 같은 놈을 만날 줄이야."

아기토가 욕지거리를 내뱉으며 물었다.

"내 이름을 듣고도 네 정체를 숨길 작정이냐?"

"난 숨긴 적 없다."

"하, 아직도 날 병신으로 보고 있네."

아기토의 얼굴에 노기가 서렸다. 그의 감정에 맞춰서 흑마력이 요동치기 시작했다.

"이제는 못 들어도 상관없어."

술식을 구축하지 않았음에도 흑마력이 형태를 이루었다.

바닥에서 통나무처럼 굵은 촉수가 우후죽순 돋아났다.

"그대로 으스러져서 죽어라."

촉수들이 데미안 학센을 휘감았다.

가공할 만한 힘이 데미안 학센을 조였다.

"버러지 같은 자식. 저승에서 실컷 후회해라."

승리하였음에도 아기토는 크게 기뻐하지 않았다.

애초에 유란의 간부인 그가 본 실력을 드러낸 시점에서 승리는 당연한 것이었다.

제국에서 암약하고 있다는 거대 흑마법사 조직 '만마전'에 비할 바는 아니지만 유란도 제법…….

그때였다.

촉수의 표면에 균열이 생기기 시작했다. 균열은 순식간에 촉수 전체로 번져 나갔다.

유리창이 깨지는 소리와 함께 촉수들이 산산이 부서졌다.

흑마법이 분해되면서 흩어진 흑마력이 폭풍처럼 휘몰아치기 시작했다.

"뭔가 대단한 흑마법을 쓰는가 싶었는데."

그 중심에서 데미안 학센이 심드렁한 목소리로 말했다.

"생각보다 별거 없군."

"이건…… 말도 안 돼!"

아기토는 절규하듯이 소리쳤다.

"이 마법은 내가 평생 동안 개량해 온 거야! 이 세상에서 오직 나밖에 못 쓴다고! 그걸…… 네가! 네가 어떻게……!"

데미안 학센에게 탐욕의 권능이 있는 한 아기토가 어떤 흑마법을 사용해도 소용없었다.

"평생? 그런 것치고는 많이 조잡하더군. 더 노력해야겠어."

물론 데미안 학센은 그 사실을 알려 주지 않았다. 오히려 아기토를 도발했다.

"너…… 너만큼은 절대로 살려 두지 않겠어. 반드시 죽여 주마……!"

아기토의 얼굴에 수치심과 분노가 동시에 떠올랐다.

아기토가 팔찌에서 해방된 흑마력들을 모조리 흡수하기

시작했다.

막대한 양의 흑마력이 그의 몸속으로 주입되었다.

"끅, 끄윽."

쉽지 않은 일이었는지 아기토는 금방이라도 토할 것처럼 안색이 창백해졌다.

"힘들면 그만두지 그러나."

아기토는 대답하지 않았다. 아니, 대답할 여력이 없어 보였다.

로브 밖으로 드러나 있는 피부에 새까만 선이 그려지기 시작했다.

"마법진?"

데미안 학센은 곧바로 저 선의 정체를 알아봤다.

아기토는 지금 흑마력을 이용해서 자신의 몸에 마법진을 그리고 있었다.

아기토는 여기서 멈추지 않았다. 품에서 단검 한 자루를 꺼냈다.

"젠장, 이 마법까지 쓰게 될 줄이야!"

아기토는 단검으로 자신의 손목을 베었다. 손목의 상처에서 핏줄기가 터져 나왔다.

핏줄기는 땅에 닿자마자 재가 되어 흩어졌다.

그 직후, 아기토의 머리 위에 녹색 불길이 일어났다.

녹색 불길은 마치 뱀처럼 길게 늘어지며 아기토의 주변

을 부유했다.

데미안 학센은 이 불길의 정체를 바로 꿰뚫어 봤다.

"악마의 힘을 빌려왔군."

실력이 뛰어난 흑마법사들은 악마에게 재물을 바침으로써 그 힘을 빌릴 수 있었다.

아기토는 흑마력과 자신의 피를 제물로 악마의 불길을 빌려온 것이다.

"그래! 네 말대로 이건 악마의 힘이다! 지옥의 불길이지!"

녹색 불길은 불길하기 짝이 없었다.

살짝 닿은 것만으로 흙이 녹아내렸다. 용암이 되어 물줄기처럼 흘렀다.

"이것만큼은 너도 해제할 수 없을 거다! 이건 흑마법이 아니라 악마의 힘이니까 말이야!"

아기토가 데미안 학센을 향해 손을 뻗었다.

"가라! 저놈을 불태워 버려!"

악마의 불길이 데미안 학센을 덮쳤다.

마치 불이 아니라 파도가 몰려오는 것 같았다.

'뭔가를 단단히 착각하고 있군.'

아기토의 생각과 달리 탐욕의 권능은 악마의 힘이라 할지라도 분해할 수 있었다.

데미안 학센이 불길을 향해 권능을 발휘하려는 찰나 이런 생각이 떠올랐다.

'……꼭 권능을 사용할 필요는 없지.'

흑마법에 권능이라는 힘까지 가지고 있지만 데미안 학센은 원래 검사다.

데스나이트 시절에도 강적을 상대할 때는 항상 검을 들었다.

'이만한 양의 흑마력이라면 데스나이트 시절의 검법을 사용할 수 있다.'

전생에 데미안 학센은 강자들과 싸우면서 얻은 기술들을 통합시켜서 한 가지 검법을 만들어 냈다.

그 검법에 자신의 바램을 담아서 절혼검(絶魂劍)이라는 이름을 붙였다.

절혼검 덕분에 데미안 학센은 '신검(神劍)'의 경지에 도달할 수 있었다.

하지만 이번 생에는 절혼검을 버려야 했다. 흑마력을 기반으로 만들어진 검법이기 때문이었다.

'흑마력이 없는 몸으로는 절혼검을 구사할 수 없다.'

흑마력과 마력은 근본적으로 다르기에 서로를 대신할 수 없다.

그렇다고 절혼검을 사용하기 위해서 흑마력을 모을 생각은 없었다.

흑마력은 죽음과 시체를 통해서만 얻을 수 있다. 흑마법사들이 괜히 끔찍한 범죄를 저지르는 게 아니었다.

데미안 학센은 흑마법사처럼 행동할 생각이 전혀 없었다.

'궁금하다. 데스나이트가 아닌 인간의 몸으로 절혼검을 어디까지 구현할 수 있을지.'

데미안 학센은 흑마력을 자신의 몸으로 흡수했다.

흑마력은 마치 자기 집에 들어온 것처럼 자연스럽게 융화되었다.

롱소드의 날에서 칠흑 같은 오러가 치솟아 올랐다.

오러를 본 아기토의 얼굴이 굳었다.

"오러? 너…… 설마 흑마법사가 아니라……."

연기와 불길처럼 타오르고 있던 오러가 칼날을 중심으로 모여들기 시작했다.

이윽고 오러는 완전한 형태를 이루었다. 빛조차 모조리 빨아들일 것처럼 새까만 칼날이 만들어졌다.

오러블레이드(Aurablade).

마스터의 경지에 오른 자들만이 구사할 수 있다는 기예.

생물의 정점이라 불리는 드래곤조차 참살할 수 있는 무적의 병기.

그 절대적인 힘이 데미안 학센의 손에 구현되었다.

"자, 잠깐만!"

데미안 학센이 검을 들어올렸다.

오러블레이드를 중심으로 공기가 왜곡되는 게 보였다.

"머, 멈춰! 하, 항복할 테니까!"

데미안 학센이 검을 휘둘렀다.

새까만 선 하나가 세상을 반으로 나누었다.

선을 중심으로 녹색 불길이 빨려 들어갔다.

어느새 동굴에는 불똥 하나 남지 않았다.

"학! 흐하아악! 사, 사람 살려! 사람 살려어!"

아기토는 몸을 돌려서 달아나려고 했다.

유일한 입구는 데미안 학센이 막고 있음에도 그리 행동했다.

그때, 아기토의 상반신이 미끄러지더니 땅으로 떨어졌다.

당황한 아기토가 뒤를 돌아봤다.

두 다리가 절단된 줄도 모르고 땅 위에 세워져 있었다.

"악! 아악! 아아악!"

아기토는 잘려 나간 허벅지를 붙잡고 비명을 토해 냈다.

"시끄럽다."

어느새 가까이 다가온 데미안 학센이 아기토의 얼굴을 걷어찼다.

그 바람에 아기토의 비명소리가 뚝 끊어졌다.

"내, 내 다리…… 내 다리가……."

"충격이 컸나 보군. 그런데 지금 그걸 걱정할 때가 아닐 텐데."

데미안 학센이 아기토의 목에 롱소드의 날을 댔다. 아기토의 얼굴에 혈색이 사라졌다.

"사, 살려 줘. 주, 죽고 싶지 않아."

"살고 싶나?"

데미안 학센이 씩 웃으며 말했다.

"그럼 목숨값 대신에 다른 걸 지불하셔야지."

"내, 내가 가지고 있는 물건들은 이게 전부야."

아기토는 데미안 학센의 앞에 물건들을 늘어놓았다.

데미안 학센은 짜증 섞인 눈동자로 물건들을 살펴봤다.

"겨우 이게 전부라고?"

저주계열 흑마법이 적혀 있는 서적이 한 권.

아기토가 착용하고 있던 유물 팔찌가 하나.

그 외엔 금화가 담긴 주머니가 전부였다.

아기토가 검은뱀에게 받아 낸 재료들은 전투 도중에 모조리 파괴되었다.

"유란의 간부라면서? 근데 왜 이렇게 가난해?"

"교, 교단을 피해서 도망치느라……."

"이 도움 안 되는 자식. 많이 좀 가져왔어야지."

데미안 학센이 롱소드로 아기토의 머리를 툭툭 두드렸다.

아기토의 얼굴이 시뻘겋게 달아올랐다.

흑마법 서적은 볼 게 없었다. 데미안 학센은 바로 팔찌를 집어들었다.

사실 이 팔찌 하나만 해도 엄청난 가치가 있었다.

"이 팔찌의 정체는 뭐지? 유물인가?"

"그, 그렇다."

데미안 학센의 예상대로 팔찌는 보통 물건이 아니었다.

"정확한 능력이 뭐지?"

"어, 어떤 기운이든 담아둘 수 있다. 마, 마력이든 흑마력이든 조, 종류는 상관없이. 그, 그리고 은폐 기능이 있어서 저, 절대로 들키지 않는다."

"확실해?"

"내, 내가 여태까지 살아 있는 게 그 증거지."

데미안 학센은 만족스러운 얼굴로 팔찌를 살폈다.

기능은 단순했지만 마음에 쏙 들었다.

'여기에 흑마력을 담아두면 되겠어.'

오늘 입증이 되었다시피 흑마력을 사용하면 과거의 검법을 재현할 수 있었다.

완전한 위력을 발휘할 수는 없지만 비장의 수단으로는 충분했다.

다만, 흑마력은 들통이 나면 교단에 쫓길 만큼 위험한 힘이다.

이 팔찌가 있으면 그런 걱정에서 자유로울 수 있었다.

'잘만하면 신검(神劍)을 구현할 수도 있겠어.'

데미안 학센은 강자들과 싸운 뒤, 그들의 기술과 경지를 흡수했다.

그것들을 양분으로 삼아서 도달한 경지가 신검이었다.

전생에 도르고를 죽일 수 있었던 것도 신검에 도달한 덕분이었다.

"근데 진짜 여기서 끝이냐? 더 없어?"

"어, 없어. 진짜야! 진짜니까 제발 그 칼 좀 내려놔!"

데미안 학센은 롱소드를 들어올리며 말했다.

"아니야, 있을 거야. 어떻게든 쥐어 짜내 봐."

"없는 물건을 어떻게 쥐어 짜낼……."

그때, 아기토의 얼굴에 희망이 번졌다.

아기토는 주머니를 뒤져서 수첩을 내밀었다.

"이게 뭔데?"

"거, 검은뱀의 보스가 내가 원하는 물건을 구입한 내역을 적은 종이야! 여기 적힌 가게들을 찾아가 보면 확인할 수 있을 거야!"

"오?"

데미안 학센은 수첩을 열어서 내부를 확인했다.

재료의 거래 내역이 빼곡하게 적혀 있었다.

"그, 그게 있으면 거래를 입증할 수 있을 거야. 너도 알다시피 그들과의 거래는 중죄잖아? 잘하면 교단과 검은뱀을 엮을 수 있을 거야!"

"그럼 나는 손도 안 대고 검은뱀을 소탕할 수 있겠군."

"바로 알아듣는 걸 보니까 제법 똑똑한데."

두 사람은 큰소리로 웃었다. 아기토가 조심스럽게 물었다.

"이제 날 살려 줄 거지?"

"아니."

데미안 학센은 롱소드를 휘둘러 아기토의 목을 베었다.

"난 내 가족을 건드린 놈은 용서하지 않아."

데미안은 아기토의 머리를 집어 들었다. 근처에 있는 적당한 자루에 집어넣었다.

"그리고 입이 무거운 증거품이 필요하거든."

수첩만 있어서 무슨 소용이겠는가.

진짜로 흑마법사가 얽혔다는 증거를 가져가야지.

그렇다고 아기토를 살려서 데려가면 데미안 학센에 대해서 떠들 위험이 컸다.

"이제 검은뱀 놈들한테 엿을 날리러 가 볼까."

그리 말하며 데미안 학센은 토굴을 나왔다.

뱀사냥

덜컹거리는 마차.

그 안에서 학센 자작가의 시종 빅터는 불신과 경계심 가득한 얼굴로 맞은편을 바라보고 있었다.

그곳에는 학센 자작가의 장남 데미안 학센이 앉아 있었다.

'또 무슨 일을 꾸미시려고 날 데려가시는 거지?'

불과 몇 분 전, 빅터는 다른 시종들과 함께 급사한 말의 사체를 처리하고 있었다.

그런데 갑자기 나타난 데미안 학센이 시킬 일이 있다며 빅터를 불러냈다.

-도련님, 무슨 일이십니까요?

-나랑 같이 랜드워크 도시로 가야겠다.

-예, 예? 그, 그 위험한 곳을 대체 왜 가시려는 겁니까!

-시킬 일이 있으니 잠자코 따라와라.

그때의 대화를 떠올리며 빅터는 남몰래 한숨을 내쉬었다.

지금 랜드워크 도시로 들어가면 화가 잔뜩 난 검은뱀과 맞닥뜨리게 될 게 뻔했다.

그렇다고 가지 않을 수도 없었다.

데미안 학센은 자작가의 후계자였다. 그리고 후계자를 모시는 게 빅터의 의무였다.

'아무 일도 없이 조용히 넘어갔으면 좋겠다…….'

빅터의 마음을 아는지 모르는지 데미안 학센은 독서에 열중하고 있었다.

굉장히 오래된 책인지 표지가 모조리 삭아 있었다.

데미안 학센이 책을 읽는 모습은 처음 보는지라 호기심이 동했다. 빅터는 데미안 학센에게 물었다.

"도련님, 대체 무슨 책을 그렇게 열심히 보고 계시는 겁니까요?"

"이거 말이냐? 흑마법서다. 요번에 얻은 물건이지."

데미안 학센의 대답에 빅터는 슬며시 웃었다.

"도련님, 그런 허무맹랑한 거짓말에 제가 속아 넘어갈 것 같으십니까?"

"진짜인데."

"제가 글자도 모르는 무식한 놈이기는 하지만 흑마법서가 얼마나 위험하고, 얻기 힘든지 잘 알고 있습니다."

빅터가 가슴을 쫙 펴며 말했다.

데미안 학센은 그런 빅터를 힐끔 쳐다보며 중얼거렸다.

"역시 넌 재미있는 놈이야."

몇 시간 뒤, 마차는 무사히 랜드워크 도시에 도착했다.

"빅터. 네가 해 줘야 할 일이 있다."

도시 내부로 들어오자마자 데미안 학센은 빅터에게 자루 하나를 내밀었다.

자루를 보자마자 빅터는 인상을 썼다.

자루 아래가 축축하게 젖은데다가 이상한 냄새가 났기 때문이다.

"……도련님, 이게 뭡니까요?"

"사람 머리."

"아니, 도련님. 말씀드렸잖습니까. 제가 아무리 무식해도 그런 농담에는……."

빅터는 별생각 없이 자루의 안을 들여다봤다. 눈을 부릅뜨고 있는 머리와 눈이 마주쳤다.

"흐하아아아악!"

빅터는 비명을 지르며 바닥으로 넘어졌다. 데미안 학센은 자루를 집어 들었다.

"도, 도도, 도련님!"

"진정해라. 사람들이 다 보고 있잖냐."

데미안 학센의 말대로 주변 시선이 집중되고 있었다.

"이, 이게 대체 뭡니까?"

"자세한 건 나중에 물어봐라. 지금 네가 할 일은 머리랑 이 수첩을 도시에 있는 교단에 넘겨주는 거다."

데미안 학센이 수첩을 내밀었다. 빅터는 얼른 수첩을 받았다.

"아주 중요한 임무다. 이것들을 꼭 교단에 이것들을 넘겨줘야 해. 그래야 뒤탈이 없다."

"뒤, 뒤탈이요?"

빅터의 물음에 데미안 학센이 웃으며 말했다.

"자세한 건 나중에 물으라고 했지? 알아들었으면 빨리 움직여라."

빅터가 비장한 얼굴로 고개를 끄덕였다.

자루와 수첩을 품에 안은 채 대로를 달리기 시작했다.

"그럼 나도 움직여야겠군."

데미안 학센이 가장 먼저 향한 곳은 저번 날에 습격했던 술집이었다.

'대가리를 잘라 버리는 건 쉽지만 그래서야 성이 차지 않

아. 내 가족을 건드렸으니 몸통부터 잘근잘근 밟아주마.'

데미안 학센은 랜드워크 도시에서 검은뱀을 뿌리째 뽑아 버릴 생각이었다.

그 목적을 이루기 위해서는 일단 도시에 있는 검은뱀의 지부 위치를 모두 알아야 했다.

그래서 술집을 찾아온 것이다.

'겸사겸사 사장한테 비약도 뜯어내고.'

그러나 데미안 학센의 계획은 처음부터 막히고 말았다.

"……문을 닫았잖아?"

술집의 문은 널빤지에 의해서 막혀 있었다.

널빤지 위에는 폐업이라는 종이가 붙어 있었다.

"이를 어떻게 한담."

데미안 학센은 턱을 매만졌다.

이렇게 된 이상 다른 조직원을 잡아서 거점의 위치를 물어보는 수밖에 없었다.

검은뱀의 조직원을 어디서 찾을지 고민하고 있을 때였다.

"이 날강도 같으니라고!"

갑자기 고성이 들려왔다. 소리가 난 쪽을 쳐다보자 두 남자가 실랑이를 벌이고 있는 모습이 보였다.

"당장 내 돈 내놔! 내놓으란 말이야!"

삐쩍 마른데다 누더기를 걸치고 있는 남자가 분노에 찬 목소리로 소리쳤다.

"네 돈? 내가 분명히 말했잖아. 일자리를 주선해 주는 대신에 수고비를 받겠다고."

누더기의 항의를 들은 사내가 콧방귀를 뀌었다.

누더기와 달리 새 옷을 입고, 체격도 건장했다.

"수고비? 그래! 받겠다고 했지! 하지만 소개비로 8할이나 떼간다는 말은 안 했잖아!"

"지금 말하면 되겠네. 소개비는 8할이다."

데미안 학센은 두 사람을 유심히 관찰했다.

정확히는 건장한 남자의 목덜미를 쳐다봤다. 목덜미에 뱀 문신이 그려져 있었다.

"이 사기꾼아! 당장 내 돈 내놔!"

누더기가 남자에게 매달렸다.

남자가 인상을 팍 쓰더니 누더기의 복부에 주먹을 꽂아 넣었다.

"꺽!"

누더기의 등이 새우처럼 굽어졌다.

남자는 거기서 멈추지 않고 누더기의 머리카락을 움켜잡고 싸대기를 때리기 시작했다.

"야, 이 거지새끼야. 일자리가 없어서 매달릴 때는 언제고 막상 일을 구하고 나니까 나한테 지랄이야."

"그, 그만."

"그만은 뭘 그만이야. 이 새끼야. 좋은 일자리를 구해다

줬으면 감사한 줄 알아야지. 날강도? 사기꾼?"

"억! 어억!"

누더기는 남자가 때리는 대로 모두 얻어맞기만 했다.

남자는 한참을 때린 뒤에야 손을 멈췄다.

"퉷! 한 번만 더 내 눈에 띄어 봐. 그때는 두 다리를 분질러 버리겠어."

남자가 몸을 돌려 자리를 떠나려고 했다. 그런 남자의 어깨를 누군가 움켜잡았다.

"넌 또 뭐야."

남자는 인상을 팍 쓰고 뒤를 돌아봤다.

데미안 학센이 남자의 어깨에 손을 올리고 있었다.

"검은뱀 소속이지?"

"그런데 뭐? 너도 일자리가 필요하냐?"

"아니, 그거 말고 다른 게 필요하다."

"다른 거라고?"

"노시에 있는 검은뱀의 거점을 모두 말해라."

그 말에 남자의 얼굴이 와락 일그러졌다.

"이 새끼가 미쳤나!"

대뜸 남자가 주먹을 내질렀다.

데미안 학센은 남자의 주먹을 가볍게 피하며 롱소드를 뽑아 들었다.

칼날이 남자의 손목을 스치며 지나갔다. 이윽고 남자의

손이 땅에 툭 떨어졌다.

"아아아아악!"

남자는 비명을 지르며 손목을 움켜잡았다.

손가락 사이로 피가 새어 나왔다.

"이, 이 개새끼가 내, 내 팔을! 내 팔을 잘랐어!"

"시끄럽군. 좀 조용히 해 주겠나?"

데미안 학센이 남자의 목에 장검을 들이댔다.

남자는 딸꾹질을 하며 입을 다물었다.

"말귀를 제법 잘 알아듣는군. 마음에 들어."

"너, 너는 누구냐."

"데미안 학센이라고 말하면 알아들으려나?"

"……데, 데미안 학센? 서, 설마 술집을 습격했던 살인마 귀족?"

"듣기 거북하군. 나는 정당한 복수를 했을 뿐인데."

"가, 감히 도시로 돌아오다니. 주, 죽고 싶어서 환장한……."

"조용히 하라고 부탁하지 않았나?"

데미안이 칼날과 목을 더욱 밀착시켰다. 남자의 얼굴의 창백하게 질렸다.

"저기 있는 술집은 왜 폐업한 거지? 내가 난동을 피우긴 했지만 가게 자체는 멀쩡했을 텐데?"

"미, 미친놈…… 그, 그런 일이 생겼는데. 손님들이 가게를 찾아올 거 같아? 수입이 나오지 않아서 보스가 폐업시켰다!"

"사장은? 안데르센 어쩌구 하는 놈 말이야."

"그, 그 늙은이라면 이번 일에 대한 책임을 져야 한다면서 보스가 처리했다."

데미안 학센은 입맛을 다셨다.

또 비약을 뜯어내려고 했는데 아쉽게 되었다.

"다음 질문이다. 랜드워크 도시에 있는 검은뱀의 거점을 모두 말해라."

남성의 눈빛이 흔들렸다. 망설이고 있는 게 분명했다.

"저런…… 아직 상황 파악이 안 되는 모양이군. 귀라도 하나 잘라 줄까?"

"아, 아니야! 말할게! 말할 테니까 그만둬!"

협박은 유효했다. 조직원은 데미안 학센에게 모든 걸 털어놨다.

데미안은 미리 챙겨 온 도시의 약도에 조직원이 말하는 장소를 모두 표시했다.

중앙의 본부를 제외하면 무려 다섯 곳이나 되었다.

"뭐가 이렇게 많아?"

"거, 검은뱀은 랜드워크 도시에서 가장 큰 조직이다. 그 정도는 당연……."

"깡패 새끼들이 대단해 봤자 깡패 새끼들이지."

데미안 학센은 조직원의 목에서 검을 떼어냈다. 조직원의 얼굴이 조금 밝아졌다.

"그, 그럼 이제 살려 주는 거지?"

"아니."

데미안 학센이 검으로 조직원의 목을 베었다.

조직원은 무슨 일을 당했는지도 모른 채 숨통이 끊어졌다.

"어차피 교단이 나서면 너희들은 다 죽은 목숨이다."

교단은 흑마법사는 물론이고 협력자들을 결코 용서하지 않았다.

빅터가 증거를 건넨다면 검은뱀과 흑마법사의 거래가 교단에 알려질 것이다.

그렇게 되면 교단에서는 곧바로 검은뱀을 이단 혐의로 처단하리라.

데미안 학센은 그전에 검은뱀을 몰살시킬 생각이었다.

이런 선례를 만들어야 이후에 만날 적들이 가족들을 함부로 건드리지 못할 게 아닌가.

"마침 가까운 곳에 하나가 있군."

데미안 학센은 걸음을 옮기려 했다.

그때, 바닥에 떨고 있는 누더기가 보였다.

누더기는 잔뜩 겁에 질린 얼굴로 데미안 학센을 경계하고 있었다.

"아."

문득, 생각이 났다는 듯 데미안 학센은 조직원의 주머니에 손을 집어 넣었다.

돈주머니를 꺼내서 남자에게 던졌다.

"이, 이걸 왜 저에게……."

"오해하지 마라. 너 때문에 이놈을 죽인 게 아니니까."

"그, 그럼 왜 이 돈을 제게 주신 겁니까?"

"겸사겸사."

그 말에 누더기는 황당하다는 표정을 지었다.

데미안 학센은 그런 누더기를 내버려 둔 채 걸음을 옮겼다.

데미안 학센이 첫 번째로 찾아간 거점은 뒷골목에 위치해 있는 2층짜리 건물이었다.

건물의 입구에는 껄렁껄렁해 보이는 조직원 한 명이 경비를 보고 있었다.

데미안 학센은 터벅터벅 걸어서 조직원에게 다가갔다.

"이봐, 여기는 잡상인 출입금지야. 빨리 꺼져."

조직원의 경고에도 데미안 학센은 걸음을 멈추지 않았다.

그러자 조직원이 인상을 팍 쓰며 으르렁거렸다.

"내 말 안 들려? 개처럼 두들겨 맞고 싶지 않으면 꺼지……."

사정거리에 들어오자마자 데미안 학센이 롱소드를 휘둘렀다.

조직원의 목이 깔끔하게 절단되었다.

문을 열고 건물 안으로 들어갔다.

검은뱀 조직원들은 널찍한 테이블을 펼쳐놓고 술을 마시며 도박을 하고 있었다.

그 옆에서는 남녀 한 쌍이 알몸인 채로 무릎을 꿇고 있었다.

"이 개잡종 새끼들 같으니!"

남녀 앞에는 한 중년 남성이 길길이 날뛰고 있었다.

"창녀들을 감시하라고 세워놨더니 오히려 창녀랑 눈이 맞아서 도망을 쳐? 내 얼굴에 먹칠을 해도 유분수지!"

"지, 지부장님. 죄송합니다. 제가 잘못했습니다!"

"사, 살려주세요! 다, 다시는 안 그럴게요! 지부장님 말씀을 다시는 거역하지 않을게요!"

두 남녀가 손을 싹싹 빌었다. 그럼에도 지부장의 분노는 사그라지지 않았다.

"이 썅년아! 네가 갚아야 할 빚이 얼마인데 도망을 쳐! 네 애미가 못 갚고 죽었으면 딸이라도 악착같이 갚아야 할 거 아니야!"

지부장이 여자의 머리를 낚아챘다. 고통스러운지 여성의 눈에 눈물이 맺혔다.

"후, 안 되겠다. 둘 다 목을 베어다 본보기로 삼아야겠다."

"지, 지부장님! 제발 한 번만 자비를 베풀어 주세요!"

"제, 제발 부탁드려요!"

"닥치지 못해!"

지부장이 두 남녀의 얼굴을 걷어찼다.

남녀는 바닥에 엎어진 채로 신음을 흘렸다.

"지부장님, 그만하시고 오셔서 한판 하시죠."

"맞습니다. 저런 버러지들에 신경질을 내서 뭐 합니까."

도박 중이던 조직원들이 지부장에게 말했다.

지부장은 씩씩거리며 도박판에 끼어들려고 했다.

그때, 지부장이 문 앞에 서 있는 데미안 학센을 발견했다.

"아…… 진짜 이 멍청한 새끼가 경비도 제대로 못 서네."

지부장은 신경질을 내며 손으로 머리를 마구 털어댔다.

"이런 씨발, 오늘 경비 서기로 한 놈 누구야?"

"헨리입니다."

"그 새끼 내 방으로 데려와. 이번 기회에 정신교육을 단단히 시켜야겠어."

"알겠습니다."

"알겠긴 뭘 알아! 가만히 앉아만 있지 말고 당장 저 새끼 쫓아내!"

지부장이 화를 내며 조직원의 뒤통수를 후려쳤다.

조직원은 머리를 어루만지며 자리에서 일어났다.

"이…… 씨발."

지부장에게 얻어맞은 탓에 조직원의 표정은 썩 좋지 못했다.

이 분노를 데미안 학센에게 풀 생각인지 주먹을 매만지며 다가왔다.

"여기가 어딘 줄 알고 발을 들여놔? 검은뱀이 우습게 보이냐? 오늘 정신이 번쩍 들게 해 주마."

데미안 학센은 굳이 대답하지 않고 장검을 움직였다.

칼날이 조직원의 목을 훑고 지나갔다.

잠시 후, 남자의 머리가 목에서 미끄러지더니 땅에 떨어졌다.

"……어?"

"어엉?"

그 광경을 지켜보고 있던 다른 조직원들이 멍청한 소리를 냈다.

너무 갑작스러운 동료의 죽음에 다들 상황 파악이 늦어졌다.

머리를 잃은 육체가 균형을 잃고 넘어졌다.

그 순간, 조직원들은 제정신을 차렸다.

"브, 브로드가 죽었다!"

"스, 습격이다!"

조직원들은 황급히 무기를 찾았다.

그러나 그들이 무기를 쥐는 것보다 데미안 학센이 더 빨랐다.

데미안 학센이 조직원들 사이로 뛰어들었다.

“끄억!”

“커억!”

데미안 학센이 롱소드를 휘두를 때마다 피가 튀었다.

조직원들의 몸이 잘려 나갔다. 눈 깜짝할 사이에 모두 시체로 변했다.

딱 한 명, 지부장만 남기고 말이다.

“으, 으아아악!”

지부장은 다리에 힘이 풀려서 주저앉았다. 데미안 학센을 삿대질하며 벌벌 떨었다.

“너, 너 뭐야! 내, 내가 누군지 알아? 거, 검은뱀의 간부야!”

“시끄럽군.”

데미안 학센이 지부장의 발목을 짓밟았다.

으득.

소리와 함께 발목이 부러졌다. 지부장은 비명을 질렀다.

“소리를 지르면 이번에는 잘라 버리겠다.”

데미안 학센의 경고에 지부장은 입을 꽉 틀어막았다.

그가 조용해지자 데미안 학센은 알몸의 남녀를 쳐다봤다.

“사, 살려 주세요!”

알몸의 남녀가 데미안 학센의 앞에 엎드렸다.

데미안 학센은 별 관심 없다는 목소리로 말했다.

“너희들은 나가도 좋아.”

“가, 감사합니다!”

“되도록이면 건실하게 살고.”

“며, 명심하겠습니다!”

두 남녀는 황급히 옷을 챙겨 입고 밖으로 도망쳤다.

“그럼 이제 우리 둘만 남았군.”

데미안 학센의 시선이 다시 지부장에게 옮겨졌다. 지부장의 낯빛이 흙색으로 변했다.

“지금부터 묻는 말에 대답해라.”

“그, 그럼 사, 살려 주실 겁니까?”

“일단 들어보고 결정하도록 하지.”

데미안 학센은 허리를 숙여 지부장과 눈높이를 맞췄다.

“이 도시에 있는 검은뱀의 지부를 모두 말해라.”

처음에 만났던 조직원에게 듣기는 했지만 완전히 믿을 수가 없었다.

만약의 사태에 대비하여 교차검증을 할 필요가 있었다.

“그, 그건 대체 왜…….”

데미안 학센이 지부장의 얼굴을 칼자루로 후려쳤다.

지부장은 깨진 이빨을 토해 내며 괴로워했다.

“묻는 질문에만 대답한다. 알겠나?”

지부장이 눈물을 줄줄 흘리며 고개를 끄덕였다.

검은뱀의 보스 세드릭 워커를 처음 본다면 누구나 돼지를 떠올린다.

하지만 조금만 시간이 지나면 깨닫게 된다. 세드릭 워커는 돼지의 탈을 쓴 교활한 늑대라는 것을 말이다.

“하하핫! 세드릭 보스 덕분에 오늘 제대로 호강합니다.”

랜드워크 도시의 중심지에 위치한 고급주점 ‘실크캣’.

하룻밤 머물기 위해서는 엄청난 돈을 내야 한다는 이곳이 오늘따라 텅텅 비었다.

세드릭 워커가 가게를 통째로 빌렸기 때문이었다.

“실크캣의 명성을 자주 들었지만 너무 비싸서 감히 올 생각을 못 했는데…… 이건 기대 이상입니다 그려.”

염소수염을 기른 사내가 옆에 앉아 있는 미녀의 허리를 끌어안으며 말했다.

미녀는 싫은 기색도 보이지 않고 오히려 요염하게 웃었다.

“과연 대단하군. 외국의 명주가 한자리에 모여 있다니.”

염소수염의 사내 옆에는 근육질의 건장한 남성이 앉아 있었다.

근육질의 남성은 술에만 관심이 있는지. 옆에 여자도 끼지 않고 술잔만 비우고 있었다.

“두 분께서 즐거워해 주시니 다행입니다.”

세드릭 워커는 테이블에 앉지 않고 서 있었다.

그것도 모자라서 술을 따르거나 안줏거리를 집어 주는 등 시종이나 다름없이 굴고 있었다.

"실크캣을 통째로 빌리려면 요금이 만만치 않게 들었을 텐데요."

"그러게 말이야. 우리야 즐겁지만 자네의 주머니 사정이 좀 걱정이 되는군."

두 남자의 말에 세드릭 워커는 빙긋 미소를 지었다.

"두 분을 모실 수 있는데 돈이 문제겠습니까?"

"크흠, 그런가?"

"오히려 자주 찾아와 주시면 감사하겠습니다."

세드릭 워커의 말에 두 사람의 얼굴이 활짝 펴졌다.

"그렇게 말해 줘서 고맙군요. 세드릭 보스."

"크흠, 그럼 조금 더 즐겨 볼까."

두 사람은 다시 향락에 취했다. 염소수염은 여자에, 근육질의 남성은 술에 열중했다.

그런 두 사람을 바라보는 세드릭 워커의 눈동자가 싸늘하게 빛났다.

'무능력한 쓰레기들 같으니.'

만약 저 두 사람의 정체를 아는 사람이 들었다면 어이없어 했을 발언이었다.

염소수염의 남자는 랜드워크 도시의 총독이었으며 근육

질의 남성은 랜드워크 도시를 지키는 수호기사였으니 말이다.

하지만 세드릭 워커의 눈에는 둘 다 환경과 운을 타고났을 뿐이지, 개인의 능력은 별 볼 일 없는 쓰레기들로 보였다.

'결국 저 총독은 길드의 수장들이 세운 허수아비에 불과하다. 저 기사는 칼질만 할 줄 아는 머저리고.'

랜드워크 도시는 상인과 기술자들의 입김이 강한 곳이어서 자연스럽게 그들이 뭉친 길드의 뜻대로 돌아가게 되었다.

길드에서는 자신들의 이익을 지키기 위해서 입맛에 맞는 총독을 세우고는 했다.

저 기사도 별반 다르지 않았다.

정식기사기는 하지만 도박과 술에 빠져서 빚에 허덕이는 것을 도시에서 싼값에 고용했을 뿐이다.

그럼에도 세드릭 워커는 이 둘에게 많은 투자를 하고 있었다.

두 명 다 허울 좋은 병신에 불과했으나 그 허울이 너무나도 값졌다.

"참, 세드릭 보스. 다른 조직에서 가지고 있던 사업장 말입니다만. 검은뱀에서 모두 인수해도 될 것 같습니다."

가령 지금처럼 검은뱀에 이득이 되는 일을 해 줬기 때문이다.

"정말이십니까?"

"그렇습니다. 도시의 유흥가는 모두 검은뱀이 관리하세요."

"저야 기쁘지만 다른 사람들이 반발하지 않겠습니까?"

"그 정도야 제 권한으로 충분히 억누를 수 있습니다."

총독이 가슴을 팡팡 때리며 자신 있게 말했다.

얼굴에 삐죽하게 자라난 염소수염 때문에 별로 멋있어 보이지는 않았다.

"총독님! 감사합니다!"

세드릭 워커는 땅에 머리를 박을 기세로 고개를 숙였다.

"감사는 뭘요. 이게 다 세드릭 보스가 성실한 덕분에 얻은 결과가 아니겠습니까."

"이거 나는 해 줄 수 있는 게 없어서 미안하군."

수호기사가 빈 술잔을 내려놓으며 말했다.

세드릭 워커는 그게 무슨 소리냐는 듯 호들갑을 떨었다.

"기사님께서는 이 도시를 지켜 주시는 것만 해도 감사한 일입니다!"

"그거야 당연히 해야 할 일이 아닌가."

"당연한 일이라뇨! 랜드워크처럼 큰 도시의 치안을 유지하는 일이 어디 쉬운 일입니까? 경께서 겸손하신 줄은 알았지만 너무 자신을 낮추시면 다른 사람들이 부끄러워집니다."

"크흠, 그런가?"

세드릭 워커의 아부에 수호기사가 만족스럽다는 반응을 보였다.

"그래도 필요한 게 있으면 말하게. 내 최선을 다해서 도와주도록 하지."

"감사합니다."

세드릭 워커가 다시 고개를 숙였다.

두 사람에게 보이지는 않았지만 세드릭 워커의 두 눈동자는 여전히 차가웠다.

'이딴 쓰레기들에게 고개를 숙이는 것도 얼마 남지 않았다.'

세드릭 워커의 목표는 도시를 쥐락펴락 할 수 있는 위치에 오르는 것이다.

그 계획은 지금도 착실하게 진행되고 있었다.

머지않아서 총독과 기사는 반대로 세드릭 워커에게 고개를 숙이게 되리라.

"더 부족한 건 없으십니까? 말씀만 하시면 당장 가져오겠습니다."

세드릭 워커가 그렇게 말할 때였다.

수하 한 명이 세드릭 워커에게 다가와서 귓속말을 했다.

세드릭 워커의 표정이 바로 굳어졌다.

"……두 분께 정말 죄송하지만 잠시 자리를 비워야겠습니다."

"바쁜 일이 생긴 모양이군요."

"우리는 걱정하지 말고 볼일 보게나."

이미 여자와 술에 흠뻑 빠져든 두 사람은 세드릭 워커가 나가든 말든 신경 쓰지 않았다.

실크캣의 귀빈실에서 나온 세드릭 워커는 수하의 멱살을 움켜잡았다.

"방금 뭐라고 했어? 데미안 학센이 우리 애들을 습격하고 있다고?"

"그, 그렇습니다."

"흑마법사 그 새끼는 대체 뭐 하고 있는데 데미안 학센이 여기 와서 깽판이야!"

"그, 그것까지는 저도 잘……."

세드릭 워커는 한숨을 푹 내쉬었다.

"젠장, 보나마나 돈만 먹고 도망친 게 분명해. 이래서 어중이떠중이들은 믿으면 안 되는 건데."

흑마법사에게 건넨 고용비를 생각하면 피가 거꾸로 솟는 듯했다.

세드릭 워커는 화를 꾹꾹 눌러 참으며 수하에게 명령했다.

"이렇게 된 이상, 데미안 학센은 내 손으로 직접 조져 놔야 화가 풀리겠다. 그놈은 반드시 산채로 잡아와라. 알겠냐?"

그리 말하며 세드릭 워커는 다시 총독과 기사를 접대하

러 들어가려고 했다.

그런 세드릭 워커를 수하가 다급하게 붙잡았다.

"보스! 그냥 들어가시면 안 됩니다! 명령을 내려주셔야 합니다!"

"방금 말했잖아. 그 새끼 산채로 잡아오라고."

"아, 안 됩니다."

"뭐라고?"

"저희 능력으로는 데미안 학센을 잡을 수 없습니다!"

그 말에 세드릭 워커가 수하의 정강이를 걷어찼다.

수하는 비명을 지르며 발을 붙잡았다.

"바빠 죽겠는데. 개소리 하고 자빠졌네. 내가 너희들한테 쏟아부은 돈이 얼마인데. 왜 못 잡아오겠다는 건데!"

데미안 학센에게 술집이 박살 난 이후, 세드릭 워커는 조직원들을 철저하게 무장시켰다.

몬스터 가죽으로 만든 방어구에 솜씨 좋은 장인이 만든 무기까지 쥐어 줬다.

그뿐만이 아니었다. 위급상황에 쓰라고 간부급에게는 마도구까지 지급했다.

그만큼 막대한 돈이 들어갔으나 세드릭 워커는 전혀 개의치 않았다.

이 업계는 얕보이면 끝이었다.

이미 데미안 학센 한 명에게 대망신을 당했으니 이 정도

출혈은 감수해야 했다.

"마도구만 사용해도 그놈은 잿더미가 돼서 뒤질 건데. 그 한 놈을 어쩌지 못한다는 게 말이 돼?"

그 말에 조직원이 떨리는 눈동자로 말했다.

"저, 정말입니다! 미, 믿어 주십시오!"

"이 새끼가 계속 이 지랄이네."

세드릭 워커가 주먹을 쳐들었다. 그때, 누군가 다급하게 달려왔다.

"보, 보스!"

얼마나 급했던 것인지 수하는 발이 꼬여서 바닥에 넘어졌다.

하지만 곧바로 다시 일어나서 세드릭 워커의 앞에 도달했다.

"데, 데미안 학센! 그놈한테 남쪽 지부가 박살 났습니다!"

그 말에 세드릭 워커의 머릿속이 딱딱하게 굳었다.

이놈이 지금 무슨 말을 하고 있는 거지?

"보스! 보스으으!"

머리가 다시 돌아가기도 전에 또 다른 수하가 달려왔다.

수하는 세드릭 워커의 앞에 도착하기도 전에 소리를 질렀다.

"데미안 학센한테 동쪽 지부가 궤멸당했습니다!"

랜드워크 도시의 북쪽 지구.

주거지역이 많아 평온하기로 유명한 지역이건만 오늘따라 유난히 소란스러웠다.

"죽여 버려! 놈을 죽이란 말이야!"

아니, 이걸 소란이라고 해도 되는 걸까.

수십여 명의 검은뱀 조직원이 북쪽 지구의 광장으로 모여들고 있었다.

"한 번에 달려들어! 어디라도 좋으니까 쑤셔 넣기만 해!"

놀랍게도 그들을 상대하고 있는 사람은 단 한 명이었다.

젊은 청년이 광장 중앙에서 검은뱀과 맞서고 있었다.

청년의 무기는 낡은 롱소드가 고작이었다.

그에 비해서 적들은 창과 방패, 석궁, 심지어 몬스터 가죽으로 된 갑옷까지 입고 있었다.

병력으로 보나 전력으로 보나 검은뱀이 압도적으로 유리했다.

"끄아아악!"

그러나 밀리고 있는 쪽은 검은뱀이었다.

청년이 장검을 휘두를 때마다 조직원들의 팔다리가 잘려 나갔다. 몇몇은 머리가 날아갔다.

몬스터 가죽도, 방패도 별 도움이 되지 못했다.

"겁먹지 마라! 놈도 인간이다! 곧 지칠 거다! 그때까지 계속 달려들어!"

간부로 보이는 남자가 조직원들을 격려했다.

하지만 시간이 아무리 지나도 청년은 조금도 지치지 않았다.

"아아악!"

"끄아아악!"

오히려 칼질이 더욱 정교하고 매섭게 변했다. 검은뱀의 피해만 더욱 커졌다.

"이, 이 새끼가……!"

결국 참다못한 간부가 품에 무언가를 꺼냈다.

붉은색에 기묘한 문양이 빽빽하게 그려진 원통이었다.

"어디 이걸 처맞고도 살 수 있나 한번 보자!"

원통의 내부에서 화염구가 터져 나왔다.

화염구는 청년을 향해 일직선으로 날아갔다.

청년은 화염구를 힐끗 보더니 롱소드를 횡으로 휘둘렀다.

장검의 궤적에 맞춰서 화염구가 따라왔다.

마치 물길에 나뭇잎이 흘러가는 듯한 모습이었다.

"저, 저게 뭔……."

간부의 얼굴에 경악이 떠올랐다.

달인이 되면 적의 공격을 자연스럽게 흘려넘길 수 있다는 말은 자주 들어봤다.

하지만 마법을 상대로 그런 묘기를 부릴 수 있다는 말은 처음 들어봤다.

“어, 어어?”

청년이 장검을 휘두르며 몸을 한 바퀴 돌렸다.

그리고 장검의 끝을 간부에게 향했다.

회전하던 화염구가 간부를 향해 날아갔다.

“자, 잠깐!”

쏜살같이 날아든 화염구가 폭발을 일으켰다.

거대한 불길이 간부와 조직원들을 집어삼켰다.

“뭔 깡패 새끼들이 마도구까지 사용하냐.”

말세야 말세.

데미안 학센은 혀를 차며 한탄했다.

“그래도 덕분에 깔끔하게 끝났네.”

아무래도 칼질보다는 마법이 다수를 상대할 때 좋았다.

“어디 보자…… 다음은 어디로 가야 하더라.”

데미안 학센은 도시의 약도를 펼쳤다.

약도를 훑어보며 다음 행선지를 정했다.

“여기로 가야겠군.”

“보스! 북서쪽 지부가 몰살 당했습니다!”

"보, 보보, 보스! 서쪽 지부에서 연락이 왔습니다! 살아남은 사람이 한 명밖에 없답니다!"

연달아 달려오는 수하들을 보며 세드릭 워커는 머리를 붙잡았다.

도무지 믿어지지 않았지만 믿어야 했다.

힘들게 키운 조직이 단 한 명에 의해서 괴멸당하고 있었다.

직접 겪고 있음에도 믿기 힘들었다.

수하들이 단체로 거짓말을 하는 게 아닐까 의심이 될 정도였다.

"보스…… 어, 어떻게 할까요?"

"좀 닥치고 있어 봐."

조직의 자체적인 힘으로는 데미안 학센을 막을 수 없다는 게 확실하다.

그렇다면 외부에서 도움을 요청해야 했다.

"젠장…… 이럴 때 쓰려고 돈을 처바른 게 아닌데."

세드릭 워커는 머리를 들었다.

그의 시선이 향한 곳에서는 총독과 기사가 유흥을 즐기고 있었다.

"너희들은 가서 애들한테 데미안 학센을 최대한 붙잡고 있으라고 말해라."

"예! 알겠습니다."

수하들을 내보낸 뒤, 세드릭 워커는 귀빈실로 들어갔다.

총독과 기사가 세드릭 워커를 반갑게 맞이했다.

"오오, 세드릭 보스. 왜 이제야 오는 거요. 어서 한잔 듭시다."

총독이 술잔을 내밀며 말했다.

그러나 세드릭 워커는 술잔을 받지 않았다.

대신 바닥에 털썩 무릎을 꿇었다.

"염치없지만 두 분께 부탁드릴 것이 있습니다!"

데미안은 도시를 돌아다니며 검은뱀의 지부를 모조리 박살 냈다.

조직원들은 거세게 저항했지만 어느 누구도 데미안을 막지 못했다.

이제 남은 것은 도시 중앙에 있는 본부뿐이었다.

"깡패 새끼들 따위가 도시 중앙에 떡하니 본부까지 차려 놓고 팔자 한번 좋네."

데미안은 검은뱀의 본부로 향했다.

도시의 거리는 오늘따라 한산하고 조용했다.

데미안이 벌인 소동 때문에 상인들이 모두 피신한 까닭이었다.

"음?"

도시의 광장을 막 가로지를 때였다.

별안간 골목 곳곳에서 병사들이 우르르 쏟아져 나왔다.

병사들은 데미안을 포위한 뒤, 창을 겨누었다.

검은뱀의 지부를 모두 박살 내는 동안에는 가만히 있던 병사들이 움직였다.

그게 뜻하는 바는 하나뿐이었다.

"귀한 분이 납시셨군."

맞은편에서 두 남성이 병사들의 호위를 받으며 걸어오고 있었다.

한 명은 나이가 많은데다 삐쩍 말랐으며, 다른 한 명은 젊었으나 보기 부담스러울 정도로 뚱뚱했다.

"나는 랜드워크 도시의 총독 세바스찬 베이커라고 합니다!"

염소수염의 남자가 호통을 쳤다.

그래 봤자 새된 목소리라 전혀 위엄이 느껴지지 않았다.

"감히 랜드워크 도시를 난장판으로 만들다니! 지금 당장 무기를 버리고 투항하세요!"

데미안은 총독의 말을 대충 듣고 흘려보냈다.

총독이 누군지는 별로 궁금하지 않았다.

지금 그가 관심을 가지고 있는 쪽은 총독 옆에 있는 뚱뚱한 남자였다.

"네가 세드릭 워커냐?"

직접 본 적은 없지만 조직원들로부터 무척 뚱뚱하다는 증언을 들었다.

무엇보다 일반인이라고 치기에는 눈동자에서 살기가 흘러넘치고 있었다.

데미안의 질문에 세드릭 워커는 아무 말도 하지 않았다.

대신 삿대질을 하며 총독에게 소리쳤다.

"총독님, 보셨습니까? 저 잔악한 놈이 총독님의 말씀을 따르기는커녕 무시하고 있습니다. 어서 저놈의 목을 베어서 총독님의 위엄을 세우셔야 합니다."

"세드릭 사장님 말씀대로예요! 감히 도시의 총독인 날 무시하다니! 절대로 용서할 수 없어요!"

아무래도 세드릭 워커는 데미안과 말을 섞을 생각이 없어 보였다.

"날 죽이겠다고? 그럴 능력이 없어 보이는데?"

데미안이 병사들을 둘러보며 말했다.

병사들의 숫자는 족히 백 명은 넘어 보였다.

하지만 저들은 마나 연공법은커녕 검술도 제대로 익히지 못한 일반인들에 불과했다.

일반인 따위는 백 명이 아니라 천 명이 몰려와도 무섭지 않았다.

"이, 이이, 이런 후안무치 같은 사람을 봤나! 뭘 믿고 이렇게 나대는지 모르겠네요! 설마 자신이 얼마나 큰 사고를 쳤는지 모르나 보죠?"

총독이 버럭 고함을 질렀다.

"당신은 선량한 사업가로 유명한 세드릭 워커 사장님의 목숨을 노린 것도 모자라서 사업체를 습격해서 무고한 직원들을 수십 명도 넘게 죽였어요! 이건 절대로 용서받을 수 없는 큰 죄예요!"

데미안은 실소를 흘릴 수밖에 없었다.

미래에 끔찍한 범죄란 범죄는 모두 저지르는 검은뱀의 수장이 선량한 사업가로 포장되고 있으니 웃기지 않을 수가 없었다.

"어서 용서를 구하세요!"

"죄가 있어야 빌지."

"이런 뻔뻔한!"

데미안이 오늘 하루 동안 쑥대밭으로 만든 것은 사실이다.

하지만 데미안이 죽인 이들은 무고한 시민이 아니라 검은뱀의 조직원들이었다.

도시를 헤집어 놓기는 했지만 일반 시민들은 조금도 건들지 않았다.

"젊은 청년이라 다독여 보려고 했지만 말이 통하질 않네요! 이렇게 된 이상 절 원망하지 마세요!"

전투가 시작되나 싶어 데미안은 칼자루를 움켜잡았다.

그러나 병사들은 달려들지 않고 가만히 있었다. 그런 행동에 데미안이 의문을 느낄 때였다.

등 뒤에서 살기가 쏟아졌다.

데미안은 재빨리 뒤를 돌아봤다.

병사들이 반으로 갈라졌다. 그 사이로 우락부락한 남성이 나타났다.

"어떤 놈이 난동을 피웠는지 궁금했는데."

남성이 가까이 다가올수록 살기는 점점 더 강해졌다.

고밀도의 살기가 데미안의 피부를 마구 두드렸다. 마치 세찬 비를 맞는 듯했다.

"새파랗게 어린놈이었군."

서로의 눈빛이 교차했다. 그 순간, 데미안은 깨달았다.

이 남자가 어떤 경지에 서 있는지. 그리고 얼마나 강한지.

"얘야, 나는 이 도시의 수호기사인 로버트라고 한다."

정식기사.

괴물이 나타났다.

오늘날 기사라고 하면 모두가 오러를 떠올린다.

하지만 오러를 사용할 수 있다고 해서 모두가 기사인 것은 아니다.

오러를 구현할 수 있으면 준기사.

자유자재로 다룰 수 있어야 정식기사로 인정을 받았다.

구현하는 것과 다루는 것.

일반인들이 보기에 이 둘 사이의 격차는 그리 높아 보이지 않는다.

그러나 실제로는 넘기 힘든 벽이 존재했다.

준기사까지 올라왔지만 정식기사가 되지 못하고 좌절하는 경우가 수없이 많았다.

"도시의 수호기사께서 직접 나설 줄이야."

정식기사라면 데미안도 만만하게 볼 수 없다.

데스나이트 시절의 자신이라면 정식기사가 아니라 소드마스터가 와도 손쉽게 이길 수 있다.

하지만 지금의 데미안은 회귀를 한 지 얼마 되지 않았기에 과거의 강함을 되찾지 못했다.

"당장 도망치고 싶어지는걸?"

데미안의 말에 수호기사 로버트는 의아한 표정을 지었다.

"이상한 놈이군. 나오는 말과 다르게 눈빛은 조금도 겁을 먹지 않았어."

만만하게 볼 수 없을 뿐, 결과는 달라지지 않는다.

단지 조금 까다로울 뿐이다.

"대담한 거냐 아니면 멍청한 거냐?"

"자신 있는 거지."

"멍청한 놈이었군."

로버트가 어깨에 짊어지고 있던 할버트를 들어 올렸다.

그 순간, 로버트의 기세가 사방으로 퍼졌다.

광장 전체의 공기가 무겁게 짓눌렸다.

"거기서 꼼짝 말고 기다려라. 무지한 네놈에게 이 몸이 어떤 존재인지 똑똑히 때려 박아 줄 터이니."

로버트가 걸음을 내딛었다. 가까이 다가올수록 압박감이 더욱 커졌다.

그러나 데미안은 로버트에게 맞설 준비를 하지 않았다.

"도망치지도 못할 만큼 겁을 먹은 모양이냐?"

로버트가 기꺼워하며 말했다. 하지만 데미안은 로버트 쪽은 쳐다보지 않고 있었다.

대신 누군가를 기다리는 것처럼 주변을 쓱쓱 살폈다.

"빅터 이 자식은 뭐 하는 거야. 왜 아직도 안 와."

"설마 미쳐 버린 것이냐?"

로버트가 인상을 쓰며 되물을 때였다.

저 멀리에서 누군가가 건물의 옥상을 밟으며 달려왔다.

광장에 가까워진 검은 인영은 힘껏 건물을 박찼다.

병사들의 머리 위를 날아서 데미안의 앞에 내려앉았다.

"으응?"

로버트가 인상을 쓰며 난입자를 노려봤다.

하지만 검은 로브를 뒤집어쓰고 있어서 정체를 알아볼 수 없었다.

"조력자가 있었구나!"

로버트가 흑의인을 향해 할버트를 휘둘렀다.

오러 맺힌 할버트가 흑의인을 후려쳤다. 흑의인은 팔뚝을 세워 할버트를 막았다.

그 순간, 쩌렁쩌렁한 소리가 터져 나왔다.

놀랍게도 흑의인은 베이지도, 날아가지도 않았다.

대신 할버트가 튕겨져 나갔다.

"내 공격을 막아?"

로버트가 믿기 힘들다는 듯이 중얼거렸다.

그때, 흑의인이 땅을 박찼다.

앞으로 튀어 나가며 주먹을 내질렀다.

북이 터지는 소리와 함께 거구가 뒤로 날아갔다.

로버트는 허공에서 몸을 바로 잡으며 착지했다.

흑의인을 죽일 듯이 노려봤다.

"누구냐! 정체를 밝혀라!"

흑의인이 머리를 덮고 있던 후드를 벗었다.

놀랍게도 흑의인의 정체는 여자였다.

그것도 머리를 무척 짧게 깎았음에도 바로 여자임을 알아볼 수 있을 정도의 빼어난 미녀였다.

하지만 그 이상으로 사람들을 경악시킨 것은 따로 있었다.

머리카락도, 눈썹도, 심지어 눈동자까지 모두 백색이었던 것이다.

그것을 본 로버트가 망연히 중얼거렸다.

"……성기사?"

성기사들은 마력이 아닌 신의 힘을 받아들인다.

그 부작용으로 온몸의 색소가 조금씩 희미해져서 결국 순백으로 변하게 된다.

여인의 백발과 백안은 성기사의 상징이었다.

"수호기사 로버트. 창을 내려놓으십시오. 그렇지 않으면 적으로 간주하겠습니다."

로버트의 눈썹이 꿈틀거렸다.

정식기사면 어디를 가도 귀빈으로 대접받을 수 있는 위치다. 그런데 성기사가 아랫것을 대하듯 명령을 하고 있으니 불쾌할 수밖에 없었던 것이다.

"……젠장."

하지만 로버트는 순순히 할버트에서 손을 뗐다.

성기사의 권위에 반항하는 것은 교단에 맞서는 것과 같았다.

다음으로 여인은 데미안을 돌아보며 물었다.

"데미안 학센, 맞습니까?"

그 물음에 데미안은 고개를 끄덕였다.

"예, 제가 데미안 학센입니다."

"시종의 연락을 받고 달려왔습니다. 증거품은 잘 받았습니다."

그 말에 데미안은 미소를 지었다. 다행히 빅터가 일을 잘해 준 듯했다.

"이제부터는 교단에서 개입하려 합니다만."

성기사는 주변을 둘러봤다.

"바쁘시면 좀 미뤄 드릴 수도 있습니다."

성기사는 로버트와 달리 데미안에겐 친절한 태도로 대했다.

하지만 데미안은 고개를 저었다.

"교단의 행사를 방해할 수는 없죠. 원하는 대로 해도 됩니다."

"감사합니다."

성기사는 가슴에 손을 얹고 감사를 표했다.

그런 다음, 품에서 큼직한 유리구슬을 꺼내더니 땅바닥으로 내던졌다.

유리구슬이 깨지면서 하늘 위로 빛이 날아올랐다.

빛은 폭죽이 되어서 터졌다.

"저, 저게 뭐지?"

"빛이 하늘을 뒤덮고 있잖아?"

그 광경을 지켜보는 병사들은 모두 겁에 질려서 벌벌 떨었다.

이윽고 광장에 또 다른 군대가 나타났다.

모두 하얀 갑옷을 입고 있었으며 방패와 철퇴를 들고 있었다.

그들을 본 도시의 병사들이 기겁하며 소리쳤다.

"집행부대다! 교단의 집행부대가 왔어!"

"마, 말도 안 돼! 왜, 왜 교단에서 우리 도시에……!"

교단의 군대는 오직 이단자와 악마를 처단할 때만 모습을 드러낸다.

이단자들을 처단하기 위해서 자신들의 영혼조차 불사를 광신도들이었다.

"근데 저건 뭐지?"

"이상한 놈이 껴 있잖아?"

집행부대 사이에 웬 꾀죄죄한 차림의 남자가 있었다.

그 남자는 데미안을 향해 양팔을 흔들며 소리쳤다.

"도련님! 도련니이이임! 빅터가 왔습니다요!"

빅터는 군대에서 빠져나와 쪼르르 달려왔다.

"내가 부탁한 일은 제대로 처리한 모양이구나."

"당연합죠! 저 빅터, 배운 것도 없고, 할 줄 아는 것도 없지만 심부름만큼은 자신 있습니다!"

빅터가 의기양양한 얼굴로 자신의 가슴을 팡팡 두드렸다.

데미안은 실소를 터트렸다. 하여간 웃긴 놈이었다.

"병사들과 시민들은 들으세요!"

그때, 성기사가 목소리를 높여 외쳤다.

"현재 랜드워크 도시는 현상수배 중인 흑마법사와 결탁

했다는 혐의를 받고 있습니다!"

그 말에 병사들의 얼굴이 사색이 되었다.

신성교단은 흑마법사에 대해서 관용을 베풀지 않기로 유명했다.

필요하다면 왕족조차 잡아들여서 고문을 가했다.

"관련자들을 색출하는 동안, 교단에서 도시의 관리를 맡도록 하겠습니다! 자신의 결백을 증명하고 싶다면 교단의 행사에 적극적으로 참여하십시오."

병사들은 침을 꿀꺽 삼킬 뿐, 아무도 반대하지 않았다.

이단이라고 낙인이 찍힐 바에는 최대한 협조적으로 행동하는 게 백 배 나았다.

하지만 모두가 병사들처럼 생각하는 것은 아니었다.

"지금 그게 무슨 소리입니까!"

도시의 총독 세바스찬은 격하게 반응했다.

"랜드워크 도시는 왕국에서 자치권을 인정받은 도시예요! 총독인 날 두고 교단에서 도시를 관리하겠다고요? 그게 가당키나 한 소리입니까!"

"더러운 이단자를 처단하는 것은 신의 뜻입니다 교단의 권위는 왕국보다 훨씬 위에 있습니다."

총독의 항의는 씨알도 먹혀들지 않았다.

왕족조차 잡아 가두는 교단에서 일개 도시의 총독을 두려워할 리 없었다.

"감히 그딴 말을 하다니! 이 일은 정식으로 교단에 항의할……."

"무엇보다 당신도 유력 용의자입니다. 흑마법사에 협력했을지도 모르는 당신에게 도시를 맡겨놓을 수 없습니다."

"그, 그게 무슨 소립니까! 제가 왜 흑마법사와 결탁해요!"

성기사가 세드릭 워커를 가리켰다.

"저 남자는 흑마법사를 은닉하고, 지원까지 한 장본인이입니다."

그 말에 세드릭 워커의 입이 빠질 듯이 커졌다.

"세, 세드릭 사장! 저 말이 진짜입니까?"

"아, 아닙니다! 제가 왜 흑마법사를 은닉하고 지원하겠습니까! 모함입니다!"

그 말에 성기사가 품에서 수첩을 꺼내서 들어 올렸다.

"이 수첩에 당신이 흑마법사에게 구해다 준 물건들의 내역과 구입처가 모두 적혀 있습니다."

"아, 아닙니다. 저는 절대로 흑마법사를 도운 적이 없습니다!"

"그건 이제부터 조사하면 밝혀질 일이죠."

성기사는 세드릭 워커의 항변을 조금도 들어주지 않았다.

"총독 세바스찬 베이커, 당신은 흑마법사의 협력자를 보호하기 위해서 병사들을 동원했습니다. 그러니 당신 역시 혐의에서 자유로울 수 없습니다."

성기사는 다음으로 로버트를 가리켰다.

"수호기사 로버트, 당신도 똑같습니다. 세드릭 워커를 보호하기 위해서 무기를 들었으니 이는 그냥 넘어갈 수 없는 일입니다."

그 말에 로버트의 얼굴이 창백하게 굳었다.

"병사들은 당장 저 둘을 연행하십시오."

교단의 병사들이 움직였다.

세바스찬과 세드릭 워커는 변변찮은 저항조차 못 하고 밧줄에 몸이 묶였다.

성기사의 명령에 순응한다기보다는 망연자실한 나머지 모든 것을 포기한 듯했다.

"……날 잡아들이겠다고?"

하지만 로버트는 달랐다.

로버트가 땅에 눕혀져 있는 할버트를 발끝으로 차올렸다.

허공에 떠오른 할버트를 낚아챘다.

"내가 순순히 잡혀 줄 듯싶더냐?"

"저항하면 죽습니다."

"저항하지 않아도 죽겠지! 너희 교단이 얼마나 악독한 놈들인지 모를 줄 알았느냐!"

로버트가 마력을 끌어올렸다. 오러가 할버트를 뒤덮었다.

"이렇게 된 이상, 이 자리에서 네년을 쳐죽이고 도망쳐 주마!"

로버트가 성기사를 향해 달려들었다. 동시에 할버트를 높이 쳐들었다.

성기사의 눈동자가 가늘게 변했다.

주먹을 움켜쥐며 자세를 잡았다. 푸른 불길이 성기사의 몸을 뒤덮었다.

신기하게도 성가사가 입고 있는 로브는 불타지 않았다.

강풍이라도 부는 것처럼 펄럭일 뿐이었다.

"이놈!"

로버트가 할버트를 내리쳤다.

그보다 반 박자 빠르게 성기사가 주먹을 내질렀다.

공기가 터지는 소리가 고막을 울렸다.

성기사의 몸이 사라지더니 로버트의 코앞에 나타났다.

그 속도를 그대로 담아서 주먹을 내질렀다.

불길에 휩싸인 주먹이 흉갑을 강타했다.

"커억!"

흉갑이 찌그러지며 산산이 쪼개졌다.

로버트는 피를 토해 내며 뒤로 날아갔다.

'어리석기는.'

성기사는 신앙심이라는 광기 아래에 평생 동안 가혹한 훈련을 받는다.

그것도 모자라서 신의 시련이라는 명목하에 온갖 위험한 임무들을 해결해야 했다.

그렇게 완성되는 성기사의 강함은 평범한 정식기사와는 격이 달랐다.

'그나저나 이 여자…… 청염의 제자였군.'

청염(靑炎) 브리건딘.

교단의 최고전력이라 여겨지는 오대성인 중 한 명으로 무수히 많은 이단자를 때려잡은 것으로 유명했다.

그중에는 대륙공적도 여럿 포함되어 있었다.

'굉장히 강한 권사였지.'

전생에 데미안은 청염과도 싸워 본 적이 있었다. 명성에 걸맞은 강적이었다.

반나절이 넘게 겨루고 나서야 승리를 거둘 수 있었다.

"데미안 학센."

데미안의 상념은 성기사의 목소리에 깨졌다.

데미안은 고개를 들어 성기사를 쳐다봤다.

"유란의 간부를 처단한 공로는 헤아리기 힘들 정도로 큽니다."

"당연한 일을 했을 뿐입니다."

"당신의 목적을 위해서 교단을 이용했지만 죄를 묻지는 않겠습니다."

데미안은 어깨를 으쓱했다.

"무슨 말씀인지 모르겠군요."

"검은뱀을 공격한 일을 무마시키기 위해서 교단을 불러

들인 거 아닙니까?"

이제 막 도착한 주제에 돌아가는 사정을 너무나도 잘 알고 있었다.

교단에서 늦게 도착한 이유를 조금이나마 알 것 같았다.

'멀리서 날 지켜본 모양이군.'

데미안을 믿어도 되는지 확인하기 위해서 계속 지켜보다가 개입한 것이다.

음흉하기 짝이 없는 행동이지만 한편으로는 이해가 갔다.

옛날부터 흑마법사들은 교단에 첩자를 심기 위해서 혈안이 되어 있었으니 말이다.

"이해해 주시면 감사하겠습니다. 그 아기토라는 놈은 저희 영지에 저주를 내린 것도 모자라서 제 가족을 모독했습니다."

데미안의 말에 성기사의 눈동자가 살짝 커졌다.

"그러니 검은뱀만큼은 제 손으로 처단하고 싶었습니다."

"그런 사정이라면 더 이상 죄를 물을 수 없군요."

세간의 인식과 달리 교단은 꽤 융통성 있는 집단이었다.

다만, 이단에 관련된 일이라면 눈이 뒤집힐 뿐이었다.

"아기토의 목에 걸린 현상금은 빠른 시일 내에 지급하도록 하겠습니다."

"얼마나 받을 수 있습니까?"

"백 골드입니다."

백 골드라면 작은 성을 살 수 있을 정도로 엄청난 거금이었다.

하지만 데미안은 상금에는 별반 관심이 없었다.

"혹시 현상금 말고 현물로 받을 수는 없습니까?"

"가능합니다만 무엇을 바라십니까?"

드디어 기다리던 순간이 왔다.

데미안은 준비해 둔 답을 꺼냈다.

"교단이 보유한 마나연공법을 하나 받고 싶습니다."

"이해할 수가 없군요."

성기사는 고개를 주억거렸다.

"혼자서 검은뱀을 몰살시킬 정도의 실력자가…… 마나연공법이 필요하다고요?"

성기사는 연신 고개를 갸웃거리며 말했다.

"제가 기초적인 마나연공법밖에 익히지 못해서요."

현재 데미안이 수련하고 있는 마나연공법은 용병 시절에 단장에게 배운 것이다.

기초 중의 기초적인 마나연공법인 터라 마력을 쌓는 속도도 느리고, 특수한 효능도 없었다.

"더 수준 높은 마나연공법을 익히기 위해서 알아보던 중에 기회가 생겼으니 부탁드리는 것입니다."

물론 데미안의 재능이라면 이 기초적인 마나연공법을 뜯어고쳐서 더 수준 높은 마나연공법을 만들어 낼 수 있다.

하지만 데미안의 경험상 밑바닥에서 시작하는 것보다 '참고자료'가 있으면 훨씬 뛰어난 결과물이 나왔다.

"교단에 이단자들에게 압수한 물건들 중에는 마나연공법도 있다고 들었습니다. 그중에서 안전하다고 확인된 것들을 받고 싶습니다."

하지만 마나연공법은 값이 무척 비쌀 뿐만 아니라 구하는 것조차 어렵다.

암시장에도 아주 가끔 경매로 올라올 뿐이다.

모처럼 교단과 연줄이 생긴 지금, 마나연공법을 얻을 생각이었다.

"……기초연공법으로 이만한 수준에 도달했다고요?"

성기사는 좀처럼 믿기 힘들다는 얼굴이었다.

데미안은 성기사에게 손목을 내밀었다. 못 믿겠으면 직접 확인해 보라는 뜻이었다.

성기사는 데미안의 손목을 붙잡고 신성력을 흘려보냈다.

신성력이 데미안의 몸을 탐색했다.

잠시 후, 성기사는 눈을 동그랗게 뜬 채 물었다.

"사실이었군요……."

"이제 믿으시겠습니까?"

성기사는 팔짱을 끼며 고민에 잠겼다. 데미안은 가만히 성기사의 대답을 기다렸다.

"마나연공법을 받는 것보다 더 좋은 방법이 있습니다."

"그런 방법이 있습니까?"

데미안의 물음에 성기사가 말했다.

"성기사에 관심 없으십니까?"

"없습니다."

데미안은 딱 잘라 말했다. 그 말에 성기사의 눈동자가 살짝 커졌다.

"어, 어째서입니까."

말까지 더듬는 것을 보아하니 제법 충격이 컸나보다.

"성기사는 신께 은총을 받아서 악인들을 처단할 수 있는 가장 영광스러운 자리입니다."

안타깝게도 데미안은 살면서 신앙심이라고는 단 1g도 가져본 적이 없었다.

무엇보다 데미안이 성기사가 되기를 거부하는 가장 중요한 이유가 있었다.

'성기사는 교단의 사냥개일 뿐이잖아.'

성기사는 교단에 복종해야 하는 의무가 생긴다.

이를 거부한다면 제명되고 종교재판에 넘겨진다.

“다시 한번 더 고민해 보십시오. 당신의 실력이라면 제 스승님께서도 관심을 가지실 겁니다.”

교단의 오대성인인 ‘청염’의 관심을 끌 수 있다니.

다른 사람이었다면 영광스러워 어쩔 줄 몰랐겠지만 데미안은 아니었다.

“저는 아직 신의 사랑을 이해하지 못했습니다. 지금은 세상을 돌아다니며 신의 말씀을 실천하고 싶습니다.”

그렇다고 대놓고 말할 수는 없는 노릇이기에 적당히 넘기기로 했다.

“……이토록 성스러운 말씀이라니. 제 귀가 트이는 기분입니다.”

그런데 대충 지어낸 말이 성기사의 마음에 쏙 든 모양이었다.

성기사는 무척 부담스러운 눈빛으로 데미안을 바라봤다.

“하지만 생각이 바뀐다면 언제라도 좋으니 교단을 찾아오시길 바랍니다. 제가 직접 마중을 나가겠습니다.”

“알겠습니다.”

아마 데미안이 성기사가 되기 위해서 교단을 찾아갈 일은 영원히 없을 것이다.

“부탁하신대로 현상금 대신 마나연공법을 지급하겠습니다.”

성기사는 데미안의 부탁을 흔쾌히 허락했다.

청염의 제자라면 이 정도 부탁을 들어줄 힘은 충분했다.

“대신 한 가지 조건이 있습니다. 아기토의 흔적을 조사하기 위해서 교단에서 사람을 파견할 겁니다. 이들을 학센 자작가에서 받아 주셨으면 합니다.”

“그렇게 하겠습니다.”

데미안은 일말의 고민도 없이 말했다. 사실 거절할 수 있는 부탁이 아니었다.

교단은 이단자를 처단하기 위해서라면 무슨 짓이든 하는 광인들이다.

거절했다가 괜한 의심을 받을지도 몰랐다.

“배려에 감사합니다.”

성기사는 두 손가락으로 허공에 두 선을 그었다. 교단의 인사법이었다.

“그러고 보니 통성명을 하지 않았군요. 제 이름은 아그네스, 청염의 일대제자입니다.”

일대제자.

첫 번째로 들인 제자들을 뜻하는 말이었다.

전생에 청염의 제자들은 모두 이름을 널리 알렸었다.

하지만 그중에 아그네스라는 이름은 없었다.

‘이름을 알리기 전에 흑마법사들에게 살해당한 건가?’

데미안이라고 해서 미래를 모두 아는 것은 아니었다.

"아그네스 님, 만나 뵙게 되어 영광이었습니다."

데미안도 교단의 인사를 흉내 내며 말했다.

"참, 볼일을 마저 끝내도 되겠습니까?"

"편하실 대로 하십시오. 그런데 무슨 볼일을 말씀하시는 겁니까?"

데미안은 세드릭 워커에게 다가갔다. 세드릭 워커는 밧줄에 손이 꽁꽁 묶여 있었다.

데미안이 다가오자 세드릭 워커는 고개만 처든 채로 퉁명스럽게 말했다.

"이 개새끼가 왜 다가오고 지랄…… 컥!"

대뜸 데미안이 세드릭 워커의 복부에 발을 꽂아 넣었다.

세드릭은 헛구역질을 하며 바닥에 엎어졌다.

"돼지 새끼라서 푹신푹신하네."

"이, 이 미친 새…… 커억!"

데미안은 그대로 세드릭 워커를 짓밟았다.

고통이 심하지만 생명에 지장이 없는 곳만 골라서 때렸다.

이 자리에서 세드릭 워커가 죽으면 곤란했다. 세드릭 워커는 교단에 끌려가서 더 큰 고통을 받아야 했으니 말이다.

"후우, 이제야 화가 좀 풀리네."

데미안은 세드릭 워커가 기절하고 나서야 폭행을 멈췄다.

상쾌하다는 얼굴로 아그네스를 향해 말했다.

"이제 데려가시죠."

아그네스가 당황한 얼굴로 고개를 끄덕였다.

그 길로 데미안은 영지로 돌아왔다.

영지에 도착했을 쯤에는 이미 해가 져 있었다.

하지만 영지의 입구는 환했다.

"데미안!"

가족들이 횃불을 든 채 데미안을 기다리고 있었다.

"이 위험한 시기에 대체 어딜 갔다 오는 게냐!"

학센 자작은 데미안을 보자마자 질책했다.

하지만 말과 달리 눈동자는 걱정하는 기색이 가득했다.

"날씨도 추운데 왜 나와 계십니까."

"지금 날씨가 중요하느냐! 또 어디서 사고치고 온 건 아니겠지?"

"그냥 바람 좀 쐴 겸 산책 좀 하다 왔습니다."

학센 자작은 반신반의하는 얼굴이었다.

그런 아버지의 등짝을 어머니가 찰싹 때렸다.

"내가 뭐라고 했어요? 데미안이 또 그럴 리가 없다고 했죠?"

"으음…… 당신 말이 맞았구려."

학센 자작은 안도의 한숨을 내쉬었다.

"데미안, 젊은 나이에 답답할지도 모르지만 당분간은 영지에 있어라. 너에게 원한을 가지고 있는 자들이 한두 명이 아니지 않느냐."

이내 아버지가 걱정 가득한 얼굴로 말했다.

"검은뱀에 라이언블룸 후작가에…… 방심하고 있다가는 무슨 일을 당할지 모른다."

"아버지."

"네 실력이 대단하다는 것은 알고 있다. 하지만…… 이 세상은 무슨 일이 벌어질 아무도 모르는 법이다."

아버지가 데미안의 손을 불끈 쥐었다.

"검은뱀만 해도 그렇다. 그런 놈들은 정도를 지킬 줄 몰라. 네가 자주 가는 길을 파악해 뒀다가 독을 바른 화살을 쏠지 누가 아느냐?"

데미안은 천천히 고개를 끄덕였다.

"아버지의 말씀이 맞습니다."

"내 말뜻을 알아주는 것이냐?"

학센 자작의 입가에 환한 미소가 떠올랐다.

"안 그래도 저도 그럴까 싶어서 미리 선수를 치고 오는 길입니다."

그러나 다음에 들려온 말에 다시 표정이 어두워졌다.

"……뭐, 뭐? 서, 서서, 선수?"

"조만간 검은뱀이라는 이름은 완전히 사라질 겁니다."

“그, 그게 무슨 소리냐?”

“자세한 건 빅터한테 들으시면 됩니다.”

졸지에 이름이 거론되자 빅터의 눈동자가 휘둥그레졌다.

“그럼 전 피곤해서 이만 들어가 보겠습니다.”

데미안은 아버지의 손을 놓고 대로를 따라 달리기 시작했다.

“데, 데미안? 데미안!”

학센 자작이 데미안을 붙잡으려 했지만 소용없었다. 데미안은 이미 저 멀리 가 있었다.

“아, 맞다.”

그러다 뒤를 돌아보며 외쳤다.

“조만간 교단에서 사람이 올 텐데 겁먹지 않으셔도 됩니다. 그냥 흑마법사의 흔적을 조사하러 오는 거거든요.”

그 말에 학센 자작의 머릿속이 멍해졌다.

“뭐? 교단? 교단이 왜 와? 흑마법사는 또 뭐고?”

이미 사라진 데미안이 그 질문에 대답해 줄 리가 없었다.

학센 자작은 빅터를 돌아봤다. 그 눈빛이 너무나 살벌해서 빅터는 움찔 몸을 떨었다.

“빅터…… 오늘 무슨 일이 있었는지 하나도 빠짐없이 설명해야 할 게다!”

사고는 데미안이 치고 고생은 빅터가 하고 있었다.

빅터는 속으로 눈물을 찔끔 흘렸다.

경고

라이언블룸 후작가.

애플 왕국 최고의 검가라 불리는 이곳에 기묘한 일이 벌어지고 있었다.

네 명이나 되는 청년들이 목검을 든 채 마른침을 연신 삼키고 있었다. 그들이 바라보는 방향에는 중년 남성이 서 있었다.

체격이 다부지긴 했지만 그뿐이다. 덩치가 큰 것도, 힘이 강해 보이는 것도 아니었다.

"다들 몸은 충분히 풀어 뒀느냐?"

그러나 청년들은 잔뜩 긴장한 얼굴로 이 남자의 일거수일투족에 촉각을 곤두세우고 있었다.

"그럼 슬슬 시작하자꾸나."

하지만 청년들은 여전히 망설이고 있었다.

그 모습에 중년 남성이 짧게 혀를 찼다.

"사자 새끼들인 줄 알았더니. 사실은 개새끼였던 게냐?"

혈기왕성한 청년들이 저런 모독을 듣고도 가만 있을 리 없었다.

청년들의 눈빛이 달라지더니 하나둘 목검을 들기 시작했다.

그 모습에 남성이 흐뭇한 미소를 지었다.

"이제야 좀 마음에 드는군."

청년들이 고함을 지르며 달려들었다. 남성도 목검을 들고 응수했다.

그리고 눈 깜짝할 사이에 결판이 났다.

청년들은 목검으로 한 대씩 얻어맞은 채 바닥을 나뒹굴었다. 반면 중년 남성은 멀쩡했다.

"다들 제법이구나. 이제 나도 방심 못하겠어."

중년 남성의 말에 청년 한 명이 입술을 삐죽거렸다.

"그래 봤자 후작님의 일격을 막아 낸 사람이 한 명도 없지 않습니까."

애플 왕국에서 후작이라 불릴 수 있는 사람은 극히 드물었다.

그리고 후작 중에서도 이만한 실력을 가진 사람은 단 한 명뿐이었다.

홀랜드 라이언블룸.

중년 남성은 라이언블룸 후작가의 주인이 되는 사람이었다.

"내 체면이 있지. 벌써 너희들에게 따라잡히면 안 되지 않겠느냐."

홀랜드 라이언블룸은 껄껄 웃음을 터트렸다.

"다들 더욱 증진하거라."

"예!"

청년들은 바닥에서 일어나며 목소리를 높여 말했다.

홀랜드 라이언블룸은 목검을 든 채 훈련장을 빠져나왔다.

"고생하셨습니다."

홀랜드 후작이 나오자마자 노년의 신사가 수건을 내밀었다.

홀랜드 후작은 땀을 닦아내며 말했다.

"빈센트, 기사들의 기량이 많이 늘었구려. 이제 나도 까딱 잘못하면 지겠소."

그 말에 빈센트라 불린 노인은 말없이 웃기만 했다.

홀랜드 후작에게 패배한 청년들은 모두 정식기사로 로우클래스의 강자들이었다.

준기사만 해도 오러를 다룰 수 있기에 강력한 전력으로 평가받았다.

로우클래스는 준기사들이 몇 명이 있어도 이길 수 없을 정도로 대단한 기사들이었다.

그런 로우클래스가 네 명이나 모였음에도 어느 누구도 홀랜드 후작의 털끝 하나 건드리지 못했다.

그렇다고 기사들이 수치스러워할 일은 아니었다.

이 남자, 홀랜드 라이언블룸은 소드마스터라는 경지를 코앞에 두고 있는 강자였으니 말이다.

"결투에 내보낼 만한 기사는 정하셨습니까?"

빈센트의 물음에 홀랜드 후작은 잠시 고민에 잠겼다.

"괜찮은 놈들이 몇 명 보이긴 하는데. 좀 더 지켜봐야 알 수 있을 것 같소."

지금 라이언블룸 후작가는 골드픽시 공작가와 분쟁 중에 있었다.

두 가문의 경계선에서 금광이 발견된 것이다.

양가는 오랫동안 실랑이를 벌이다가 결국 결투를 벌여서 이기는 쪽이 광산의 소유권을 가져가기로 했다.

"첫째가 나가기로 했으니 1승은 따놓은 것이나 다름없소만. 나머지 두 명이 걱정이오."

정식기사들은 그 경지에 따라서 하이클래스, 미들클래스, 로우클래스로 나뉘었다.

이번 결투에서는 양쪽 가문에서 로우클래스만 세 명을 참가시키기로 했다.

"누구를 보내도 승리하겠지만 이번 기회에 실력 차이를 확실하게 보여 주고 싶어서 말이오."

홀랜드 후작의 얼굴에는 강한 자신감으로 가득 차 있었다.

과연 애플 왕국 최고의 기사 가문을 운영하는 사람다웠다.

"둘째 공자님께서 참가하셨으면 딱이었을 텐데 아쉽습니다."

"으음, 나도 그렇게 생각하오. 그 아이의 이름을 알릴 좋은 자리가 되었을 텐데…… 아직 실력이 부족하니."

2공자 어윈 라이언블룸은 아직 준기사라 이번 결투 명단에 뽑히지 못했다.

천재라고 불리는 어윈이지만 정식기사의 벽을 넘는 것은 만만치 않은 일이었다.

"그런데 어윈은 지금 뭘하고 있소? 요즘 통 얼굴이 보이지 않던데."

후작의 물음에 빈센트가 곤란하다는 표정을 내비쳤다.

"그것이…… 학센 자작가에 가셨습니다."

"학센 자작가? 아하, 그 가문의 여식 때문이로군."

어윈 라이언블룸이 학센 자작가의 장녀에게 큰 관심을 보이고 있다는 사실은 후작도 이미 알고 있었다.

"그 아이도 참 큰일이오. 날 닮아서 여자를 그렇게 좋아하니 원."

말과 달리 홀랜드 후작의 얼굴에는 미소가 떠올라 있었다.

"그래도 남자라면 그 정도 욕망은 가지고 있어야 하는 법 아니겠소? 첫째는 그런 면이 부족해서 아쉽소."

여자를 밝히는 어윈 라이언블룸과 달리 대공자는 그쪽으로는 아예 관심이 없었다.

"다만, 이번 불장난은 좀 길어지는 것 같아서 걱정이오. 그런 시골 가문의 계집 따위는 적당히 즐기다가 버리면 될 것을."

홀랜드 후작이 쯧쯧 혀를 찰 때였다.

멀리서 시종 한 명이 급하게 달려왔다.

시종은 빈센트의 귓가에 무언가를 속삭였다.

속삭임을 들은 빈센트의 얼굴이 창백하게 질렸다.

"……각하, 둘째 공자님께서 돌아오셨다고 합니다."

"오오, 그게 정말이오?"

홀랜드 후작의 얼굴이 순식간에 활짝 펴졌다.

"호랑이도 제 말하면 온 다더니. 어서 어윈을 보러 가야…… 그런데 얼굴이 왜 그러시오?"

홀랜드 후작이 의아한 얼굴로 물었다.

"그것이…… 그게……."

빈센트가 조심스럽게 입을 열었다.

"뜸 들이지 말고 빨리 말해 보시오."

"둘째 도련님께서 학센 자작가에서 큰 모독을 당하셨다고 합니다."

그 순간, 홀랜드 후작의 얼굴이 귀신처럼 일그러졌다.

"어윈!"

홀랜드 후작이 치료실의 문을 벌컥 열어재꼈다.

그 소리에 침대에 웅크리고 있던 어윈 라이언블룸이 몸을 흠칫 떨었다.

"아, 아버지?"

어윈 라이언블룸은 몸을 덮고 있던 이불 사이로 고개를 내밀었다.

옷 밖으로 드러난 피부는 온통 피멍으로 가득했다.

그뿐만 아니라 목에는 칼로 베인 상처가 아직도 남아 있었다.

"아, 아버지…… 노, 놈이 저, 저저, 저를…… 주, 죽이려고 해, 했어요……! 제, 제 목에…… 카, 칼을…… 아, 아니 포, 포크를……."

더 심각한 것은 어윈의 정신 상태였다.

제대로 말을 잇지 못하고 횡설수설하는 것으로 보아서 정신적인 충격을 크게 받은 모양이었다.

"어윈! 안심하거라! 이 아비가 옆에 있지 않느냐!"

홀랜드 후작은 어윈의 손을 꽉 움켜잡았다. 그래도 어윈의 떨림은 좀처럼 멎질 않았다.

한참 동안 어윈을 다독인 뒤에야 홀랜드 후작은 치료실

밖으로 나왔다.

"……각하."

밖에는 빈센트와 어윈을 호위하던 준기사들이 서 있었다.

홀랜드 후작은 살기 가득한 눈동자로 준기사들을 노려봤다.

"학센 자작가에서 무슨 일이 있었던 것이냐."

준기사들은 마른침을 삼키며 자세하게 설명했다.

준기사들의 설명이 이어질수록 홀랜드 후작의 미간이 좁아졌다.

"……오러가 맺힌 검을 포크로 흘려보냈다고?"

하이클래스인 홀랜드 후작조차 평범한 무기로는 오러를 막아 낼 수 없다.

그런 마당에 겨우 포크로 오러를 흘려보냈다?

"혹시 문책을 당할 게 무서워 거짓된 이야기를 꾸며내는 것이냐?"

"아, 아닙니다! 사실입니다!"

"제, 제발 믿어 주십시오!"

준기사들이 애원하듯이 소리쳤다.

홀랜드 후작은 준기사들의 얼굴을 면밀히 살피다 말했다.

"알겠으니 어서 물러나라."

준기사들은 목례를 한 뒤, 재빨리 자리를 떠났다.

"각하, 어떻게 생각하십니까."

"거짓말을 하는 것 같지는 않소."

하이클래스 정도면 오감을 통해서 상대방의 호흡과 맥박을 알아차릴 수 있다.

이걸 이용하면 상대방이 하는 말의 진실여부를 어느 정도는 가릴 수 있었다.

"하지만 학센 자작가의 장남은 망나니로 유명한 인물입니다. 그런 남자가 어떻게……."

"아마 학센 자작가에서 차나 음식에 환각제 같은 것을 탔을 것 같소."

그 말에 빈센트는 탄식했다. 그걸 생각하지 못했다.

어윈 라이언블룸과 수행기사들은 학센 자작가에 도착해서 차와 음식을 대접받았다.

그 안에 환각제나 독이 담겨 있었다고 한다면?

천재로 유명한 어윈이라 하더라도 검을 제대로 휘두르지 못했을 것이다.

"환각제와 독의 영향으로 엉성하게 휘두른 칼을 데미안 학센이 막아 냈고, 그것을 기사들이 오해한 것이 분명하오."

까득.

생각만 해도 화가 치밀어 오르는지 라이언블룸 후작은 이를 갈았다.

"공작가와의 결투만 아니었으면 내 직접 그놈을 잡아들였을 텐데."

골드픽시 공작가와의 결투를 앞두고 있는 시점에서 후작이 함부로 자리를 비울 수는 없었다.

"지금 당장 학센 자작가로 사람을 보내서 데미안 학센을 압송해 오시오."

홀랜드 후작은 평소에는 공명정대하지만 자식만 얽히면 이기적으로 변하는 것으로 유명했다.

그 정도로 자식을 아끼는 마당에 저런 모습을 봤으니 가만히 있을 리가 없었다.

"밧줄로 묶어서 개처럼 끌고 오시오. 만인이 그 꼴을 볼 수 있도록 말이오."

"기사는 누구를 보내는 게 좋겠습니까?"

"게릭을 보내시오."

게릭이라는 이름에 빈센트의 눈썹이 살짝 치켜올라갔다.

게릭은 로우클래스의 기사로 후작가 내에서도 충성심이 유달리 뛰어난 남자였다. 그 때문에 몇 번인가 문제를 일으켰을 정도였다.

한 번은 후작가를 욕하는 용병들을 모두 불구로 만들어 버린 적도 있었다.

홀랜드 후작이 이를 모를 리가 없다.

그럼에도 이런 민감한 사건에 게릭을 콕 집어서 보내는 것은 의도가 뻔히 보이는 일이었다.

"알겠습니다."

빈센트는 조용히 고개를 숙이며 대답했다.

데미안 학센이 검은뱀을 몰살시킨 이튿날, 교단에서 사람이 찾아왔다.

"자작님께 인사드립니다. 교단 소속의 성기사 아그네스라고 합니다."

도시에서 만났던 청염의 제자 아그네스를 필두로 성기사들과 조사단이 파견되었다.

"교, 교단을 환영하오."

"아, 안녕하세요."

학센 자작과 부인은 잔뜩 긴장한 얼굴로 그들을 맞이했다.

신의 뜻을 위해서라면 학살도 서슴지 않는다는 성기사들을 눈앞에 두고 있으니 당연한 반응이었다.

"데미안에게 미리 들었소. 당분간 자작가에서 머문다고 하던데……."

"이단자의 조사를 위한 결정입니다. 협력해 주시면 감사하겠습니다."

이단자라는 말에 학센 자작은 다시 마른침을 삼켰다.

"건너편의 숙소를 비워 놨으니 얼마든지 사용해도 좋소."

"배려에 감사드립니다. 이건 약소한 성의입니다."

아그네스가 백작에게 무언가를 내밀었다.

어른 주먹 크기의 백금이었다. 그걸 보자마자 후작의 눈동자가 휘둥그레졌다.

"아, 아니 이런 걸 다……."

"조사단의 활동을 용인해 주신 보답입니다."

학센 자작과 어머니의 눈동자에 서려 있던 긴장감이 눈에 띄게 누그러지는 게 보였다.

과연 돈의 힘은 컸다.

"데미안 님께서도 강녕하셨습니까?"

다음으로 아그네스는 데미안에게 인사했다.

"이렇게 빨리 다시 뵙게 될 줄은 몰랐습니다."

"유란은 제가 개인적으로 쫓고 있는 이단자들입니다. 조사를 돕기 위해서 왔습니다."

유란을 말할 때, 아그네스의 눈동자에서 얼핏 살기가 스쳐지나가는 게 보였다.

데미안이 아니었으면 눈치채지 못할 정도로 찰나의 변화였다.

"그리고 개인적으로 당신한테도 관심이 있습니다."

그 말에 가족들이 전부 데미안을 쳐다봤다.

어머니는 손바닥으로 입을 틀어막았다.

"어머, 어머, 어머."

데미안은 그런 어머니를 흘겨봤다.

뭔가를 오해해도 단단히 오해한 모양이었다.

"전 성기사가 될 생각없습니다."

"그래도 혹시 모르지 않습니까."

"그럴 일 절대 없습니다."

데미안은 단호한 어조로 말했다. 아그네스는 단번에 시무룩해졌다.

"아쉬운 일입니다. 참, 이거 받으십시오."

아그네스가 데미안에게 낡은 책 두 권을 내밀었다.

"부탁하신 마나연공법입니다. 특별히 엄선한 것들입니다."

"왜 두 권이나 주시는 거죠?"

"한 권은 검법입니다. 연공법만 드리면 짝이 맞지 않아 추가했습니다."

검술은 딱히 필요가 없었지만 받아서 나쁠 건 없었다.

데미안은 두 권의 표지를 살펴봤다.

패력축해검(霸力畜解劍)

패력축기공(覇大力畜氣功)

전생에서도 본 적이 없는 검법과 연공법이었다.

데스나이트 시절, 교단의 본부를 직접 함락시키기는 했다.

하지만 교단에서는 도르고에게 빼앗길 수 없다며 모든 성물과 재화들을 스스로 불태웠다.

그 바람에 교단의 내부에 무엇이 있는지는 데미안조차 알지 못했다.

"가져오느라 힘들었습니다."

아그네스가 이렇게 말할 정도면 정말 괜찮은 물건을 가져온 것이리라.

데미안은 서책들을 품에 넣으며 감사를 표했다.

"감사합니다."

"빈말이 아니라 정말 힘들었습니다. 교단 내에서 반대가 심했습니다."

"고생이 많으셨군요. 정말 감사합니다."

"결국 제 스승님의 권위까지 빌려야 했습니다."

아그네스가 거듭 같은 말을 반복하자 데미안은 미간을 좁혔다.

"아무리 그러셔도 성기사가 될 생각 없습니다."

아그네스의 어깨가 아주 살짝 내려갔다.

"이곳입니다."

데미안은 아그네스와 조사단을 아기토가 숨어 있던 토굴로 안내했다.

토굴 아래로 내려오자마자 조사단은 놀라움을 감추지 못했다.

"저주계열 흑마법으로 이만한 파괴력을 내다니."

“과연 유란의 간부다운 실력입니다.”

조사단은 흩어진 채 조사를 시작했다.

몇 명은 남아서 데미안에게 자세한 경위를 물었다.

“흑마법사를 어떻게 처리했냐고요?”

데미안은 대수롭지 않게 말했다.

“대충 피하다가 목을 쳐서 죽였습니다.”

그 말에 조사관들은 어이없어 했다. 몇 명은 따지고 싶은 눈치였다.

“역시 대단하시군요.”

하지만 아그네스가 별다른 반응을 보이지 않자 따질 수가 없었다.

“그럼 저는 연공법이랑 검법을 보고 있을 테니 조사가 끝나면 말씀해 주세요.”

그리 말한 뒤, 데미안은 토굴을 빠져나왔다.

‘내가 흑마법을 쓴 흔적은 전부 숨겼으니 괜찮겠지.’

데미안은 이젯밤 미리 토굴로 돌아와서 현장에 적당한 조작을 해놨다.

자신이 흑마법을 사용할 줄 안다는 사실이 교단에 들통이 나면 곤란했기 때문이다.

‘수상한 점을 찾기는 힘들 거다.’

데미안 정도 되는 인물이 작정하고 현장을 조작했으니 조사단 수준으로는 위화감을 느끼지 못하리라.

데미안은 걱정을 접어둔 채 아그네스에게 받은 서책을 펼쳤다.

서책을 펼치자 첫 장에 적힌 문구가 눈에 들어왔다.

〈이 검법에는 역대 갤러웨이 백작들의 심득이 모두 담겨 있다.〉

〈아무리 훌륭한 기재라 하여도 검법의 심득을 모두 이해하기는 불가능할 것이니 평생에 걸쳐서 절차탁마하라.〉

갤러웨이 백작가.

전생에 용병으로 일하던 시절에 들은 적 있는 가문명이었다.

현재 시간을 기준으로 50년 전, 교단에 의해서 멸문을 당한 가문이었다.

본래 갤러웨이 백작가는 제국에 소속되어 있는 기사가문이었다.

소드마스터를 가문의 시조로 두고 있으며 이후로도 한 명의 소드마스터를 추가로 배출해낼 정도로 대단한 명문가였다.

하지만 후대에 이르러서는 하이클래스 기사조차 배출해내지 못해 가세가 크게 기울었다.

그 때문인지는 몰라도 흑마법사들과 결탁했다가 교단에게 들통이 났다.

'힘들게 가져왔다는 게 빈말이 아니었어.'

마스터 클래스가 창안한 기술은 엄청난 가치를 가지고 있다.

다른 기술서들보다 훨씬 고차원적이며 무엇보다 마스터 클래스가 되는 방법을 담고 있기 때문이다.

'제법 쓸 만하겠어.'

다만, 데미안에게는 그리 큰 감흥을 주지는 못했다.

전생에 데미안은 소드마스터조차 경시할 정도의 강자였다.

이 정도 수준의 검법과 연공법이 눈에 찰 리가 없었다.

애초에 데미안이 연공법을 요구한 이유는 이것을 참고하여 더 수준 높은 연공법을 만들어 내기 위함이었다.

'검법은 볼 게 없다.'

패력축해검은 마력을 압축시켰다가 해방함으로써 막강한 파괴력을 발휘하는 강검이었다.

딱히 특별할 것은 없기에 데미안은 검법은 한 번만 보고 넘겼다.

하지만 검법과 달리 패력축기공은 굉장히 흥미로운 기술이었다.

'패력축해검은 막대한 마력을 소모하는 검법이야. 이 단점을 보완하기 위해서 패력축기공은 마력의 축기 속도를 높이는 쪽으로 발전했다.'

패력축기공은 다른 마나연공법에 비해서 마력을 쌓는

속도가 무척 빨랐다.

그 비결은 패력축기공을 운용하면 일시적으로 외부의 마력을 끌어모으기 때문이다.

그래서 한 번에 많은 마력을 흡수하여 쌓을 수 있었다.

'마스터의 경지에 오르면 주변의 마력을 바로 가져다 쓸 수 있다…… 라고 적혀 있군.'

즉, 패력축기공은 공간의 마력을 지배하는 연공법이었다.

패력축해검에 비해서 훨씬 수준이 높은 절학이었다.

'어느 정도의 범위까지 마력을 지배할 수 있는 거지? 자연이 아니라 상대방의 마력까지 지배할 수는 없나?'

데미안은 몇 번이고 탐독했다.

그 과정에서 패력축기공을 낱낱이 분해해 필요한 것들을 취했다.

조용한 숲속.

데미안의 머릿속에서 무언가가 탄생하고 있었다.

"좀 수상하지 않나요?"

토굴을 조사하던 중에 젊은 조사관이 선배 조사관에게 물었다.

선배 조사관은 토굴에 널려 있는 잔해들을 뒤적이며 되

물었다.

"갑자기 뭔 개풀 뜯어 먹는 소리냐."

"아니, 그렇잖아요. 아기토가 누굽니까. 교단의 추격을 몇 번이나 뿌리쳤던 유란의 간부잖아요."

유란은 평범한 흑마법사 집단이 아니었다.

규모는 작지만 개개인의 실력이 무척 뛰어났다.

교단에서 파견한 성기사가 되레 사냥을 당할 정도로 말이다.

"물론 아기토는 저주학파라 전투력이 약한 편이긴 해요."

언데드를 부리는 사령학파나 스스로를 강화시켜 싸우는 광분학파에 비해서 저주학파는 직접적인 전투력이 부족한 쪽에 속했다.

"아무리 그래도 아기토 같은 상급 흑마법사가 시골 귀족에게 목숨을 잃는다는 게 말이 됩니까?"

하지만 어디까지나 상대적으로 그렇다는 소리였다.

아기토쯤 되는 지주술사를 정면에서 죽이는 것은 정규 기사도 힘든 일이었다.

"어쩌면 그 데미안 학센이라는 남자…… 유란의 첩자가 아닐까요? 다른 사람의 시체를 아기토로 위장하고 교단에 넘긴 걸 수도 있잖습니까."

후배의 의심에 선배 조사관도 고개를 끄덕였다.

"나도 너랑 비슷한 생각을 했지."

"역시 저만 이상하다고 느낀 게 아니군요!"

"하지만 어쩌겠냐. 아그네스 님께서 아무 말씀도 안 하시는 것을."

아그네스는 지금까지 무수히 많은 이단자를 처단한 성기사였다.

젊은 조사관도 의심한 것을 아그네스가 그냥 넘겼을 리가 없었다.

하지만 아그네스는 데미안 학센을 조금도 의심하지 않았다.

"그래도 한 번 건의를 드리는 게 좋지 않을까요?"

"일단 조사부터 끝내고 말씀드려라. 지금은 조사에 집중……."

"데미안 학센은 첩자가 아닙니다."

별안간 등 뒤에서 들려온 목소리에 두 조사관은 화들짝 놀랐다.

아그네스가 특유의 무표정한 얼굴로 두 사람을 바라보고 있었다.

"두 분이 의심하는 것도 이해가 갑니다. 하지만 데미안 학센은 그럴 남자가 아닙니다."

아그네스의 말에 두 조사관은 눈만 깜빡였다.

"하, 하지만 대체 어떻게 아기토를 죽였는지 납득이 가지 않습니다."

젊은 조사관이 용기를 내서 물었다.

아그네스는 곧바로 대답했다.

“어떻게 죽였는지 이미 듣지 않았습니까.”

“예? 저희가 들었다고요?”

문득 젊은 조사관은 데미안 학센이 했던 말을 떠올렸다.

-대충 피하다가 목을 쳐서 죽였습니다.

젊은 조사관의 얼굴에 짙은 당혹감이 떠올랐다.

“아, 아니 그러면 대충 피하다 죽였다는 그 소리가…… 진짜라구요?”

아그네스는 고개를 끄덕였다.

“그 남자의 시종이 아기토의 목을 들고 왔을 때, 저는 바로 개입하지 않고 그 남자를 지켜봤습니다.”

사실 아그네스는 이미 데미안 학센을 의심한 뒤였다.

아기토 같은 거물이 이렇게 쉽게 죽는 것은 말이 되지 않았다.

의심할 수밖에 없는 상황이었다.

“정말이지…… 경악스러울 정도로 무서운 실력자더군요.”

그리고 데미안 학센이 싸우는 모습을 보자마자 의심을 모두 거둬들일 수밖에 없었다.

“수십 명을 동시에 상대하면서도 생채기 하나 입지 않더군요. 오히려 그들을 압도했어요.”

아그네스는 아직도 잊을 수가 없었다.

데미안 학센은 사방에서 들어오는 공격을 종이 한 장 차이로 피하며 적들을 베어 넘겼다.

동작 하나하나가 모두 철저하게 계산되어 있었다.

너무 비현실적이라 잘 짜인 연극을 보는 게 아닐까 싶을 정도였다.

"가장 놀라웠던 것은…… 그 남자가 마법을 흘려보냈다는 사실입니다."

두 조사원들은 처음에는 그 말뜻을 이해하지 못했다.

"검은뱀의 조직원 중 한 명이 마도구를 이용해서 화염구를 쏘아 보냈습니다. 데미안 학센은 칼을 휘둘러서 그 화염구의 방향을 바꾸더군요."

아그네스의 설명을 다시 듣고 나서야 이해했다.

아니, 사실은 이번에도 이해할 수 없었다.

"그게…… 가능한 일입니까?"

사람은 당장 눈앞에 들이닥치는 칼을 막아내는 것조차 힘들어한다.

그런 마당에 마법을 흘려보냈다? 믿을 수 없는 소리였다.

"가능하기는 합니다. 듣자하니 제국의 소드마스터인 '검성'은 유검의 달인이라 어떤 공격이든 받아낼 수 있다고 하더군요. 설사 마법이라 해도 말입니다."

두 조사원의 입이 쩍 벌어졌다.

다시 말하자면 마스터급이나 되어야 가능한 묘기라는

소리였다.

"그, 그게 사실이라면 데미안 학센은……."

"엄청난 실력자고, 비교할 바가 없는 천재입니다. 그런 인물을 고작 첩자로 사용할 리가 없죠. 그냥 전투요원으로 사용해도 교단은 큰 피해를 입을 테니까요."

아그네스가 한없이 진지한 얼굴로 말했다.

"그럼 설마 아그네스 님께서 이곳에 직접 오신 이유도 그 남자 때문입니까?"

"제가 여러분들을 따라온 이유는 유란 때문입니다."

아그네스가 딱 잘라 말했다.

교단에서 아그네스가 유란에 큰 원한을 가지고 있다는 사실을 모르는 사람은 없었다.

"하지만 저 남자에게도 볼일이 있긴 합니다. 저는 가급적이면 저 남자를 스승님께 데려가고 싶습니다. 지금 기회를 놓쳤다가 다른 오대성인들께서 저 남자에 대해서 알게 되면 큰일이니까요."

청염 브리건딘은 교단 내에서 일국의 왕 부럽지 않은 위치에 있다.

그리고 아그네스는 청염의 제자들 중에서도 가장 뛰어난 인물이었다.

그런 인물이 자존심도 내비치지 않고 극찬을 쏟아내고 있었다.

"그러니 이제 의심은 접어두시고 조사에 집중해 주세요."

그 말에 조사원들은 고개를 끄덕일 수밖에 없었다.

조사는 4시간이 지나고 나서야 끝났다.

아쉽게도 전투의 여파로 모두 잔해로 변해버렸기에 알 수 있는 정보는 많지 않았다.

"다들 고생하셨습니다."

그럼에도 아그네스는 실망한 기색 없이 조사원들을 격려했다.

아그네스와 조사원들이 토굴 밖으로 나왔을 때였다.

그들은 밖으로 나오자마자 기이한 광경을 보게 되었다.

"응?"

"저게 뭐지?"

공기가 소용돌이 치고 있었다.

그 흐름에 맞춰 주변의 나뭇잎들이 부산스럽게 흔들렸다.

그 중심에 데미안 학센이 있었다.

데미안 학센은 바위 위에 앉은 채 눈을 감고 있었다.

그가 호흡을 할 때마다 공기의 흐름이 빨라졌다가 다시 느려졌다.

"저게 뭐야?"

"엄청난데?"

조사원들은 신기하다는 얼굴로 그 모습을 지켜봤다.

그들은 모두 일반인들이었기에 알아보지 못했다.

'……신이시여.'

오직 아그네스만이 지금 데미안 학센이 얼마나 말도 안 되는 일을 벌이고 있는지 알아봤다.

주변에 흩어져 있는 마력을 모조리 자신에게 종속시킨 뒤, 흡수하고 있었다.

'제가 무엇을 보고 있는 것입니까.'

데미안 학센에게 넘겨준 연공법에 대해서는 아그네스도 잘 알고 있었다.

그 가치가 얼마나 대단한지 알고 있기에 데미안 학센에게 전해 준 것이다.

패력축해검 자체는 그리 대단하지 않다.

하지만 패력축기공은 달랐다. 누구나 탐을 낼 정도로 대단한 연공법이었다.

'우리가 조사를 하는 사이에 패력축기공을 극성까지 익히다니…….'

패력축기공은 주위의 마력을 끌어 모아서 흡수하는 연공법이다.

그 덕분에 다른 연공법에 비해서 마력을 쌓는 속도가 훨씬 빨랐다.

패력축기공을 극성까지 익히게 되면 주변의 마력을 끌어오는 것을 넘어서 지배할 수 있게 된다.

데미안 학센이 하고 있는 행동이 바로 그것이었다.

패력축기공을 이용해서 주위의 마력을 지배한 뒤, 흡수하고 있었다.

“후우…….”

데미안 학센이 호흡을 멈췄다.

그러자 공기의 흐름도 뚝 끊어졌다.

“조사는 다 끝나셨습니까?”

데미안 학센이 아그네스와 조사원들에게 물었다.

아그네스는 멍한 얼굴로 고개를 끄덕였다.

“데미안 님께서는…… 성취가 있으셨나 봅니다.”

“예, 약간 재미를 좀 봤습니다.”

데미안 학센이 씩 웃어 보였다.

스스로도 자신의 성취가 만족스러운 모양이었다.

“벌써 저녁 시간이군요. 어서 돌아가시죠. 아버지께서 식사를 준비…….”

별안간 데미안 학센의 얼굴이 딱딱하게 굳었다.

데미안 학센은 영지가 있는 방향으로 시선을 돌렸다.

“버러지들이 찾아왔군.”

난데없는 험한 말에 아그네스는 살짝 놀랐다. 데미안 학센은 그녀에게 고개를 숙이며 말했다.

"급한 일이 생겨서 먼저 가 봐야겠습니다. 여러분들께서는 천천히 오십시오."

그러더니 대답을 듣지도 않고 땅을 박찼다.

아그네스가 붙잡을 틈도 없이 데미안 학센은 점이 되어서 사라졌다.

그 속도에 아그네스는 다시 놀랄 수밖에 없었다.

'마력으로 움직이고 있어?'

마력을 사용하면 신체능력을 증폭시킬 수 있다.

데미안 학센이 초인적인 속도로 움직일 수 있는 것도 모두 마력 덕분이었다.

'데미안 학센에게는 그런 마력이 없었을 텐데.'

랜드워크 도시에서 아그네스는 데미안 학센의 몸에 신성력을 주입시켜서 신체내부를 확인한 적이 있다.

당시 데미안 학센이 보유하고 있던 마력량은 굉장히 미약했다.

그런 적은 마력량으로는 저렇게 빨리 움직일 수 없었다.

'패력축기공 덕분에? 아니야 아무리 패력축기공이라 해도 그 짧은 시간에 저만한 마력을 쌓을 수 있을 리가 없어.'

데미안 학센이 패력축기공의 극성에 도달했다 해도 겨우 3~4시간밖에 마력을 쌓지 못했다.

그에 비해서 데미안 학센의 움직임은 어지간한 정식기사보다 훨씬 빨랐다.

'설마…… 그만큼 마력을 정밀하게 운용하는 건가?'

마력은 정밀하게 운용할수록 효율이 증가한다. 낭비되는 마력이 그만큼 줄어들기 때문이다.

천재 중의 천재라 불리는 검성의 경우에는 같은 마력을 가지고도 두 배에 달하는 효율을 내는 것으로 유명했다.

아그네스가 볼 때, 데미안의 효율은 두 배 수준이 아니었다.

'대체 저 남자의 한계는 어디까지지?'

한계가 보이지 않는 재능에 아그네스는 온몸에 소름이 돋는 것을 느꼈다.

학센 자작가의 영지.

그곳으로 이어지는 대로에 세 명의 남성들이 나타났다.

셋 다 전신을 가리는 판금 갑옷에 혈통이 좋아 보이는 말을 타고 있었다.

한눈에 봐도 보통 신분들이 아니었다.

"으아, 드디어 도착했네."

기사 한 명이 기지개를 켜며 말했다.

지난 이틀 동안 강행군을 한 탓에 피로가 적지 않게 쌓여 있었다.

"야, 올피스. 이게 무슨 냄새냐. 되게 지독한데."

다른 기사가 인상을 쓰며 말했다.

그러자 기지개를 켰던 기사, 올피스가 비웃듯이 말했다.

"라벤더, 이 도시 촌놈아, 이게 바로 소똥 냄새라는 거다. 귀한 냄새니 많이 맡아 놔라."

"이게 똥냄새라고? 으엑."

라벤더라 불린 기사가 손으로 갑옷을 털기 시작했다.

그 행동을 본 올피스가 웃음을 터트렸다.

"멍청아. 그런다고 냄새가 사라지냐?"

"젠장, 향수 같은 거 없냐? 있으면 좀 줘봐. 이러다가 냄새가 몸에 배면 어떻게 해!"

두 기사들이 시시덕거리는 동안 남아 있던 기사가 짧게 말했다.

"조용."

낮게 내리깔리는 목소리에 올피스와 라벤더는 곧바로 입을 다물었다.

두 기사를 침묵시킨 기사는 말없이 학센 영지를 바라봤다.

"저곳이 학센 영지인가?"

"맞습니다, 게릭 경."

가벼웠던 언행이 거짓말인 것처럼 올피스가 진중한 목소리로 말했다.

그럴 수밖에 없었다. 준기사인 올피스와 라벤더와 달리

눈앞에 있는 남자는 정식기사였다.

그것도 라이언블룸 후작에게 직접 임무를 받을 정도의 실력자였다.

"드디어 만날 수 있겠군. 어윈 님께 모독을 주고, 라이언블룸 후작가의 명성을 더럽힌 그 망나니 새끼를."

게릭의 눈동자에 끈적끈적한 살기가 떠올랐다.

올피스와 라벤더는 마른침을 삼켰다. 게릭이 내뿜고 있는 기세에 압도된 것이다.

"올피스. 각하께서 우리에게 내리신 임무가 뭐였지?"

"예! 데미안 학센을 체포해 오라 하셨습니다!"

"그깟 쓰레기를 잡아오는 것이야 어렵지 않지…… 하지만 그것만으로는 부족해."

게릭의 살기가 조금 더 짙어졌다.

"데미안 학센뿐만 아니라 학센 자작가 전체가 대가를 치러야 한다. 마땅히 그래야 한다고 생각하지 않나?"

"그렇습니다!"

"맞는 말씀이십니다!"

두 기사는 재빨리 대답했다.

게릭은 충성스러웠으나 성격이 거칠기로 유명했다.

후작가의 깃발에 예의를 표하지 않았다는 이유로 영지민에게 채찍질을 가한 적도 있었다.

게릭의 성격을 생각하면 아니어도 맞는다고 말해야 했다.

그렇지 않으면 학센 자작가보다 두 명이 먼저 봉변을 당할지도 몰랐다.

"가자."

세 기사는 학센 자작가의 저택으로 향했다. 마침 입구에서 시종 한 명이 빗자루질을 하고 있었다.

"이봐."

라벤더가 그 남자 시종에게 말했다.

남자 시종은 빗자루질을 멈추고 고개를 들었다.

"으앗! 깜짝이야!"

시종은 화들짝 놀라며 소리쳤다. 되레 라벤더도 놀라고 말았다.

"기, 기사님들이 저희 영지에는 어쩐 일이십니까요?"

시종이 벌벌 떨며 물음을 던졌다.

시종의 비굴한 태도에 라벤더는 미미한 우월감을 느꼈다.

"데미안 학센을 만나러 왔다. 당장 나오라고 해라."

라벤더가 목소리를 높여 말했다.

그러자 시종의 눈동자가 휘둥그레졌다.

"왜 도련님을 찾으시는 겁니까?"

"그것까지 알 필요 없다. 데미안 학센에게 내 말이나 전해라."

"그건 안 되겠습니다요."

시종의 말에 라벤더가 인상을 찌푸렸다.

"지금 뭐라고 했지?"

"여러분들이 누군 줄 알고 우리 도련님을 불러온데요. 전 못 합니다요."

시종은 고개를 절레절레 저었다.

"도련님을 뵙고 싶으시면 어디서 오셨는지 이름을 말씀하십쇼. 그러면 도련님께 말씀을 전해드리겠습니다요."

하.

라벤더는 헛웃음을 터트리며 게릭을 쳐다봤다.

안 그래도 학센 자작가를 짓밟아주려고 벼르고 있었는데 딱 좋은 건수가 잡혔다.

"너, 이름이 뭐냐?"

"빅터라고 합니다요."

"빅터, 그래 빅터."

라벤더가 빅터를 향해 다가왔다. 심상치 않은 분위기에 빅터가 뒷걸음질 쳤다.

"왜, 왜 다가오시는…… 컥!"

라벤더가 건틀릿이 씌워진 주먹으로 빅터의 복부를 후려쳤다.

빅터는 몸을 웅크린 채 헛구역질을 했다.

"가, 갑자기 왜 이러시는…… 커억!"

이번에는 주먹으로 빅터의 머리를 후려쳤다. 빅터는 바닥을 나뒹굴었다.

"쓰레기 같은 놈이 하라면 할 것이지 어디서 개기고 있어!"

라벤더는 발을 들어서 빅터를 짓밟았다 빅터는 몸을 웅크려봤지만 소용없었다.

기사의 단련된 신체 앞에서 일반인의 몸은 너무나도 연약했다.

"이게 무슨 소리야!"

"빅터! 무슨 일이야!"

저택에 있던 시종들이 우르르 몰려나왔다.

하지만 기사들을 보자마자 그 자리에서 멈춰 섰다.

"자, 자작님! 자작님 모셔 와!"

시녀 한 명이 허둥거리며 저택 안으로 들어갔다.

잠시 후, 학센 자작과 가족들이 밖으로 나왔다.

"멈추지 못하겠소!"

학센 자작의 호통을 듣고 나서야 기사는 발길질을 멈췄다.

하지만 빅터는 이미 피투성이가 되어 있었다.

"드디어 나오셨나."

학센 자작은 빅터의 상태를 보자마자 분노를 터트렸다.

"이게 무슨 짓이오! 기사라는 자들이 일반인을 이렇게 폭행하다니!"

"학센 자작가가 라이언블룸 후작가에 저지른 일을 생각하면 이건 아무것도 아니지."

라이언블룸 후작가라는 말에 학센 자작의 얼굴이 굳었다.

"길버트 학센 자작. 후작께서는 데미안 학센을 원하신다. 순순히 내어놓으면 영지에 해를 끼치지 않겠다."

"데미안? 데미안을 데리러 왔단 말이오?"

"그렇다. 어윈 공자님께 모독을 준 대가를 치러야 하지 않겠나."

학센 자작의 눈동자가 흔들렸다. 입술을 깨물며 말했다.

"내 아들을 내어 줄 수는 없소!"

그리 놀랍지 않은지 게릭은 별다른 반응을 보이지 않았다.

"후회하지 않을 자신 있나?"

"당연한 소리를!"

"그럼 어쩔 수 없지. 다 엎어 버려."

게릭의 명령에 라벤더와 올피스가 기다렸다는 듯이 칼을 빼들었다.

서슬 퍼런 날 위로 청색 연기가 피어오르기 시작했다.

"오, 오러? 진짜로 사람을 죽일 생각이오?"

학센 자작이 경악해서 소리쳤다.

게릭은 태연한 얼굴로 말했다.

"아무도 죽이지 않아. 대신 전부 다 박살 낼 뿐이지."

오러가 덧씌워진 검은 바위조차 물처럼 썰어댄다.

그런 끔찍한 무기에 기사들의 신체능력이 더해지면 이런 작은 영지는 눈 깜짝할 사이에 쑥대밭이 되어 버린다.

게릭의 말은 허세도 과장도 아니었다.

"뭐 하냐. 어서 시작하지 않고."
"옙!"
라벤더와 올피스가 좌우로 흩어졌다. 근처에 있는 문과 담장부터 부수기 시작했다.
학센 자작이 기겁을 하며 소리쳤다.
"머, 멈춰라!"
하지만 두 기사는 학센 자작의 말 따위에는 반응조차 하지 않았다.
"이놈들! 멈추지 못하겠느냐!"
학센 자작이 두 기사에게 달려들려던 찰나였다.
"이 버러지 새끼들이 돌았나."
제3자의 목소리에 게릭과 두 기사들이 뒤를 돌아봤다.
때가 탄 듯한 갈색 머리카락.
어딘가 섬뜩한 눈동자.
"멈추라는 소리 안 들려?"
데미안 학센이 세 기사를 향해 다가오고 있었다.
"네놈이 데미안 학센이냐?"
게릭이 데미안을 향해 물었다. 말투는 차분했으나 두 눈은 섬뜩하게 빛나고 있었다.
데미안은 게릭의 질문에 대답하지 않았다. 아예 관심조차 주지 않았다.
"야, 빅터."

바닥에 쓰러져 있던 빅터가 살짝 고개를 들었다.

금방이라도 정신을 잃을 것처럼 힘겨워 보였다.

"괜찮냐?"

데미안의 물음에 빅터는 말없이 엄지손가락을 척 올렸다.

그 행동에 데미안은 실소를 흘렸다.

하여간 웃긴 녀석이었다.

"너희 셋, 평소에 운이 좋다는 소리를 많이 듣지 않냐?"

뜬금없는 질문에 기사들은 영문을 모르겠다는 표정을 지었다.

"빅터의 몸이 다른 사람들보다 튼튼하지 않았더라면 폭행을 견뎌내지 못하고 죽었을 거다. 그랬다면 나도 너희 세 명을 패죽여 버렸겠지만……."

데미안이 기사들을 직시하며 말했다.

"다행히 빅터가 살아 있으니 나도 너희들을 죽이지는 않겠다."

그 말에 라벤더와 올피스는 헛웃음을 터트렸다.

게릭은 아무 소리도 내지 않았지만 불쾌하다는 표정을 지었다.

"대체 어떤 놈이 감히 후작가의 명성을 더럽혔나 했더니…… 그냥 미친놈이었군."

게릭은 더 들을 필요도 없다는 듯 라벤더와 올피스에게 명령했다.

"다리뼈를 으스러트린 다음에 내 앞으로 끌고 와라. 그럼 저놈도 정신을 좀 차리겠지."

"알겠습니다."

"치졸한 수법을 썼다고 하지만 이공자님을 쓰러트린 놈이니 만큼 방심하지 마라."

게릭의 조언에도 두 기사는 데미안을 전혀 경계하지 않고 있었다.

그런 둘을 보며 데미안은 입가를 비틀었다.

"마침 잘됐네."

안 그래도 패력축기공으로 쌓은 마력을 제대로 사용해 보고 싶었다.

그런 상황에서 대놓고 허점을 내주고 있는 상대들이 나타났으니 반갑지 않을 수가 없었다.

"방금 저놈이 뭐라고 지껄인 거지?"

"무서워서 제정신이 아닌 모양이야."

두 기사가 대화를 주고받는 동안 데미안은 마력을 끌어올렸다.

객관적으로 봤을 때, 데미안이 얻은 마력은 그리 많지 않았다.

눈앞에 있는 준기사의 마력이 100이라면 데미안 학센이 쌓은 마력은 3에 불과했다.

패력축기공이 마력을 쌓는 속도가 빠르다 해도 겨우

3~4시간 운용한 것만으로는 이게 고작이었다.

하지만 같은 도구라 해도 사용자에 따라서 쓰임새와 위력이 달라지는 법이다.

"눈빛 봐라? 우리랑 진짜 해 볼 생각인 모양인데?"

"아무래도 주제 파악을 좀 시켜 줘야겠어."

데미안 학센은 청염 브리건딘을 떠올렸다.

브리건딘은 주먹 하나로 교단의 오대성인의 자리에 오른 인물이었다. 그만큼 권법에 관해서는 누구보다 뛰어났다.

데미안은 브리건딘과의 전투에서 승리를 거두고 그의 기술과 경지를 모두 습득했다.

하지만 지금은 브리건딘의 경지를 쓸 필요도 없었다.

기술을 구사하는 것만으로도 충분했다.

"어?"

"응?"

데미안이 움직였다.

발로 땅을 밀어내는 것과 동시에 마력을 방출했다.

대략 3미터 정도 되는 거리가 순식간에 좁아졌다.

두 명은 데미안의 속도에 반응조차 하지 못했다.

데미안이 코앞에 오고 나서야 뭔가가 틀어졌다는 사실을 깨달았다.

"이, 이 새끼가!"

얼마나 당황했던지 라벤더는 칼 대신 주먹을 뻗었다.

데미안은 손등으로 가볍게 주먹을 쳐 냈다.

동시에 흉갑을 향해 주먹을 내질렀다.

그 순간, 마력이 혈도를 내달렸다. 폭발적인 힘이 전신으로 퍼졌다.

내지른 주먹에 가속도가 붙으며 흉갑의 정중앙에 틀어박혔다.

흉갑이 박살 나며 라벤더의 갈비뼈까지 으스러졌다.

라벤더의 입에서 피가 분수처럼 뿜어져 나왔다.

"라, 라벤더!"

올피스가 다급하게 소리치며 칼을 휘둘렀다.

하지만 그전에 데미안이 올피스의 손목을 움켜잡았다.

"이 자식이!"

올피스가 잡힌 손목을 떨쳐 내려 했다.

그보다 먼저 데미안이 손목을 꺾으며 발목을 걷어찼다.

올피스의 몸이 허공에 붕 떠올랐다.

올피스는 하늘과 땅이 뒤바뀌는 기현상을 체험했다.

"……어?"

상황 파악이 안 돼서 당황하고 있던 찰나, 머리부터 땅에 처박혔다.

뇌가 뒤흔들리고, 목뼈가 삐걱대는 고통에 올피스는 비명을 토해 냈다.

"커…… 컥!"

데미안이 올피스의 얼굴을 힘껏 짓밟았다.

마력으로 인해서 강화된 각력은 턱뼈를 가볍게 부수었다.

"……."

게릭은 멍한 얼굴로 그 광경을 쳐다봤다.

이번 임무의 책임자로서 게릭은 라벤더와 올피스를 보호할 의무가 있었다.

하지만 나설 수 없었다. 정확히는 나설 틈이 없었다. 두 명이 각각 일격에 나가떨어졌기 때문이다.

"이런…… 말도 안 되는……."

준기사만 되어도 이미 전쟁에서 충분히 활약할 수 있는 전력으로 인정받는다.

그런 준기사를 한 명도 아니고 두 명을 이렇게 빨리 쓰러트린다고?

"어윈 공자님께서는 비겁한 수법으로 패배하신 게 아니셨군……!"

어윈 라이언블룸이 졌다는 소리를 들었을 때, 게릭은 크게 분노했다.

보나마나 학센 자작가에서 치사한 방법을 사용했으리라 확신했다.

하지만 직접 보니 알겠다. 어윈 라이언블룸은 치졸한 수법에 당한 게 아니다.

순전히 데미안이 더 강했기 때문에 패배한 것이다.

"하지만 아무리 생각해도 이해할 수 없다! 어떻게 너 같은 망나니가 이런 실력을 가지고 있는 것이냐!"

"그깟 애송이보다 강한 게 뭐 그리 대수라고."

어윈 라이언블룸에게 재능이 있다는 사실은 인정한다.

하지만 세상은 넓은 법이다. 그만한 재능은 생각보다 흔했다.

"……알겠다."

그런데 갑자기 게릭의 표정이 달라졌다.

무언가를 알아차렸다는 얼굴로 말했다.

"넌…… 데미안 학센이 아니구나."

이번에는 데미안이 황당해할 차례였다.

"뭔 개소리야?"

"시치미 떼지 마라! 이 모든 것이 라이언블룸 후작가의 번영을 두려워하는 들개무리가 파놓은 함정이라는 사실을 누가 모를 줄 아느냐!"

게릭은 삿대질을 하며 소리쳤나.

"네놈은 '진짜' 데미안 학센이 아니야! 어윈 공자님을 쓰러트려서 라이언블룸의 명성을 더럽히기 위해 데려다 놓은 대역이 분명해!"

게릭의 얼굴에 점차 분노가 서리기 시작했다.

"이 비루하고 하찮은 것들이 감히 라이언블룸 후작가를 노려? 내가 그 꼴을 가만히 지켜볼 줄 아느냐!"

사람이 너무 어이가 없으면 할 말을 잃어버린다고 했던가.

지금 데미안이 딱 그 짝이었다.

"마음대로 생각해라."

그렇다고 굳이 오해를 풀 생각은 없었다.

오해를 하든 말든 게릭을 손봐 줘야 한다는 사실에는 변함이 없으니까.

"이놈! 이 게릭 하우드가 있는 이상 어림도 없다! 네놈들의 추악한 계략을 이 자리에서 막아 주마!"

게릭 하워드가 등 뒤에 매고 있던 대검을 움켜잡았다.

성인 남성에 맞먹는 크기로 유명한 양손검 츠바이핸더였다.

안 그래도 거구인 게릭이 츠바이핸더 같은 검을 들어 올리자 엄청난 위압감이 들었다.

"이 자리에서 네놈을 처단하고 온 세상에 알리겠다! 라이언블룸 후작가가 얼마나 굳건한지 말이다!"

"그러시던가."

"네놈을 처단한 다음에는 학센 자작가에게 죄를 묻겠다! 이 일에 가담한 대가로 영지를 모조리 불태워 주마!"

그 말에 데미안의 몸이 덜컥 굳었다. 귀찮다는 표정은 온데간데없이 섬뜩한 눈동자로 게릭을 쏘아봤다.

"가족을…… 뭐?"

데미안에게 가족은 역린과도 같았다. 평생 참회하고, 지켜야 할 보물이었다.

"넌 뒤졌다."

데미안이 칼자루를 움켜잡았다.

먼저 달려든 것은 게릭이었다.

선공을 취하는 것이 유리하다는 계산에서 나온 행동이 아니었다.

"라이언블룸 후작가에게 영광을!"

후작가를 모독한 적을 한시라도 빨리 응징하고 싶다는 분노의 발로였다.

게릭의 기세는 무시무시했다.

수십 마리의 들소가 한꺼번에 달려오는 듯한 압박감이 몰려왔다.

'과연 정식기사답군.'

데미안은 그런 게릭을 살피며 생각했다.

정식기사가 되기 위해서는 오러를 자유자재로 다룰 수 있어야 한다.

이를 위해서는 단순히 오러의 숙련도를 높이는 정도로는 안 된다.

자신이 사용하는 기술의 극의를 깨달아야 했다.

'극의를 깨달으면 새로운 세계가 열린다. 준기사 따위에 비할 바가 아니지.'

정식기사는 준기사에 비해서 신체능력은 물론이고 마력에 대한 이해도 우월했다.

'만류통찰로는 안 되겠어.'

검성의 경지인 '만류통찰(萬流通察)'은 어떤 공격이든 흐름이 보이는 경지다.

공격의 흐름이 보이기 때문에 궤도를 비틀어 낼 수 있는 것이다.

하지만 상대방의 공격이 강하면 강할수록 궤도를 비틀 때, 사용자의 부담도 커진다.

지금 데미안의 마력량으로는 정식기사의 공격을 한 번 흘려보내기도 힘들었다.

'딴 거 쓰면 되지.'

데미안은 대수롭지 않게 생각했다.

만류귀종이 대단히 훌륭한 것은 맞지만 데미안이 습득한 경지는 그 외에도 많았다.

"단칼에 죽여 주마!"

게릭이 대검을 내리쳤다. 벼락과도 같은 일격이 데미안의 머리 위로 떨어졌다.

실력을 증명하듯 칼날에는 선명한 오러가 맺혀 있었다.

데미안은 피하지 않았다. 오히려 날아드는 참격을 향해

장검을 휘둘렀다.

그 모습에 게릭의 입꼬리가 올라갔다.

오러가 선명하게 빛나고 있는 게릭과 달리 데미안의 오러는 무척 희미했다.

그만큼 보유하고 있는 마력량도 적고, 경지도 형편없다는 뜻이었다.

“어리석은 놈! 감히 내게 정면으로 맞서려고 하다니!”

저런 저열한 오러 따위는 단숨에 쳐부술 수 있다. 게릭은 두 팔에 더욱 힘을 주었다.

두 칼날이 서로 부딪혔다. 그 직후, 날카로운 소리와 함께 서로의 칼날이 튕겨져 나갔다.

“……음?”

게릭의 얼굴에 조소가 사라졌다. 자신의 예상과는 다른 상황 때문이었다.

“보기와는 다르게 오러의 수준이 높구나!”

게릭은 연달아 츠바이핸더를 휘둘렀다. 그 커다란 대검을 마치 나뭇가지처럼 가볍게 다뤘다.

데미안은 곧바로 응수했다. 게릭의 공격을 모조리 쳐냈다.

“과연 언제까지 버틸 수 있을까!”

게릭의 판단에 의하면 데미안 학센이 버티는 것도 지금뿐이었다.

무기의 질, 체력 차이, 마력의 강도, 오러의 수준.

모든 면을 고려했을 때, 데미안의 장검은 이제 곧 부러질 게 뻔했다.

"으음?"

하지만 게릭의 판단과 달리 데미안의 장검은 아무리 시간이 지나도 멀쩡했다.

그것뿐만이 아니었다.

게릭과 정면에서 맞붙고 있음에도 데미안은 단 한 걸음도 물러나지 않고 있었다.

"몇 번 부딪혀 보니 수준 파악이 되는군."

심지어 이 상황에서 데미안은 말을 건네기까지 했다.

"로우클래스치고는 꽤 수준이 높지만 경계할 정도는 아니야."

그 말에 게릭의 얼굴이 와락 일그러졌다.

하수라고 생각했던 적에게 무시를 받고 있으니 견디기 힘든 분노가 차올랐다.

"감히 너 따위가…… 라이언블룸 후작가의 기사인 날 얕잡아봐?"

게릭이 마력을 끌어올렸다. 더 많은 양의 마력이 근육에 공급되었다.

"날 도발하려는 의도였다면 아주 훌륭했다!"

게릭의 공격이 더욱 빨라졌다.

이제는 검을 휘두르는 모습조차 제대로 보이지 않았다.

참격이 너무 빨라서 마치 폭풍처럼 보였다.

그 속에서 데미안이 한 마디를 툭 내뱉었다.

"나야말로 로우 클래스 따위한테 계속 하수 취급받으니까 기분이 좀 나쁜데."

데미안의 손이 빠르게 움직였다. 다음 순간, 무언가가 게릭의 뺨을 스치고 지나갔다.

화끈한 감각이 볼 전체로 퍼졌다.

무언가가 흘러내리더니 입가에 닿았다.

찝찔한 맛이 입안에 퍼졌다.

"……이게 무슨?"

당황한 게릭이 뒤로 물러났다.

거리를 벌린 채 자신의 볼을 매만졌다.

선명한 검상이 매만져졌다. 상처에서 끊임없이 피가 흐르고 있었다.

"……."

게릭은 놀란 얼굴로 데미안을 쳐다봤다.

무슨 일이 생긴 것인지 이해할 수 없었다.

"이제 수준 차이가 좀 느껴지나?"

데미안이 장검을 어깨에 올려놓으며 말했다.

게릭은 데미안의 장검을 응시했다. 칼날에 피가 묻어 있었다.

"지금부터 자세 똑바로 잡아라. 안 그러면 바로 뒤진다."

별안간 데미안의 몸이 사라졌다.

당황한 게릭이 주변을 살피려던 찰나, 코앞에 데미안이 나타났다.

“자세 잡으라고 했지.”

데미안이 장검을 내리쳤다.

게릭은 반사적으로 츠바이핸드를 세워서 칼날을 막았다.

그 순간, 묵직한 충격이 대검을 통해서 전해졌다.

하마터면 검을 놓칠 뻔했다.

“크윽?”

놀랄 틈 따위는 없었다. 두 번째 공격이 이어졌다.

게릭은 황급히 대검을 휘둘렀다. 대검과 장검이 허공에서 부딪혔다.

날카로운 소리와 함께 대검이 튕겨져 나갔다. 게릭의 몸도 뒤로 밀려났다.

“이런 말도 안 되는 일이!”

사용하는 무기도, 체격 차이도 이쪽이 훨씬 압도적이었다.

그런데 힘에서 밀리고 있었다. 도무지 납득할 수 없는 상황이었다.

“대체 무슨 수작을 부린 것이냐!”

그 외침에 데미안이 담담하게 대답했다.

“실력 차이.”

마력은 정밀하게 운용할수록 효율이 증가한다.

마력량만 따지면 게릭이 데미안보다 훨씬 우월하다.

하지만 마력의 운용능력은 그렇지 않았다.

데미안의 마력운용능력은 이미 신적인 영역에 도달했다.

즉, 게릭이 밀리는 이유는 순수하게 실력 차이 때문이었다.

"개소리 지껄이지 마라!"

게릭이 고함을 내지르며 츠바이핸더를 내리쳤다.

데미안을 일격에 참살할 각오로 모든 힘을 담았다.

데미안은 아무렇지도 않게 검을 쳐 냈다. 그것도 모자라서 게릭의 흉갑까지 베어 냈다.

게릭이 입고 있던 흉갑이 물처럼 갈라졌다. 그 뒤에 있는 살과 근육까지 베였다.

"으윽!"

날카로운 격통에 게릭은 뒤로 물러났다.

하지만 데미안은 쉴 틈을 주지 않았다.

데미안의 공격이 이어졌다. 빠르고 강맹한 참격이 쉴 새 없이 쏟아졌다.

검이 움직일 때마다 게릭의 몸에 상처가 새겨졌다. 혈흔이 흩뿌려졌다.

"이, 이놈!"

게릭은 필사적으로 대검을 휘둘렀다. 하지만 소용없는 짓이었다.

데미안의 공격을 막는 것은 고사하고, 궤적을 읽을 수도 없었다.

“끄아악!”

버티다 못한 게릭이 뒤로 도망치려 했다. 하지만 그마저도 마음대로 할 수 없었다.

데미안은 게릭이 물러나는 만큼 바로 따라붙었다.

게릭의 상처가 계속 늘어났다.

“헉…… 허억!”

결국 게릭은 바닥에 무릎을 꿇을 수밖에 없었다.

순간적으로 많은 피를 흘린 탓에 정신이 혼미해졌다.

게릭은 떨리는 눈동자로 데미안을 쳐다봤다.

데미안은 처음과 똑같았다. 상처는커녕 땀조차 흘리지 않았다.

“너, 너는…… 너는…….”

사람은 이해할 수 없는 것을 보면 극심한 공포를 느낀다.

지금 게릭이 그러했다.

그의 수준으로는 데미안이 어느 정도의 강자인지,

어떤 괴물인지 가늠조차 할 수 없었다.

망망대해 한가운데에 떨어져 있는 것 같았다.

바다가 얼마나 넓은지. 얼마나 깊은지.

미물의 시선 따위로는 알아차릴 수 없는 것처럼.

“너, 너는…… 사, 살려 두면 아, 안 될 존재다……!”

그렇기에 오히려 게릭의 눈빛이 살아났다.

무지하기에 용기를 낼 수 있었다. 알 수 없기에 대항할 수 있었다.

"언젠가…… 반드시 후작가에 큰 재앙이 될 게 분명해!"

게릭의 분위기가 변했다.

방금 전보다 기세는 줄어들었으나 뭐라 표현하기 힘든 불길함이 풍겨져 왔다.

데미안은 게릭의 변화를 곧바로 감지했다.

"비전을 사용하시겠다?"

비전이란 적을 확실하게 죽이기 위해서 고안된 기술들을 말했다.

평범한 비전도 위협적이지만 오러를 사용하는 비전은 더더욱 위협적이었다.

무기술에 따라서는 비전으로 산을 쪼개거나 호수를 증발시키는 일이 가능했다.

"사자위검의 비전은 오랜만인데."

라이언블룸의 기사들은 사자위검(獅子威劍)이라는 검법을 익혔다.

직계들이 익히는 사자맹후검(獅子猛吼劍)이 다방면에서 뛰어난 검법이라면 사자위검(獅子威劍)은 강격에 특화된 검법이었다.

사자위검이 담고 있는 극의는 '일격필살(一擊必殺)'

게릭은 단순히 마력을 자랑하려고 오러를 끌어 모으고

있는 게 아니다.

데미안을 반드시 죽이기 위한 공격을 준비하고 있는 것이었다.

"후작가의 미래를 위해서 내가 널 막겠다!"

게릭이 앞으로 돌진했다.

발로 땅을 박차는 순간, 응축시켰던 오러가 폭발했다.

전신이 엄청난 속도로 가속했다.

그 속도를 그대로 담아서 대검을 내질렀다.

단순한 찌르기가 아니었다. 게릭의 마력이 모두 담겨 있는 공격이었다.

그 힘이 얼마나 강하던지 공기가 찢어지며 광풍이 불었다.

무형의 압력이 데미안을 짓눌렀다.

"요란스럽기는."

대검이 도달하기 전, 데미안의 검이 움직였다.

데미안은 게릭을 향해 똑같이 칼을 내질렀다. 장검과 대검의 칼끝이 서로를 향했다.

그 광경에 게릭은 승리를 확신했다.

모든 마력를 응집시킨 자신과 달리 데미안은 평범한 찌르기였다.

둘이 맞붙으면 승패는 명확했다.

"라이언블룸을 위하여!"

게릭이 큰 소리로 외쳤다. 그 직후, 두 칼끝이 서로 맞부

덮혔다.
그리고 게릭이 응집시켰던 오러가 사방으로 흩어졌다.
"뭣?"
거기서 멈추지 않고 대검의 칼날이 산산이 깨졌다. 파편이 사방으로 흩어졌다.
게릭이 황망하다는 얼굴로 자신의 칼자루를 바라봤다.
"내가 경고했지."
데미안의 목소리에 게릭이 시선을 올렸다.
데미안이 칼을 높이 쳐들고 있었다.
"자세 안 잡으면 죽는다고."
데미안이 장검을 내리쳤다.
게릭의 한쪽 어깨가 끊어졌다.
잘려 나간 팔이 하늘 높이 떠올랐다가 땅에 떨어졌다.
곧이어 어깨의 단면에서 피가 터져 나왔다.
뒤늦게 찾아온 격통에 게릭은 몸을 웅크린 채 신음을 토해 냈다.
"끄, 끄윽……."
검사에게 목숨보다 소중한 오른팔을 잃었다.
이제 기사로의 삶은 끝났다고 봐도 무방했다.
하지만 지금 게릭의 머릿속을 가득 채운 것은 상실의 괴로움이 아니라 의문이었다.
"어, 어떻게……."

데미안은 게릭의 비전을 단 한 수에 파훼했다.

아니, 그냥 파훼한 수준이 아니었다.

데미안이 장검을 내지르자 마력의 흐름이 깨졌다. 동시에 대검이 파괴되었다.

"마, 말해라! 무, 무슨 기술을 쓴 것이냐! 대체 그게 무엇이기에……!"

청염 브리건딘.

교단의 오대성인 중 한 명으로 권법에 관해서는 비할 자가 없는 인물이다.

마스터로서 브리건딘이 도달한 경지는 '멸격(滅格)'이라 불렸다.

멸격에 도달하면 외부의 충격을 이용해서 사물의 구조를 무너뜨리는 것이 가능했다.

이것으로 브리건딘은 적이 사용하는 기술과 무기, 심지어 마법까지 부수고 다녔다.

한 번은 도르고가 수년간 공을 들여서 발현한 멸망진을 없애버린 적도 있었다.

"그런 걸 물어볼 땐가?"

데미안이 장검을 들어서 게릭의 목을 겨누었다.

게릭의 얼굴이 새하얗게 질렸다.

"사, 살려다오."

"애원할 거면 진즉에 했어야지. 이미 늦었어."

칼끝이 살짝 피부를 파고들었다.

게릭의 얼굴이 더더욱 새하얗게 변했다.

"이, 이렇게 빌겠다. 제, 제발……."

게릭이 바닥에 무릎을 꿇었다.

하나만 남은 팔로 땅을 짚었다.

그렇게 기세등등하던 모습은 온데간데없었다.

"살려 달라?"

데미안이 장검으로 게릭의 목을 겨누었다.

게릭의 두 눈동자가 마구 떨려왔다.

"가족들에게 행패를 부리고, 내 시종을 저런 몰골로 만들었으면서 살려 달라?"

"내, 내가 잘못했다! 그, 그 일은 사과할 테니……."

"사과할 대상을 착각하고 있군."

그리 말하며 데미안은 가족들을 돌아봤다.

가족들은 놀라움과 안도가 뒤섞인 얼굴로 데미안을 바라보고 있었다.

데미안의 실력이 상당하다는 사실은 이미 알고 있었다.

하지만 로우클래스를 압도할 정도로 강하다는 것은 몰랐기에 나오는 반응이었다.

"크, 크윽!"

게릭은 마력을 일으켜서 어깨의 상처를 막았다.

명색에 로우클래스답게 마력을 이용해서 혈관을 모두

막은 것이다.

그리고 덜덜 떨리는 몸을 억지로 일으켜서 학센 자작에게 다가갔다.

"하, 학센 경! 내, 내가 잘못했소! 그, 그대에게 저지른 무례를 모두 사과하오……!"

게릭이 무릎을 꿇으며 말했다.

학센 자작은 처음에는 당혹스러워 했으나 이내 분노한 얼굴로 외쳤다.

"내 아들을 핍박하려 했으면서 그런 말 한마디로 떼울 생각인가?"

학센 자작의 분노는 쉽게 가라앉지 않았다.

"만약 내 아들에게 이만한 힘이 없었더라면 우리 영지는 박살이 나고, 내 아들은 후작가로 끌려가서 고초를 겪었겠지!"

애당초 게릭의 사과는 진심에서 우러나온 것이 아니었다.

살고 싶어서 발악하는 것에 불과했다.

그러니 학센 자작의 분노가 풀어질 리가 없었다.

"이, 이렇게 빌겠소!"

게릭은 아예 땅에 머리를 박았다.

한 번으로는 부족하다 생각했는지 여러 번 찍었다.

"부, 부디 자비를 베풀어 주시오!"

아버지는 한참 동안 게릭을 노려보았다.

이내 데미안을 바라보며 고개를 저었다.
죽이지 말라는 뜻이었다.
데미안은 순순히 장검을 집어넣었다.
'어차피 나도 죽일 생각은 없었다.'
가족을 언급했던 것을 생각하면 이 자리에서 수십 토막을 내도 화가 풀리지 않았다.
하지만 여기서 게릭을 죽이게 되면 라이언블룸 후작가와의 관계가 최악으로 치닫게 된다.
'나 혼자서는 얼마든지 후작가와 싸울 수 있다.'
숨어다니면서 후작가의 약점만 물어뜯어도 된다.
수틀리면 후작가의 적대세력에 투신하면 된다.
하지만 가족들을 생각하면 그럴 수 없었다.
아무리 데미안이라 해도 현재의 수준으로는 가족들을 지키면서 라이언블룸과 싸울 수 없다.
'무엇보다 너무 힘든 길이야.'
회귀했을 때, 다짐했다.
더 이상, 가족들에게 괴로운 일을 겪게 하지 않겠다고.
'그렇다고 이대로 순순히 돌려보낼 수도 없지.'
이공자는 물론, 정식기사마저 패배했다.
이 수치를 라이언블룸 후작가에서 그냥 넘길 리 없다.
분명 가까운 시일 내에 보복이 들어오리라.
'다행이군.'

사실 데미안은 미리 대비책을 세워놓았다.

라이언블룸 후작가에서 기사가 왔다는 소리를 들었을 때부터 말이다.

'교단과 연줄을 만들어 놓길 잘했어.'

데미안 그렇게 생각했을 때였다.

"이게 무슨 일입니까!"

익숙한 목소리가 들려왔다.

아그네스와 조사단이 이쪽으로 다가오고 있었다.

데미안의 앞에 도착한 아그네스는 놀란 얼굴로 주변을 살펴봤다.

망가진 사물들, 처참하게 박살 난 땅, 곳곳에 흩뿌려져 있는 혈흔.

"이건……."

아그네스의 시선이 게릭에게서 멈춰 섰다.

"저 갑옷의 문양은…… 라이언블룸 후작가의 것이 아닙니까?"

"예, 이놈이랑 저기 누워 있는 두 놈. 모두 라이언블룸 후작가의 기사입니다."

그 대답에 아그네스의 눈동자가 살짝 커졌다.

"후작가의 기사들이…… 영지를 공격했단 말입니까?"

"예, 그렇게 됐습니다."

아그네스는 게릭을 다시 쳐다봤다. 정확히는 게릭의 어깨로 시선이 향했다.

멀쩡히 서 있는 데미안에 비해서 게릭은 팔이 잘린 채 무릎을 꿇고 있었다.

누가 승자고, 누가 패자인지 명백하게 드러나는 구도였다.

"……라이언블룸 후작가의 기사라면 뛰어나기로 유명한데. 그들을 세 명이나 동시에 상대하셨단 말입니까?"

"세 명이라 해 봤자 둘은 준기사라서 별 볼 일 없었습니다. 저놈 한 명만 정식기사였죠."

그 말에 아그네스의 눈동자가 더욱 커졌다.

아기토를 혼자서 참살했으니 정식기사 이상의 실력을 가지고 있으리라 예상은 했다.

하지만 이렇게 압도적인 격차로 승리할 줄은 몰랐다.

"봉변을 당하지 않으셔서 다행입니다."

"다행이라…… 지금은 당하지 않았지만 앞으로는 어떻게 될지 모르겠군요."

데미안의 말에 아그네스가 의아한 표정을 지었다.

"저들이 제게 패배했다는 소식을 듣게 된다면 라이언블룸 후작이 어떻게 행동할지 걱정입니다."

그리 말하며 데미안은 슬쩍 아그네스를 살폈다.

아그네스는 무언가를 잠시 고민하다 입을 열었다.

“그런 고민이라면 제가 도와드릴 수 있습니다.”

“묘안이라도 있으십니까?”

데미안의 물음에 아그네스가 고개를 끄덕였다.

“학센 자작가 덕분에 교단에서는 처음으로 유란의 간부를 죽이는 데 성공했습니다. 이 정도 공로면 학센 자작가를 협력가문으로 지정할 수 있습니다.”

협력가문이란 교단과 긴밀한 관계를 맺는 가문을 뜻하는 말이었다.

이런 가문은 대귀족이라 해도 쉽게 건드릴 수 없었다. 그랬다가는 교단에서 나설 테니 말이다.

“어떻게 하시겠습니까?”

“염치없지만 부탁드리겠습니다.”

데미안이 노리던 것이 바로 이것이었다.

교단의 위세를 빌려서 라이언블룸 후작가의 행동을 억제하는 것 말이다.

“당신, 이름이 뭡니까?”

아그네스가 게릭을 향해 물었다. 게릭은 조심스럽게 입을 열었다.

“……게릭 하워드라고 한다.”

“게릭 하워드. 가서 라이언블룸 후작에게 전하십시오. 학센 자작가는 교단의 비호를 받고 있습니다. 만약 또 다시 무력을 행사하려 한다면 교단의 분노를 감당해야 할 것입니다."

아그네스의 경고에 게릭이 무겁게 고개를 끄덕였다.

"저기 엎어져 있는 쓰레기들을 데리고 빨리 꺼져."

데미안의 으름장에 게릭은 냉큼 움직였다.

타고 온 말 위에 두 사람을 올려놓고 영지를 떠났다.

"도움에 감사드립니다."

데미안이 아그네스에게 말했다. 아그네스는 별일 아니라고 답했다.

"데미안."

게릭이 떠나자마자 학센 자작이 와서 말했다.

"……앞으로 어떻게 하면 좋을지. 회의를 열어야겠다."

아버지의 명령에 데미안은 군말 없이 고개를 끄덕였다.

그렇게 즉석에서 가족회의가 열리게 되었다.

참석자는 데미안과 학센 자작, 어머니, 누나, 동생, 집사, 그리고 아그네스였다.

"그럼 회의를 시작하겠소. 논할 주제는…… 다들 알겠지만 라이언블름 후작가와의 은원을 처리할 방법을 찾는 것이오."

학센 자작의 말에 막냇동생인 아벨이 손을 들며 말했다.

"교단의 비호를 받기로 하지 않았나요? 그런데 왜 은원을 해결해야 하는 거죠?"

"아벨, 그건 교단에 중재까지 기대할 수 없기 때문이란다."

"예?"

아벨이 의아한 표정을 지었다. 학센 자작은 고개를 끄덕이며 말했다.

"루이즈의 말이 맞다. 교단은 귀족들에게 그렇게까지 깊이 개입하지 않는다."

안 그래도 교단은 이단심판이라는 명목하에 여기저기를 들쑤시고 다닌다.

그런 마당에 귀족 사이에서 발생한 사건까지 개입하는 것은 선을 넘는 행위였다.

"하지만…… 어쨌거나 후작가에서는 우리를 건드리지 못하니까. 문제없는 거 아닌가요?"

"후작가의 권력은 무력에만 있지 않다. 그들이 마음만 먹으면 우리 학센 자작가 같은 작은 귀족 가문을 짓밟을 방법은 널려 있다."

학센 자작가의 주 수입원인 밀의 수출을 방해한다거나, 식료품의 구입을 막는다거나.

혹은 왕궁을 통해 직접 압박을 넣을 수도 있었다.

"그래서 은원을 해결해야 한다고 말한 게다. 그래야 학센 자작가가 무사할 수 있다."

아버지의 설명을 듣고 나서야 아벨은 학센 자작가가 처한 상황을 이해했다.

"지금 당장 떠오르는 방법으로는 후작가에 배상을 하거나 다른 대귀족의 밑에 들어가는 것뿐이구나."

하지만 현실적으로 배상은 불가능했다.

후작가에서 엄청난 금액을 요구할 테니 말이다.

"남은 건 대귀족의 밑으로 들어가는 일뿐인데……."

"한 가지 방법이 더 있습니다."

줄곧 조용하던 아그네스가 입을 열었다.

학센 자작이 반색하며 물었다.

"그게 뭡니까?"

"데미안 학센 님이 성기사가 되는 겁니다."

아그네스가 말했다.

"그럼 이 일은 교단의 일이 되니 중재할 명분이 생깁니다."

가족들은 모두 데미안을 쳐다봤다.

하지만 데미안은 고개를 저었다.

"싫습니다."

학센 자작은 다시 아그네스를 돌아봤다.

"데미안이 싫다고 하니 그 방법은 안 되겠습니다."

"……알겠습니다."

아그네스가 시무룩한 얼굴로 고개를 끄덕였다.

"그럼 이제 다른 방법을 고민……."

"아버지! 왜 그렇게 쉽게 납득하시는 건데요?"

그때, 아벨이 벌떡 일어나며 소리쳤다.

"형님께서 성기사가 되면 끝날 일이잖아요! 말씀하세요! 얌전히 성기사가 되라고요!"

아벨이 데미안을 손가락질하며 말했다. 학센 자작이 조용히 타일렀다.

"자리에 앉아라."

"아버지! 이 모든 게 누구 때문에 일어난 일인데요! 형님 때문이잖아요! 전부 형님께서 책임지실 일입니다!"

"아벨."

학센 자작이 목소리를 뇌까렸다.

그 묘한 압박감에 아벨은 말을 멈출 수밖에 없었다.

"내가 앉으라고 하지 않았더냐."

아벨은 입술을 깨물며 도로 앉았다.

학센 자작은 여전히 낮은 목소리로 말했다.

"네 말대로 후작가와의 갈등을 유발시킨 것은 데미안이다. 하지만 마냥 데미안의 잘못으로 볼 수도 없는 일이다."

아벨이 무슨 소리냐는 듯이 고개를 쳐들었다.

하지만 학센 자작이 노려보자 다시 고개를 숙였다.

"후작가의 이공자는 루이즈에게 흑심을 품고 있었다. 이공자가 호색한으로 유명한 것은 너도 알고 있겠지. 그런 남자가 데미안이 꼬드김에 넘어가지 않았다고 해서 순순히 루이즈를 포기했을 것 같지 않구나."

데미안은 고개를 끄덕이며 아버지의 말에 동의했다.

이공자의 성격을 생각하면 어떤 식으로든 사고를 쳤으리라.

"따지고 보면 데미안은 이공자의 수작으로부터 루이즈를 지킨 셈이다. 힘이 없는 이 아비를 대신해서 말이야."

학센 자작이 루이즈에게 미안하다는 눈빛을 보냈다. 루이즈는 말없이 웃기만 했다.

"오늘 기사들이 온 것도 마찬가지란다. 아무리 데미안이 도발을 했다고 하지만 먼저 결투를 신청하고, 칼을 뽑은 쪽은 이공자다. 후작가는 그건 생각하지 않고 무작정 우리 가문에 책임을 물었지."

분하다는 듯이 학센 자작이 주먹을 움켜쥐었다.

"데미안."

"예, 아버지."

"오늘 정말 잘했다."

아버지의 칭찬에 데미안의 눈동자가 살짝 커졌다.

"우리 가문이 당한 모독을 참지 않고 잘 되갚아 줬어."

왜일까.

가슴 속에서 어떤 감정이 북받쳐 올라왔다.

너무나도 강렬한 감정에 데미안은 울음을 터트리지 않

기 위해서 참아야 했다.

"당연히…… 해야 할 일이었습니다."

문득, 전생의 일이 떠올랐다.

망나니짓만 일삼으며 가문에 큰 피해를 입혔다. 누님의 인생을 망쳐 버렸다.

급기야 모든 가족을 자기 손으로 죽여 버렸다.

그 끔찍했던 나날 속에서 데미안이 바랬던 것은 오직 한 가지, 속죄뿐이었다.

아버지의 칭찬을 들은 순간, 데미안은 조금, 아주 조금 속죄를 한 듯한 기분이 들었다.

"그래도 저 때문에 일어난 일이라는 사실은 부정할 수 없습니다."

데미안은 울음을 억눌렀다. 아직 울기에는 일렀다.

아직 데미안은 가족들에게 완전히 속죄하지 못했다.

"조금만 기다려주십시오. 제가 이 일을 마무리 짓겠습니다."

"아니다."

학센 자작이 딱 자라 말했다.

"이 일은 이 아비가 해결하도록 하마."

"예? 하지만……."

"이 아비를 너무 무시하는구나. 아는 귀족을 통해서 대귀족에 연을 댈 생각이다. 대귀족의 힘을 빌려서 후작가와의 사이를 중재하면 된다."

학센 자작이 주먹으로 가슴을 탕 때리며 말했다.

"모처럼 아비다운 모습을 보일 수 있게 해다오."

"아버지……!"

데미안의 눈동자에 눈물이 맺혔다. 학센 자작은 흐뭇한 미소를 지어 보였다.

"아버지!"

데미안이 양팔을 벌리고 아버지에게 달려갔다. 아버지는 데미안을 강하게 끌어안았다.

두 부자가 감동적인 시간을 보내고 있을 때였다.

"영주님, 들어가도 되겠습니까?"

집사가 회의실의 문을 두드리며 말했다.

"그래, 들어오거라."

학센 자작은 데미안을 품에서 떼어놓으며 말했다.

문을 열고 안으로 들어온 집사가 자작에게 고했다.

"밖에 손님이 찾아오셨습니다."

"손님? 설마 후작가에서 온 것이냐?"

"아닙니다. 골드픽시 공작가에서 사람이 왔습니다."

골드픽시라는 말에 학센 자작을 비롯한 가족들 모두가 어리둥절한 표정을 지었다.

"골드픽시 공작가에서 무슨 일로 사람이 온 것이냐."

"그것이 그게……."

대답하기 곤란했는지. 집사가 말 꼬리를 흘렸다.

"데미안 공자님께서 자작가의 밀밭을 담보로 돈을 빌렸는데…… 기한이 이미 넘었다고 합니다."

데미안은 아버지를 돌아봤다.

방금 전까지만 해도 온화한 표정을 짓고 있던 아버지의 얼굴에 서서히 분노가 차올랐다.

"데미안! 이 망할 놈의 자식아아아!"

아버지의 호통소리를 들이며 데미안은 한탄했다.

'……아, 설마 이미 팔아먹은 뒤였어?'

빚쟁이

망나니로 지내던 시절, 데미안 학센은 가족들에게 많은 죄를 지었다.

술집에서 난동을 피우다 쫓겨나서 가문을 놀림감으로 만들었다.

후작가의 소공자를 건드리는 바람에 누님인 루이즈를 희생시켰다.

그럼에도 가족들은 데미안을 버리지 않았다. 가족이라는 이유로 계속 데미안을 감싸줬다.

그랬던 가족들의 인내심이 바닥을 드러낸 사건이 있었다.

바로 데미안이 가문의 땅을 담보로 공작가의 대부업체에 돈을 빌린 일이었다.

“데미안 이노오옴!”

학센 자작이 분노를 토해 냈다. 얼굴은 불에 달군 것처럼 시뻘겋게 변해 있었다.

"네놈이 그럼 그렇지! 바뀌었을지도 모른다고 일말의 기대를 품었던 내가 멍청이였다! 오늘 널 죽이고, 나도 목숨을 끊으마! 함께 저승으로 가서 선조들께 잘못을 고하자꾸나!"

학센 자작은 벽에 걸려 있는 장식용 도끼를 움켜잡고 데미안에게 달려들었다.

"여, 여보! 진정하세요!"

"데미안을 진짜 죽일 생각이세요!"

"아, 아버지, 일단 그 도끼부터 내려놓고 이야기하세요!"

어머니와 누님, 심지어 동생인 아벨까지 아버지를 말렸다.

아그네스는 자신이 낄 자리가 아니라고 생각했는지. 조용히 밖으로 나갔다.

"이거 놓으시오! 오늘은 정말로 끝장을 봐야겠소!"

가족들이 모두 나섰음에도 학센 자작을 진정시킬 수 없었다.

데미안은 착잡한 심정으로 분노한 아버지를 바라봤다.

"데미안! 당장 목을 내놓지 못하겠느냐!"

사태를 수습하기 전에 우선 아버지를 진정시킬 필요가 있어 보였다.

데미안은 천천히 바닥에 무릎을 꿇었다. 학센 자작과 가족들의 눈동자가 휘둥그레졌다.

"아버지, 또 이렇게 기대를 저버리게 되어 죄송합니다."

데미안은 나직한 목소리로 말했다.

"이번 일은 죽음으로 사죄를 드려도 모자랍니다. 하지만 우선은 이 일을 수습하는 게 먼저가 아니겠습니까."

회귀했을 때, 데미안은 다짐했다.

이번에는 전생처럼 살지 않겠다고.

반드시 가족을 행복하게 해 주겠다고.

"한 번만 더 저를 믿어 주세요. 제가 책임지고 해결해 놓겠습니다."

데미안은 진심을 담아서 말했다.

이에 학센 자작의 얼굴에 망설임이 떠올랐다.

"……정말 해결할 수 있겠느냐?"

"예, 아버지."

학센 자작은 잠시 고민하다가 도끼를 내려놓았다.

"……지금까지 보여 준 것들이 있으니 한 번만 더 믿어 보겠다."

데미안은 고개를 숙이며 감사를 표했다.

그런 뒤, 즉시 공작가의 손님이 기다리고 있다는 응접실로 향했다.

응접실 안으로 들어가자 가장 먼저 정장을 차려입은 남자가 보였다.

남자는 혼자가 아니었다. 경호원 세 명과 함께 하고 있었다.

"오, 데미안 님 안녕하십니까."

남자가 자리에서 일어났다. 포마드를 발라서 단정하게 빗어넘긴 머리카락이 빛에 반들거렸다.

"대쉬 앤 캐쉬의 서부지점장 올란 드미시라고 합니다."

남자가 서글서글한 미소를 지으며 말했다.

예의 바른 말투와 달리 고개를 숙이지는 않았다.

올란 드미시.

데미안은 이 남자를 곧바로 기억해 내지 못했다.

현실에서는 몇 달 전의 일이겠지만 데미안의 입장에서는 수십 년 전 일이다.

이 남자에 대한 것은 이미 기억의 저편에 묻어둔 지 오래였다.

"대출받으실 때 이후로 처음 뵙는군요."

하지만 그 말을 듣는 순간, 잊었던 기억이 슬며시 떠올랐다.

-어디서 오신 분이라고 하셨죠? 아아, 학센 자작가의 장남이시라고요. 어쩐지 품위가 남다르시더라.

-저는 대쉬 앤 캐쉬의 서쪽 지부를 담당하는 올란 드미시라고 합니다. 데미안 님과 달리 천출이라 굳이 이름은

기억하지 않으셔도 됩니다.

-서류를 가져올 때까지 시간이 좀 걸리는데 차라도 한잔 하시겠습니까? 술도 있습니다.

-기왕이면 가문의 땅을 담보로 잡으시는 게 어떻겠습니까? 그럼 더 많은 돈을 융통해 드릴 수 있습니다.

-이자가 너무 높다고요? 이건 형식에 불과합니다. 돈을 그냥 빌려드릴 수는 없으니까요.

-가문의 땅이라고 해서 걱정하실 필요 하나도 없습니다. 어떻게 저 같은 천민이 귀족님의 담보를 빼앗을 수 있겠습니까.

데미안을 꼬셔서 가문의 땅을 담보로 잡게 만든 사람이 바로 이 남자였다.

"약속하셨던 상환일이 오늘이라 이렇게 찾아뵙게 되었습니다. 빌려 가신 돈 20골드에 이자까지 합쳐서 30골드를 상환해 주셔야겠습니다."

30골드.

아기토의 현상금이 100골드였으니 그 돈을 받았으면 무난하게 갚을 수 있는 금액이다.

하지만 그 100골드는 연공법으로 바뀐 지 오래였다.

'그렇다고 연공법을 줄 수도 없지.'

교단의 호의가 담긴 선물이니 함부로 처분할 수도 없었다.

"알고 계시겠지만 오늘 내로 돈을 갚지 못하신다면 담보로 잡으신 땅은 저희 대쉬 앤 캐쉬의 소유가 됩니다."

"형식적인 것이라고 하지 않았나?"

과거의 기억을 따라서 물었다.

그 물음에 올란 드미시는 슬며시 비웃음을 지었다.

"그럼요. 저 같은 천민이 어떻게 귀족 님의 담보를 빼앗겠습니까? 하지만 어쩌겠습니까. 골드픽시 공작가에서 빚은 반드시 받아 내라고 해서요. 귀족, 천민을 가리지 말고요."

올란은 골드픽시 공작가라는 말을 유독 강조했다.

데미안이 돈을 빌린 대쉬 앤 캐쉬라는 대부업체는 골드픽시 공작가가 운영하고 있는 사업체였다.

골드픽시 공작가는 옛날부터 사업을 통해서 부와 명성을 쌓은 가문이었다.

대쉬 앤 캐쉬 이외에도 수많은 사업체를 가지고 있었다.

"아시겠으면 어서 돈을 가져오시지요. 아니면 혹시…… 갚으실 돈이 없으신 겁니까?"

올란 드미시가 간신배처럼 웃었다. 데미안은 팔짱을 낀 채 고민에 잠겼다.

'전생에서는…… 결국 땅을 빼앗기고 가족 전체가 거리에 나앉을 위기에 처했지.'

다행히 누님인 루이즈가 어윈 라이언블룸에게 돈을 빌림으로써 땅과 영지를 지킬 수 있게 된다.

다만, 그 부탁을 대가로 루이즈는 평생 동안 어윈 라이언블룸에게 끌려다니게 되었다.

'누님이 또 그런 일을 겪게 할 수는 없다.'

하지만 데미안이라 할지라도 지금 당장 30골드를 가져올 방법은 없다.

상환을 늦추거나 빚을 없앨 수 있는 다른 방법을 찾아내야 했다.

'……잠깐만 조만간 골드픽시 공작가랑 라이언블룸 후작가 사이에서 결투가 벌어졌던 걸로 기억하는데.'

불현듯 생각났다.

금광의 소유권을 두고 벌어졌던 두 가문의 기사결투.

골드픽시 공작가는 그 결투에서 패배하여 금광의 소유권을 빼앗긴 것은 물론이고 명예까지 잃어버리게 된다.

'결투에서 승리한 덕분에 라이언블룸 후작가에서는 엄청나게 강성해졌지.'

현재 학센 자작가는 라이언블룸 후작가의 원한을 샀다.

라이언블룸 후작가의 영향력이 커져서 좋을 게 하나도 없었다.

"돈은 마련하지 못했다."

그 말에 올란의 비웃음이 더욱 강해졌다. 마치 예상이라도 했다는 듯이 말이다.

"그럴 거면 돈을 빌리지 말았어야지."

올란은 의자에 털썩 주저앉았다. 다리를 꼬며 데미안을

깔보듯이 쳐다봤다.

"귀족이면서 그런 기본적인 상식도 갖추지 못한 건가? 아니면 망나니로 살다 보니 잊어버렸나?"

데미안에게 상환 능력이 없다는 사실을 알자마자 올란드미시의 태도가 갑자기 달라졌다.

그러나 데미안은 그럴 줄 알았다는 듯 그다지 놀라지 않았다. 이미 전생에 경험해 봤던 일이었다.

"대신 다른 방법으로 빚을 갚겠다."

"오, 그거 다행이군. 그런데 무슨 수로 30골드라는 거금을 갚으시려고?"

"이제 곧 라이언블룸 후작가와 금광을 놓고 결투를 벌이지 않나?"

"벌써 여기까지 소문이 퍼졌나?"

"그래서 공작가에서 실력 있는 기사들을 모집하고 있다던데."

올란이 그게 너랑 무슨 상관이냐는 듯한 표정을 지었다.

"날 공작가에 추천해라. 빚을 갚는 대신 골드픽시 공작가에 승리를 안겨주마."

"푸하하핫."

웃음이 터져 나왔다.

올란 드미시는 오랜만에 체면을 잊고 상스럽게 웃어댔다.

"지금 뭐라고 했지? 공작가에 승리를 안겨주겠다고?"

얼마나 웃기던지 뱃살이 땡겨 왔다. 고통스러웠지만 웃음은 멈추지 않았다.

"푸흡."

"풋."

그의 뒤에 서 있던 경호원들도 마찬가지였다.

미처 참지 못한 비웃음이 입술 사이를 비집고 튀어나왔다.

"으하하핫, 과연 대단한 자신감이야. 역시 라이언블룸 후작가의 이공자를 쓰러트리고, 랜드워크 도시의 폭력 조직을 몰아내신 기사님다워."

데미안 학센에 대한 소문이라면 올란 드미시도 이미 알고 있었다.

모를 수가 없었다. 요즘 사람들이 둘 이상 모이면 항상 그 이야기를 하고 있으니 말이다.

"그런데 그런 거짓말이 나한테 통할 거라고 생각한 거야? 이러면 좀 화가 나는데."

하지만 올란 드미시는 그런 헛소문에 속지 않았다.

그는 데미안 학센이 어떤 인간인지 잘 알고 있었다. 두 눈으로 직접 본 덕분이었다.

귀족이라는 점만 빼면 아무것도 없는 멍청이.

별 볼 일 없는 주제에 자존심만 앞서는 얼간이.

주제 파악도 못 하고 날뛰는 애송이.

그게 데미안 학센이었다.

"라이언블룸 후작가의 이공자한테는 독같은 것을 먹여서 이겼을 것이고, 랜드워크의 폭력 조직은 교단이 다 소탕한 걸 수저만 얹었을 게 뻔해."

올란 드미시는 눈물을 닦아내며 말을 이어 나갔다.

"이봐, 그런 식으로 날 속이려 들지 마. 돈이 없으면 솔직하게 와서 빌어. 아, 그냥 비는 걸로는 부족하군."

올란 드미시가 혓바닥으로 입술을 핥으며 말했다.

"그러고 보니 장녀께서 상당한 미녀시던데. 아니, 상당한 수준을 뛰어넘었어. 보고 눈이 확 뜨였지."

올란 드미시가 주먹으로 손바닥을 팡팡 때리며 말했다.

"어때? 일주일만 빌려주면 상환일을 두 달 정도 연장시켜 주지."

올란 드미시는 자신의 뒤에 서 있는 경호원들을 가리켰다.

"참, 나 혼자 쓰는 건 아니야. 여기 뒤에 보이지? 애들도 함께 할 거거든? 여기저기 망가질지도 모르니까 신중하게 결정……."

갑자기 들려온 쇳소리에 올란 드미시의 말이 끊었다.

어느새 데미안 학센이 장검을 빼들고 있었다.

올란 드미시는 자신의 직업이 좋았다.

대쉬 앤 캐쉬.

공작가의 사업체 정도면 어딜 가나 목을 빳빳하게 들어 어깨를 펴고 다닐 수 있었다. 봉급이 높은 것은 말할 것도 없다.

하지만 올란 드미시가 자신의 직업을 사랑하는 진짜 이유는 따로 있었다.

-미, 미안하네! 하, 한 달만 기다려 주게! 도, 돈은 꼭 갚겠네!

잘나신 귀족 나으리들의 한심한 몰골을 구경할 수 있기 때문이다.

-이, 이렇게 빌겠습니다! 제발 저택 만큼은……!

천민으로 태어나서 항상 귀족을 우러러보기만 했다.

귀족이 행차할 때면 고개를 숙여야 했다.

귀족의 그림자조차 함부로 밟지 못했다.

그랬던 자신에게 귀족들이 신발이라도 핥을 것처럼 애원하는 모습은 꽤나 볼 만했다.

-내, 내 딸을? 다, 다른 방법은 안 되겠나? 아, 아니네! 시, 싫은 게 아니라!

-제, 제 몸을요? 자, 잠시만요! 전 남편이 있는 몸이에요!

올란 드미시는 이따금 자신의 은밀한 욕망을 채웠다.

그래도 귀족들은 아무런 저항도 못 했다. 갑은 올란 드미시고, 을은 저들이었으니까.

평범한 사채업이었다면 이런 호사는 누릴 수 없었으리라. 오히려 귀족들에게 돈을 떼먹히지 않으면 다행이지.

하지만 대쉬 앤 캐쉬는 공작가의 사업체였다.

변두리의 약소한 귀족들은 공작가의 권위 앞에 고개를 숙일 수밖에 없었다.

그래서 올란 드미시는 자신의 직업이 좋았다.

"다시 생각해 보는 게 좋을 거야."

올란 드미시는 치밀어 오르는 웃음을 참아야 했다.

궁지에 몰린 귀족이 자신을 문다. 올란 드미시가 기대하는 최고의 상황이었다.

"내 뒤에 있는 친구들이 보통 강한 게 아니거든."

올란 드미시는 언제나 경호원들을 데리고 다녔다.

공작가에서 지원해 준 자들이 아니라 올란 드미시가 직접 뽑은 이들이었다.

실력은 모두 준기사 이상이라 믿음직스러웠다.

"어디 보자……."

데미안 학센은 손가락으로 올란 드미시와 경호원들을 가리켰다.

"세 놈은 죽이고, 넌 오른쪽 팔만 자르고 살려 두마. 공작가로 안내해 줄 길잡이가 필요하거든."

올란 드미시와 경호원들은 서로 눈빛을 교환하며 웃었다.

저 얼간이가 지금 뭐라고 지껄이는 거지?

"내게 쓸모가 있는 걸 다행으로 여겨라."

데미안의 눈동자가 시퍼렇게 빛났다.

어둠 속에서 숨어 있는 맹수의 눈동자를 보는 듯했다.

"난 가족을 욕보이는 개새끼들을 어지간해서는 살려 두지 않거든."

"한심한 새끼. 목숨을 구걸해도 모자랄 판에 아직도 허세를 부리다니."

올란 드미시가 손가락을 까딱거렸다. 경호원 세 명이 칼을 빼들었다.

"정신이 번쩍 들게 해 줘라. 죽이지는 말고."

경호원들이 실실 웃으며 데미안을 포위했다.

세 명 모두 빈틈이 많았다. 그리 실력이 뛰어난 편은 아닌 듯했다.

그와는 별개로 살기가 묵직하고 끈적거렸다.

사람을 한두 명 죽여서는 얻기 힘든 살기였다.

"어이, 도련님. 죽이기 전에 진귀한 구경이나 시켜 줄까?"

경호원 한 명이 얼굴 앞에 칼날을 세웠다.

시퍼런 오러가 칼날을 뒤덮었다. 경호원은 데미안의 앞에 대고 칼을 흔들며 자랑했다.

"이거 보여? 이게 오러라는 거야. 구경이나 해 봤을 라나 모르……."

데미안이 칼을 휘둘렀다. 아래에서 위로 끌어올리며 사선을 그었다.

장검이 경호원의 목을 베고 지나갔다. 머리가 땅으로 툭 떨어졌다.

머리를 잃고도 몸통은 한동안 계속 서 있었다. 이윽고 바닥으로 허물어졌다.

다들 무슨 일이 벌어졌는지 알아차리지 못했다.

심지어 죽은 경호원조차.

"적을 코앞에 두고 방심하면 쓰나."

데미안은 장검을 허공에 휘둘렀다. 핏자국이 땅바닥에 흩뿌려졌다.

"이, 이 자식이!"

상황을 파악했는지 다른 경호원이 분노를 터트렸다.

"주, 죽여 버리겠어!"

경호원이 칼을 높이 치켜든 채 달려들었다.

이대로 단숨에 데미안의 정수리를 쪼갤 생각인 듯했다.

데미안은 무심하게 칼을 휘둘렀다.

가장 먼저 위로 들어 올린 두 팔을 절단했다. 곧이어 가슴을 베었다. 마지막으로 허리를 끊어 놓았다.

세 번의 칼질.

경호원은 그중에 단 하나도 보지 못하고 절명했다.

"굼뜨고 느리군."

데미안은 시선을 돌려서 마지막으로 남아 있는 경호원을 쳐다봤다.

경호원의 눈동자가 마구 흔들렸다.

"으, 으아아악!"

경호원은 검을 내던지고 몸을 돌렸다. 창문으로 몸을 날리려고 했다.

하지만 그보다 먼저 데미안이 땅을 박찼다. 경호원을 스치고 지나갔다.

경호원의 목에 혈선이 그어졌다. 그대로 머리가 땅에 떨어졌다.

"겁쟁이면 아예 검을 잡지 말았어야지."

데미안은 그리 말하며 올란 드미시를 돌아봤다.

올란 드미시는 완전히 넋이 나가 있었다.

"마, 말도 안 돼…… 어, 어떻게 학센 자작가의 마, 망나니가…… 이, 이런 실력을……."

데미안은 올란 드미시에게 다가갔다.

그제야 올란 드미시는 정신을 차리고 비명을 질렀다.

"으, 으아악! 아아악!"

올란 드미시는 의자에 앉은 채로 발버둥을 쳤다. 그 바람에 등받이 뒤로 홀라당 넘어갔다.

올란 드미시는 바닥에서 허우적거렸다. 간신히 손으로 땅을 짚고 몸을 일으키려 했다.

그 순간, 손목을 향해 장검이 떨어졌다. 칼날이 손목을 절단했다.

"……아."

올란 드미시는 믿기 힘들다는 얼굴로 줄어든 손목을 쳐다봤다.

"아악! 으아악! 내, 내 손! 내 소오…… 컥!"

데미안이 올란 드미시의 턱을 걷어찼다.

입이 닫히면서 비명이 뚝 끊어졌다. 올란 드미시는 입을 붙잡고 신음했다.

"닥쳐라. 시끄럽다."

데미안은 올란 드미시의 목에 칼날을 바짝 붙였다.

올란 드미시의 얼굴이 사색이 되었다.

"데, 데미안 하, 학센! 아니, 아니 데, 데미안 님!"

죽음에 대한 공포가 고통을 억눌렀다. 올란 드미시는 데미안의 앞에 바짝 엎드렸다.

"이, 이 천한 것이 모, 목숨 아까운 줄 모르고 하, 함부로 떠들어댔습니다!"

지금 이 순간, 올란 드미시의 머릿속에는 살아남아야 한다는 생각밖에 떠오르지 않았다.

"제, 제발 모, 목숨만은 살려 주십시오! 이, 이렇게 애원하겠습니다!"

"아니지. 살고 싶으면 다른 말을 해야지."

데미안이 칼날을 바짝 붙였다. 피부가 베이며 피가 흘러내렸다.

올란 드미시는 필사적으로 머리를 굴렸다.

눈 깜짝할 사이에 수천 가지 생각이 머릿속을 스치고 지나갔다.

"……고, 공작가까지 최선을 다해서 모시겠습니다!"

올란 드미시가 필사적으로 소리쳤다.

"똑똑한 녀석이군."

그제야 데미안은 칼을 거둬들였다.

데미안을 보낸 뒤, 학센 자작은 한시도 자리에 앉아 있지 못했다.

방안을 빙글빙글 돌며 한숨만 푹푹 내쉬었다.

학센 자작뿐만 아니었다. 막내아들인 아벨 또한 아버지와 똑같이 행동하고 있었다.

"하아."

"하아."

두 부자가 똑같이 한숨을 내쉬었다. 누가 부모와 자식

아니랄까 봐 표정이 똑같았다.

"여보, 이만 앉아서 쉬세요. 그러다 땅 꺼지겠어요."

"아벨, 너도 이리 와서 앉아 있어."

학센 부인과 장녀 루이즈가 말했다.

부자와 달리 모녀는 여유로운 태도로 티타임까지 즐기고 있었다.

"부인, 어떻게 앉아서 쉴 수 있겠소. 가문이 몰락할지도 모르는데."

"누님, 맞습니다. 가문의 운명이 걸려 있는데 어떻게 가만히 있을 수 있단 말입니까."

두 사람의 항변에 학센 부인과 루이즈가 평온한 얼굴로 말했다.

"데미안이 알아서 잘하겠다고 말했잖아요."

"맞아요. 지금은 데미안을 믿고 기다리도록 해요."

학센 자작과 아벨은 황당하다는 표정을 지었다.

"당신은 어떻게 그렇게 여유로울 수 있는 게요?"

"누님, 형님의 그 말을 믿으시는 겁니까?"

학센 부인은 차를 한 모금 머금었다. 향을 즐긴 뒤에 입을 열었다.

"지금까지 데미안이 나서서 실패한 적이 있었나요? 없었잖아요."

"그건 데미안에게 범상치 않은 검술 실력이 있어서 가능했소. 하지만 검술 실력과 협상 능력은 별개요.”

분명 데미안은 엄청난 실력을 가지고 있다.

하지만 그건 어디까지나 실전에서 통하는 것이었다.

눈치와 말솜씨가 중요한 협상의 자리에서는 아무짝에도 쓸모없었다.

“아버지, 지금이라도 형님께 한번 가 보죠.”

아벨의 말에 학센 자작은 마음이 혹했다.

그래, 지금이라도 가서 데미안을 돕는 게…….

“데미안을 믿겠다고 말했으면서 도우러 가겠다고요?”

“아버지, 안 그러시는 게 좋을 것 같아요.”

두 모녀의 지적에 학센 자작은 흠칫했다.

믿고 맡기겠다고 말했으면서 갑자기 개입한다?

데미안을 완전히 무시하는 행위였다.

학센 자작이 이러지도 저러지도 못하고 있을 때였다.

방문이 벌컥 열리며 데미안이 들어왔다.

“아버지, 다녀왔습니다.”

데미안의 등장에 모든 가족이 반색했다.

특히 아버지는 한걸음에 달려갈 정도였다.

“데미안! 어떻게 되었느냐? 잘 해결되었느냐?”

“예, 해결됐습니다. 저쪽에서 더 이상 빚을 묻지 않겠다는 확답까지 받아 냈습니다.”

학센 자작의 얼굴에 환한 미소가 떠올랐다.

그러다 문득 이상하다는 생각이 들었다. 협상 결과가 좋아도 너무 좋았던 것이다.

상환일을 늦추는 것도 아니고, 빚을 감면받는 것도 아닌 아예 묻지 않겠다니?

"그게 정말이냐?"

"예, 안 그래도 못 믿으실 것 같아서 본인을 직접 데려왔습니다."

데미안이 손짓했다. 문 너머에서 한 남성이 걸어들어왔다.

잘 차려입고 있었으나 옷은 헤집어져 있고, 머리는 헝클어져 있어서 초라해 보였다.

"네가 직접 말씀드려라."

"예, 예!"

데미안의 말에 남자는 벌벌 떨며 고개를 끄덕였다.

"하, 학센 자작님이시죠? 처, 처음 뵙겠습니다. 대쉬 앤 캐쉬의 서부지점장을 맡고 있는 올란 드미시라고 합니다."

"그, 그렇소만……."

학센 자작은 크게 당황했다. 뭔가 자신이 기대했던 것과는 크게 달랐다.

"빚을 묻지 않겠다고 했는데…… 그게 정말이오?"

"저, 정말입니다! 오늘 이후로 돈 문제로 학센 자작가를 귀찮게 할 일은 일절 없을 겁니다! 예, 없고말고요!"

올란 드미시가 큰 소리로 외쳤다. 학센 자작의 당혹감은 더욱 커졌다.

"데미안이 대체 무슨 말을 했기에…… 그걸 허락한 거요?"

"이, 이제 곧 공작가와 후작가 사이에 기사 결투가 열립니다! 데미안 학센님께서는 빚을 갚는 대신 그 결투에서 참전하기로 하셨습니다!"

공작가와 후작가 사이에서 벌어지는 결투라면 학센 자작도 일찍이 들어봤다.

금광에 가문의 명예까지 걸려 있기에 공작가로서도 절대로 패배해서는 안 될 중요한 결투였다.

"설마 그런 조건을 걸었을 줄이야……."

즉, 데미안은 자신의 무력을 팔아서 빚을 갚으려는 셈이었다.

이러면 학센 자작도 납득할 수밖에 없었다.

"데미안…… 정말 약속대로 네 혼자서 해결했구나."

"말씀드렸잖아요. 믿어 달라고."

학센 자작은 머쓱한 표정을 지었다. 사실 데미안을 완전히 믿지 못했기 때문이다.

"수고 많았다. 이만 들어가서 쉬도록……."

그때, 학센 자작의 시야에 이상한 것이 들어왔다.

올란 드미시의 손목에 붕대가 감겨 있었던 것이다. 피가 새어 나온 탓에 붕대는 빨갛게 물들어 있었다.

"……데미안?"

"왜 그러세요?"

"혹시나 싶어서 물어보지만…… 저 손목은 네가 그런 것이냐?"

"협상 도중에 의견충돌이 조금 있어서 어쩔 수 없었습니다."

갑자기 현기증이 느껴졌다. 학센 자작은 이마에 손을 얹었다.

"아, 그리고 하인들을 보내서 응접실을 청소하셔야 할 것 같습니다."

"왜, 왜? 또 무슨 일인 것이냐."

"의견충돌을 해결하는 과정에서 이놈의 경호원들이랑 부딪혀서요."

데미안이 손날로 목을 긋는 시늉을 했다.

"응접실을 좀 더럽히고 말았습니다."

학센 자작은 두 손바닥으로 얼굴을 쓸었다.

숨을 크게 들이마신 뒤 소리쳤다.

"데미아아안! 또 무슨 짓을 저지른 거시냐아아아!"

데미안은 학센 자작에게 자세한 사정을 설명했다.

처음에는 분노했던 학센 자작이지만 올란 드미시가 루

이즈를 희롱했다는 소리에 반응이 완전히 달라졌다.

-이런 죽일 놈을 봤나!

길길이 날뛰는 학센 자작을 가족들이 말렸다. 덕분에 올란 드미시는 무사할 수 있었다.

-그럼 아직 빛이 없어진 것은 아니구나.

올란 드미시는 지점장일 뿐이었다. 데미안이 협상을 할 진짜 상대는 공작이었다.

-네 실력이야 두말할 것도 없이 뛰어나다만…… 공작이 널 상대해 줄지 모르겠다.

학센 자작이 걱정하는 것도 당연했다.

공작의 곁에는 내로라하는 기사들이 모여 있을 게 분명했다.

결투에 참가하기 위해서는 그들을 뛰어넘어야 했다.

-자신 있느냐?

학센 자작의 물음에 데미안은 망설임 없이 고개를 끄덕였다.

그렇게 이튿날이 되었다.

데미안은 여행을 떠날 채비를 갖추고 밖으로 나왔다.

가족들과 아그네스가 영지 입구에서 데미안을 기다리고

있었다.

"아그네스 님, 여러 가지로 도움을 주셔서 감사했습니다."

데미안은 우선 아그네스에게 감사 인사를 했다.

아그네스는 후작가와의 전쟁을 막아 줬을 뿐만 아니라 빅터까지 치료해 줬다.

조사단에 속해 있던 사제가 사용해 준 성법 덕분에 빅터는 큰 부상에서 회복될 수 있었다.

"당연히 해야 할 일이었습니다."

데미안의 감사에 아그네스가 대수롭지 않게 말했다.

"조사가 얼추 끝났으니 저희는 내일모레 돌아갈 계획입니다."

데미안은 오늘 떠난다. 둘이 만나는 것은 오늘이 마지막이었다.

"데미안 님의 여행에 축복이 깃들기를 바라겠습니다."

아그네스가 성호를 그었다. 데미안도 똑같이 행동했다.

"아, 그리고 생각이 바뀌신다면……."

"성기사 할 생각 없습니다."

안 그래도 저 소리가 나올 것 같았기에 데미안이 칼같이 끊었다.

아그네스의 얼굴이 저절로 시무룩해졌다.

"그럼 잘 다녀오겠습니다."

다음으로 데미안은 가족들에게 인사를 했다.

"데미안, 이걸 가져가렴."

어머니가 데미안에게 무언가를 내밀었다. 금테가 둘려져 있는 포션이었다.

"예전에 운 좋게 얻은 상급 포션이란다. 목숨이 위험할 정도로 위급한 상처들도 금방 치료가 된다더구나. 잘 가지고 있다가 위험해지면 사용하거라."

어머니의 설명이 길게 이어졌다.

하지만 데미안의 귀에는 어느 것도 들어오지 않았다.

아크리치 도르고의 명령에 의해 동생을 죽였을 때, 이 포션을 본 적이 있었다.

목이 잘려 나간 동생의 시체를 붙잡고 어머니는 이 포션을 부었다.

어머니의 절규와 원망이 아직도 귀에 선했다.

"……."

달갑지 않은 기억에 묻어 두었던 감정들이 떠올랐다.

도르고에 대한 증오심이, 무력했던 자신에 대한 분노가, 끔찍한 현실에 대한 절망이.

스멀스멀 데미안의 마음을 지배했다.

"데미안?"

어머니의 목소리에 데미안은 퍼뜩 정신을 차렸다. 포션병을 소중히 품에 넣으며 말했다.

"……감사합니다. 이 포션은 돌아와서 꼭 돌려드리도록

하겠습니다.”

데미안은 마지막으로 루이즈와 아벨을 돌아봤다.

누님은 걱정스러운 표정을 짓고 있었다. 아벨은 데미안의 시선을 외면 중이었다.

“데미안, 꼭 몸조심해야 한다. 알았지?”

데미안은 고개를 끄덕인 뒤, 동생을 쳐다봤다.

동생은 데미안의 시선을 애써 외면했다.

“아벨.”

“……왜요.”

“돌아오면 활쏘기나 연습하자.”

난데없는 말에 아벨의 얼굴에 의문이 떠올랐다.

데미안은 아벨의 귓가에 속삭였다.

“코퍼헤드 백작가의 영애가 사냥을 좋아하지 않느냐. 가서 잘 보이려면 활을 잘 쏠 줄 알아야지.”

그 말에 아벨의 얼굴이 시뻘겋게 물들었다.

“혀, 형님이 어, 어어, 어떻게 그걸 알고…….”

전생에 용병으로 일하면서 데미안은 계속 학센 자작가에 대한 정보를 계속 모았다.

그중에 아벨이 코퍼헤드 백작가의 영애에게 청혼을 했다가 실패했다는 내용도 있었다.

심지어 돈도 없고, 지위도 낮다는 이유로 백작에게 큰 모독을 당했다고 들었다.

"다 아는 방법이 있지."

당황해 하는 아벨을 내버려 둔 채 데미안은 마차로 다가갔다.

"오, 오셨습니까."

올란 드미시가 하나만 남은 손으로 마차의 문을 열었다.

"마차가 꽤 넓군."

데미안은 마차의 내부를 들여다보며 말했다.

"제, 제가 불편한 자리는 못 참아서 일부러 비싼 물건으로 장만했습니다."

"이런 마차라면 여행길을 기대해도 되겠군. 그렇지?"

"다, 당연합니다! 마 마차뿐만 아니라 다른 불편사항이 없도록 각별히 신경 쓰겠습니다."

올란 드미시는 애써 웃으며 말했다.

"좋은 마음가짐이야."

데미안은 올란 드미시의 머리를 톡톡 두드리며 마차에 올랐다.

빅터도 냉큼 데미안을 따라서 마차 위에 올라갔다.

마차가 대로를 달렸다.

공작가

"……절 데려가도 공작 각하를 뵐 수는 없습니다."

올란 드미시가 공포에 질린 얼굴로 말했다.

그의 맞은편에는 데미안이 앉아 있었다.

데미안은 느긋한 태도로 창밖을 내다보고 있었다.

"……저는 기껏해야 지점장일 뿐입니다. 대쉬 앤 캐쉬의 사장조차 아니라구요."

"알고 있으니까 그만 좀 닥쳐 줄래?"

데미안의 한 마디에 올란은 입을 꾹 다물었다.

눈동자와 얼굴에서 두려움이 형상화 되어 뚝뚝 떨어지는 듯했다.

"넌 공작가 앞에 날 데려다 놓기만 하면 돼, 그 이상은 기대한 적 없다."

데미안은 공작가까지 가는 길을 모른다. 장거리 여행에

필요한 준비도 되어 있지 않았다.

그래서 굳이 올란 드미시를 데려가는 것이었다.

"……정말로 결투에 참가하실 생각이십니까?"

올란 드미시가 조심스럽게 물었다. 데미안은 고개만 까딱거렸다.

"……그, 그럼 공작가를 결투에서 이기게 한다는 말도?"

데미안은 한 번 더 고개를 까딱거렸다.

올란 드미시의 얼굴에 강한 불신이 서렸다.

"라, 라이언블룸 후작가에서 누가 나오는지 알고 계십니까? 대, 대공자 미하엘 라이언블룸이 나옵니다."

골드픽시 공작은 라이언블룸 후작가처럼 기사를 직접 육성하지 않는다.

대신 공작가에 충성을 바치는 기사가문들로부터 기사를 공급받았다.

그 덕분에 골드픽시 공작가가 보유한 기사들의 양과 질은 라이언블룸 후작가와 비교해도 부족함이 없었다.

그런 공작가에서 결투를 위해서 기사를 모집하는 이유는 바로 미하엘 라이언블룸 때문이었다.

"미, 미하엘 라이언블룸은 성인이 되기도 전에 로우클래스가 된 괴물입니다. 지금은 미들클래스를 넘보고 있다는 소리까지 들려오고 있어요."

올란 드미시는 데미안 학센이 얼마나 강한지 직접 봤다.

하지만 그런 올란 드미시조차 데미안이 미하엘 라이언 블룸을 이길 수 있을 거라는 생각은 들지 않았다.

"좀 시끄럽군."

데미안이 한 마디를 툭 던졌다. 올란 드미시는 하나 남은 손으로 입을 틀어막았다.

"난 너한테 내 걱정해 달라고 말한 적이 없는데."

"죄, 죄송합니다."

올란 드미시는 바닥에 이마가 닿을 정도로 머리를 숙였다.

"알아들었으면 이제부터 조심해."

올란 드미시는 몸을 부르르 떨었다.

공작가까지 가는 길은 편했다.

올란 드미시가 아낌없이 돈을 퍼부은 덕분이었다.

들리는 마을마다 최고의 숙소를 잡고, 음식도 최상급으로 준비했다.

그 비싸다는 마도구도 아낌없이 사용했다.

덕분에 데미안은 노숙을 할 때도 뜨거운 물에서 목욕하는 호사를 누릴 수 있었다.

'집에 있을 때보다 더 편한데?'

데미안은 이 시간을 그냥 낭비하지 않았다.

모처럼 얻은 휴식시간을 모두 마력을 쌓는데 투자했다.

잠잘 때를 제외한 모든 시간에 패력축기공을 운용했다.

'지금 내게 가장 필요한 것은 마력이다.'

기술과 지식에 관해서는 데미안을 따라올 사람이 없었다.

하지만 외적인 부분에서는 부족한 점이 너무 많았다.

육체는 아직 완전히 단련되지 않았다. 마력량은 너무 부족했다.

'준기사 정도의 마력량만 얻어도 더 많은 걸 할 수 있는데.'

그렇게 5일이라는 시간이 지났다.

마차가 공작령에 도착했다.

골드픽시 공작가는 넓은 들판 위에 세워져 있었다.

성이 어마나 크던지 안으로 들어가는 성문만 무려 여덟 개나 되었다.

모든 성문에는 안으로 들어가려는 대기자들이 줄지어 서 있었다.

데미안은 올란 드미시가 있었기에 기다릴 필요가 없었다.

대쉬 앤 캐쉬의 지점장이라는 자리는 외성의 검문 정도는 생략할 수 있는 권한이 있었다.

데미안을 태운 마차는 주거지역과 상업지역을 지나서

내성벽에 도착했다.

"멈춰라."

내성문을 지키고 있던 병사들이 마차를 가로막았다.

올란 드미시는 식은땀을 뻘뻘 흘리며 데미안에게 말했다.

"제, 제가 안내해 드릴 수 있는 건 여기까지입니다."

내성문 안쪽에는 골드픽시 공작가의 저택이 자리 잡고 있었다.

올란 드미시조차 한 번도 출입해 본 적이 없었다.

"그럼 여기부터는 내 발로 걸어가야겠군."

그 말에 올란 드미시는 안도의 한숨을 내쉬었다.

그러다 이내 깨달았다. 데미안이 자신을 빤히 쳐다보고 있다는 사실을.

"오는 동안 곰곰이 생각해 봤는데 말이야."

"예, 예?"

"널 죽이자니 내 마음이 약해져서 말이야."

"그, 그럼 살려 주시는 겁니까?"

"그러기에는 또 가족을 욕한 걸 용서하기 힘들단 말이지."

데미안이 의자에서 일어났다. 마차로 들어오던 햇빛이 데미안에게 가려졌다.

어두운 그림자가 올란 드미시를 뒤덮었다.

"그러니까 혓바닥만 자르는 걸로 봐주마."

"예? 예에? 자, 잠깐……."

칼을 뽑는 소리가 들려왔다.

이내 고막을 찢는 듯한 비명소리가 사방으로 퍼져 나갔다.

마차를 가로막은 공작가의 병사들이 깜짝 놀라서 창을 들었다.

잠시 후, 마차의 문이 열리며 데미안 학센이 걸어 나왔다.

"이렇게 보니까 엄청 크군."

데미안은 내성문을 올려다보며 말했다.

내성문은 외성문보다 훨씬 높았다. 고개를 최대한 뒤로 젖혀야 끝이 보일 정도였다.

"뭐 하는 놈이냐!"

"여기가 어딘 줄 알고 소란이냐!"

병사들이 데미안을 향해 창을 겨누며 소리쳤다.

데미안은 병사들의 위협에도 아랑곳하지 않고 물었다.

"내가 공작한테 볼일이 있는데. 문을 좀 열어 줄 수 있을까?"

데미안의 물음에 두 병사가 버럭 소리를 질렀다.

"뭔 개소리야! 당연히 안 되지!"

"이제 보니 각하의 목숨을 노릴 생각이구나!"

병사들의 반응으로 보건데 평화로운 방법으로는 성문을 넘을 수 없을 듯했다.

"이러면 그냥 강행돌파할 수밖에 없는데."

데미안은 과거의 기억을 더듬었다.

골드픽시 공작을 직접 만나 본 적은 없다. 하지만 그에 대한 소문이라면 많이 들어봤다.

철저한 능력주의자.

능력이 없으면 자식이라 할지라도 가차 없이 내친다.

반대로 능력이 있다면 적이라 할지라도 관대해지는 남자였다.

"어차피 결투에 참가하려면 실력을 증명해야 하는데. 말로 설득하는 것보다 직접 보여 주는 게 낫겠지?"

결정을 내린 데미안이 고개를 끄덕였다.

그 여유로운 태도에 병사들이 기가 찰 정도였다.

"아, 아까부터 계속 무슨 헛소리냐!"

"몇 대 맞아 봐야 정신을 차리겠어?"

데미안의 무릎이 살짝 굽혀졌다.

그 직후, 공기가 터지는 소리와 함께 데미안의 몸이 사라졌다.

"……어?"

"……응?"

병사들은 본능적으로 위를 올려다봤다. 그러자 볼 수 있었다.

내성벽의 중간쯤에 떠 있는 데미안의 모습이 말이다.

"저, 저게 뭐야!"

"허, 허억!"

데미안은 내성벽을 밟았다. 그러자 몸이 한 번 더 위로 뛰어올랐다.

수직에 가까운 성벽을 계속 박차며 위로 올라갔다.

눈 깜짝할 사이에 성벽 위에 도달했다.

“흐아아아암…….”

“야, 인마 입에 벌레 들어가겠다.”

성벽 위에도 병사들이 서 있었다. 데미안은 두 병사의 사이에 착지했다.

“어, 어라?”

“뭐, 뭐야.”

두 병사는 당황한 얼굴로 데미안을 쳐다봤다.

그러거나 말거나 데미안은 성벽 아래를 내려다보며 감탄했다.

“이야, 경치 한번 좋은걸.”

그때, 제정신을 차린 병사들이 데미안을 향해 창을 내질렀다.

“침입자다!”

“죽어라!”

데미안은 한 번 더 도약했다. 창을 피하며 성벽 아래로 몸을 날렸다.

두 병사는 깜짝 놀라서 아래를 내려다봤다.

이렇게 높은 위치에서 떨어졌건만 데미안은 멀쩡했다.

"어디 보자 공작가의 저택은 저쪽인가?"

데미안은 유유자적 걸음을 옮겼다. 그 모습에 병사의 눈동자가 빠질 듯이 커졌다.

"치, 침입자다! 경보를 울려라!"

"보통 놈이 아니야! 기사님들이 나서야 해!"

공작가 전체에 시끄러운 종소리가 울려 퍼졌다.

경보가 울리고 있음에도 데미안은 서두르지 않았다.

산책을 나온 것처럼 여유롭게 걸음을 옮겼다.

오히려 공작가 쪽에서 분주하게 움직였다.

"저기 있다!"

열 명이나 되는 기사들이 우르르 몰려왔다. 데미안의 주위를 포위했다.

"당장 정체를 밝혀라!"

"어디서 널 보낸 거지?"

"무슨 목적이냐!"

기사들이 한 마디씩 소리쳤다.

데미안은 기사들을 쓱 훑어봤다. 전원 준기사였다.

"쯧쯧, 이런 햇병아리들이 먼저 튀어나오면 쓰나."

햇병아리.

그 말에 준기사들은 어안이 벙벙해졌다. 이내 쌍심지를 켜고 분노했다.

"감히 우리를 무시하다니!"

"팔이라도 잘라 주랴?"

데미안은 고개를 절레절레 흔들었다.

"공작은 어디에 있지? 긴히 할 이야기가 있는데."

그 말에 기사들의 얼굴이 터질 듯이 붉어졌다.

"……공작 각하를 노리고 온 것이로구나!"

"그게 아니라 긴밀하게 할 이야기가 있다니까."

"닥쳐라!"

기사들이 일제히 발검했다. 서슬 퍼런 칼날이 데미안을 겨누었다.

"지금 당장 죗값을 치르게 해 주마!"

기사들이 일제히 달려들었다. 데미안은 머리를 목덜미를 긁적였다.

지금 데미안이라면 일검에 이들을 모두 참살할 수 있었다.

하지만 준기사는 실전에 바로 투입시킬 수 있는 귀중한 전력이다.

그런 준기사를 열 명이나 죽인다?

이건 공작가에 선전포고를 하는 것이나 다름없었다.

그렇기에 데미안은 칼을 뽑지 않았다.

사방에서 들이닥친 칼날을 모두 맨손으로 쳐 냈다.

그 광경에 준기사들의 얼굴에 당혹감이 떠올랐다.

"어?"

"응?"

데미안의 몸이 사라졌다.

준기사들에게 접근해서 한 번씩 턱을 후려쳤다.

잔상이 남을 정도로 빠른 속도였다.

준기사들은 공격을 당했다는 사실조차 자각하지 못하고 기절했다.

"아, 공작이 어디 있는지 듣지 못했네."

데미안이 후회하고 있을 때였다.

기절한 줄 알았던 기사 한 명이 신음을 흘렸다.

"어…… 어어어…… 으어어……."

완전히 기절하지 않았을 뿐, 제정신이 아니었다.

데미안은 반색을 하며 기사에게 다가갔다.

기사의 머리카락을 움켜잡고 들어 올렸다.

"공작은 어디에 있지?"

"가…… 각하께서는…… 지금 회의실에……."

이성을 반쯤 상실한 덕분에 쉽게 이야기를 들을 수 있었다.

데미안은 기사의 머리를 내려놓고 저택을 쳐다봤다.

"저기에 있단 말이지."

데미안이 다시 움직였다.

골드픽시 공작에게는 최근 들어 한 가지 골치 아픈 일이 생겼다.

"아직도 미하엘 라이언블룸을 상대할 기사를 구하지 못했단 말인가?"

회의실에 앉아 있던 가신들이 모두 고개를 숙였다. 그 모습에 골드픽시 공작은 한숨을 푹 내쉬었다.

"돈은 얼마가 들어도 상관없고, 외국에서 데려와도 좋다고 하지 않았나."

고개를 드는 가신들은 한 명도 없었다. 골드픽시 공작은 다시 한숨을 푹 내쉬었다.

사실 모든 일의 원흉은 공작이었다.

골드픽시 공작과 라이언블룸 후작은 젊은 시절부터 앙숙이었다. 골드픽시 공작이 눈독을 들이고 있던 무희를 라이언블룸 후작이 가로챈 이후로 말이다.

시간이 아무리 지나도 감정은 희석되지 않고 오히려 더욱 강해졌다.

그러던 도중, 두 가문의 경계선에서 금광이 발견되었다.

금광의 소유권을 결정짓기 위해서 공작과 후작은 한 자리에 모였다.

하지만 회담이 아무리 길어져도 금광의 소유권은 결정

되지 않았다.

-이러지 말고 결투로 결정하는 건 어떤가? 그 편이 훨씬 깔끔할 것 같은데.

공작은 후작의 제안을 거절했다. 후작가의 대공자가 얼마나 무서운 괴물인지 잘 알고 있었기 때문이다.

-이번에도 남자답지 못하게 도망치는군. 그래서 엘리제도 날 선택한 거야.

엘리제는 공작이 빼앗겼다던 무희의 이름이었다.

그 순간, 공작은 눈이 뒤집히고 말았다. 정신을 차렸을 때는 이미 결투를 받아들인 뒤였다.

이미 내뱉은 말을 되돌리기에는 늦었다. 공작은 부랴부랴 미하엘 라이언블룸을 상대할 기사를 찾았다.

하지만 국내는 물론이고 국외에도 그런 기사를 구하기란 무척 힘들었다.

"골치 아파 죽겠군."

공작은 손으로 이마를 짚었다.

그때, 멀리서 소란스러운 소리가 들려왔다.

공작은 손을 내리고 시종에게 물었다.

"이게 무슨 소리냐? 가서 알아보고 와라."

시종은 밖으로 나갔다가 곧바로 되돌아왔다. 얼굴이 사색이 되어 있었다.

"가, 각하! 침입자입니다!"

그 말에 공작은 놀라기보다 의아함을 먼저 느꼈다.

"침입자라고?"

"예! 지금 침입자가 건물을 완전히 휘젓고 있습니다! 빨리 대피하셔야 합니다!"

공작의 머릿속에 공작성이 얼마나 튼튼하며, 방비가 철저한가에 대한 수십 가지 생각이 스치고 지나갔다.

침입자가 들어오는 것은 현실적으로 불가능하다. 하지만 이미 벌어진 일을 부정해 봤자 소용없었다.

"감히 어떤 놈이 골드픽시 공작가를 건드렸단 말이냐!"

"아, 아직 거기까지는 파악되지 않았습니다!"

"당장 기사들을 소집해라! 반드시 그 간악한 무리를 소탕해라!"

공작은 당연히 침입자가 여러 명일 거라 생각했다.

하지만 시종이 공작의 말을 부정했다.

"무, 무리가 아닙니다!"

이건 또 무슨 소리란 말인가.

인상을 쓰고 있는 공작에게 시종이 말했다.

"침입자는 단 한 명입니다!"

준기사들을 쓰러트린 뒤, 데미안은 곧바로 저택으로 향

했다.

저택으로 가기 위해서는 중간에 정원을 가로질러야 했다.

'정원을 가꾸는 게 어머니의 유일한 취미생활이었는데.'

학센 자작가의 정원이 텃밭 크기에 불과하다면 공작가의 정원은 숲을 연상시킬 만큼 넓고 컸다.

공작가의 정원에 관한 이야기를 어머니께 들려드리면 좋아할 것 같았다.

하지만 데미안은 느긋하게 정원을 구경할 수 없었다.

"찾았다!"

"여기 있었구나!"

정원 곳곳에서 기사들이 튀어나왔다.

방금 전에 싸웠던 준기사들과는 격이 다른 기운이 느껴졌다.

로우클래스.

공작가의 정식기사가 데미안을 막기 위해서 나선 것이다.

"어디서 온 놈인지는 모르겠지만 공작가를 공격하다니!"

"팔다리의 힘줄을 모두 잘라다 감옥에 처박아 주마!"

기사들이 일제히 칼을 뽑았다. 짙은 오러가 칼날을 뒤덮었다.

이렇게 많은 로우클래스들에게 위협당하면서도 데미안의 표정은 별반 달라지지 않았다.

'죽이는 건 어렵지 않은데…… 뒷감당이 어렵지.'

공작가로 오는 동안 데미안은 패력축기공으로 제법 많은 마력을 모았다.

지금 데미안에겐 준기사나 로우클래스나 큰 차이가 없었다.

하지만 그렇다고 이 자리에서 피를 봤다가는 공작과 척을 질 위협이 있었다.

'어디 적당한 물건 없나.'

데미안은 주변을 두리번거렸다.

마침 근처에 정원을 가꿀 때 사용하는 도구들이 놓여 있었다.

데미안은 그중에서 삽을 집어 들었다. 손날로 삽의 머리를 후려쳤다.

삽의 날이 뚝 잘려 나가니, 적당한 길이의 몽둥이가 되었다.

데미안은 몽둥이를 붕붕 휘둘렀다. 느낌이 괜찮았다.

"됐다. 이제 덤벼도 된다."

데미안이 손가락을 까딱거렸다. 기사들의 이마에 혈관이 튀어나왔다.

"지금 우리가 우습게 보이냐?"

"어디서 같잖은 도발이야!"

"당장 죽여 주마!"

기사들이 분노를 토해 내며 달려들었다.

선두에 있던 기사가 칼을 휘둘렀다. 칼날이 반원을 그렸다.

데미안은 몽둥이로 칼날을 막으려 했다.

"어리석은 놈!"

기사가 소리쳤다. 기사의 검에는 오러가 맺혀 있었다. 반면, 데미안의 몽둥이는…… 그냥 몽둥이였다.

이대로 가면 오러가 실린 검이 몽둥이와 데미안을 통째로 절단할 게 뻔했다.

하지만 기사의 예상과 달리 칼은 몽둥이를 베지 못했다.

대신 궤적이 비틀렸다.

"……엇?"

횡을 그리던 검이 갑자기 위로 치솟아 올랐다.

데미안은 빈틈을 놓치지 않고 몽둥이로 기사의 머리를 내리쳤다.

기사는 힘없이 허물어졌다.

"죽어라!"

뒤를 이어서 다른 기사가 칼을 내리쳤다.

데미안은 이번에도 몽둥이를 휘둘러 칼을 막았다.

직선으로 떨어지던 칼날이 왼쪽으로 크게 휘었다.

"아니……? 컥!"

데미안은 곧바로 기사의 정수리를 내리쳤다. 기사는 비명을 토해 내며 기절했다.

눈 깜짝할 사이에 두 명이나 당해 버렸다.

이 믿기 힘든 광경에 다른 기사들은 멈칫할 수밖에 없었다.

데미안은 몽둥이로 어깨를 톡톡 두드리며 말했다.

"뭐 해? 덤비라니까."

기사들이 서로 눈치를 봤다. 그러다 한 명을 시작으로 연달아 뛰어들었다.

매타작 벌이는 소리가 끊임없이 울려 퍼졌다.

"……침입자가 단 한 명이라고?"

공작이 믿기 힘들다는 얼굴로 물었다. 시종은 격하게 고개를 끄덕였다.

"기사들은? 기사들은 뭘 하고 있느냐?"

"이미 준기사 열 명이 침입자를 막으려 했다가 실패했습니다!"

"준기사들이……?"

준기사만 되어도 훌륭한 전력이다. 그런 준기사들을 열 명이나 나섰는데 실패했다?

"그뿐만 아니라 로우클래스들이 나섰습니다만 또 막아내지 못했다고 합니다!"

공작은 머리가 팽팽 도는 것을 느꼈다.

지금 듣고 있는 게 사실일까?

혹시 모두가 자신을 속이려는 건 아닐까?

“거, 걱정하지 마십시오! 미들클래스 기사가 움직였습니다! 이제 곧 침입자를 제압할 수 있을 것입니다!”

미들클래스라는 말에 공작은 침착함을 되찾았다.

생각해 보면 겁먹을 이유는 없었다.

이곳에는 로우클래스뿐만 아니라 미들클래스, 심지어 하이클래스도 있었다.

공작은 자신의 옆에 서 있는 노기사를 쳐다봤다. 노기사는 안광을 번쩍이며 말했다.

“각하, 걱정하지 마십시오. 각하의 곁에는 제가 있지 않습니까.”

가올 하임리히.

애플 왕국에 단 세 명밖에 없는 하이클래스 중 한 명.

골드픽시 공작가가 보유하고 있는 최고의 무력이었다.

“사상자는 몇 명이나 발생했느냐?”

“없다고 들었습니다.”

공작의 얼굴에 또다시 의문이 떠올랐다.

“……그게 무슨 소리냐. 사상자가 없다고? 그럼 부상자는?”

“경미한 부상자밖에 없다고 합니다.”

“그건 뭔…….”

이 대낮에 공작가를 침입하고, 기사들과 싸움을 벌이고

있으면서도 한 명도 죽이지 않았다고.

"잠깐만."

공작의 머릿속에 어떤 가능성이 떠올랐다.

"그 침입자를 직접 만나 봐야겠다."

로우클래스들을 모두 때려눕힌 뒤, 데미안은 저택 안으로 들어갔다.

골드픽시 공작가는 애플 왕국 제일의 갑부로 유명했다.

그 유명세가 거짓이 아님을 증명하듯 저택 내부에는 곳곳에 값비싼 예술품들이 놓여 있었다.

"막아라! 놈을 막아!"

저택에 들어오자마자 기사들이 달려들었다. 전원 로우클래스 기사들이었다.

데미안은 몰려드는 기사들을 향해 마구 몽둥이를 휘둘렀다.

기사들은 추풍낙엽처럼 쓰러졌다. 데미안은 기사들을 지르밟으며 저택 내부로 전진했다.

복도를 지나서 넓은 홀에 도착했다. 거기서 데미안은 걸음을 멈췄다.

홀 한가운데에 서 있는 기사 때문이었다.

"결국 여기까지 왔구나. 이 개자식아."

기사가 조용히 뇌까렸다. 목소리에 살기가 가득했다.

"공작가에서 난동을 피운 죄는 깊다. 네놈은 특별히 내가 직접 온몸을 갈기갈기 찢어다가 쥐새끼들의 먹이로 뿌려 주마."

기사가 땅에 꽂아 놓았던 창을 빼들었다. 날카로운 기세가 홀 전체를 가득 채웠다.

"대단하군."

데미안은 짧게 감탄했다. 기사에게서 느껴지는 기운이 상당했다.

"난 데미안 학센이다. 그쪽은 이름이 뭐지?"

이대로 통성명도 하지 않고 싸우기에는 아쉬웠다.

데미안의 물음에 기사는 인상을 팍 썼다. 대답하기 싫은 기색을 풍기면서도 말했다.

"에른스트 호위츠. 미들클래스다."

거물이 나타났다.

기사가 되기 위해서는 훈련생, 준기사, 정식기사라는 과정을 거친다.

이 정식기사는 또 세부적으로 경지가 네 개로 나뉜다.

로우클래스, 미들클래스, 하이클래스 마지막으로 마스터.

각 경지의 격차는 뒤로 갈수록 커졌다.

준기사가 로우클래스의 경지에 오르는 것도 힘든 일이지만 로우클래스가 미들클래스가 되는 것은 더더욱 어려웠다.

로우클래스만 되어도 일기 당천이라 불리기에 부족함이 없었다.

그렇다면 그보다 훨씬 오르기 어렵다는 미들클래스는?

인간의 몸으로 도달할 수 있는 자연재해 정도로 취급 받는다.

"이거 골치 아프게 되었군."

데미안이 몽둥이로 어깨를 톡톡 두드리며 말했다.

"골치 아파?"

그 말이 거슬렸는지 에른스트 호위츠가 인상을 썼다.

"겁에 질린 나머지 말이 헛 나왔나 보구나. 그게 아니라 도망치고 싶다고 말해야지."

에른스트 호위츠가 기세를 일으켰다.

그가 서 있는 곳을 중심으로 바닥이 갈라지기 시작했다.

균열은 방 전체로 퍼져 나갔다. 벽은 물론이고 천장까지 금이 번졌다.

"건물을 이렇게 박살 내 놓으면 공작을 볼 낯이 없어지는데."

솔직히 말해서 데미안은 에른스트 호위츠와 싸우기 싫었다.

데미안은 회귀한 지 한 달도 채 지나지 않았다. 그렇기에 아직은 체력과 마력이 크게 부족했다.

못 싸울 것은 없었지만 꽤 피곤한 전투가 될 게 뻔했다.

'무엇보다 결투에는 로우클래스만 참가할 수 있다.'

결투에 참가하기 위해서는 로우클래스를 연기해야 했다.

그런데 미들클래스인 에른스트 호위츠와 싸웠다가는 로우클래스라는 것을 의심받을지도 몰랐다.

"네놈이 계속 밍기적거리겠다면 내가 먼저 시작하마!"

에른스트 호위츠의 몸이 살짝 낮아졌다. 앞으로 뛰쳐나가려는 자세였다.

데미안은 짧게 혀를 찼다.

이렇게 된 이상 적당히 상대해 주다가 도망치는 게 좋을 듯했다.

그때였다.

에른스트 호위츠의 뒤에 있는 문이 번쩍 열렸다.

"두 사람 다 멈춰라!"

한 중년 남성이 걸어오며 소리쳤다. 에른스트 호위츠는 놀란 표정을 지었다.

"각하?"

"이 사람아, 침입자를 잡을 생각을 해야지. 건물을 다 때려 부수면 어쩌나."

중년 남성은 에른스트 호위츠의 어깨를 두드렸다.

에른스트 호위츠는 곧바로 고개를 숙이며 말했다.

"죄송합니다. 제가 주의가 부족했습니다."

"괜찮네. 어차피 마법사들을 불러서 수리하면 되니까."

그리 말한 뒤, 공작은 데미안에게 다가갔다.

"각하, 위험합니다!"

"괜찮네."

에른스트 호위츠가 제지했으나 공작은 멈추지 않았다.

"젊은 친구. 이름이 뭐지?"

단 몇 걸음.

데미안이 칼을 뽑으면 죽을지도 모를 거리에서 공작이 물었다.

과연 작위에 걸맞은 배짱을 지닌 남자였다.

데미안은 손에 들고 있는 몽둥이를 내려놓으며 말했다.

"데미안 학센이라고 합니다, 각하."

"데미안 학센? 설마 학센 자작가의 망나니인가?"

"알아봐 주셔서 감사합니다."

공작의 표정이 묘하게 변했다.

"소문이 가짜거나 과장되었다고 생각했는데…… 설마 진짜일 줄은 몰랐군."

"그게 좀 억울한 점이죠. 그 오해 때문에 만나는 놈들마다 절 얕잡아보고 있거든요."

데미안의 말에 공작이 껄껄 웃음을 터트렸다.

"여기까지 오면서 가문의 기사들을 단 한 명도 죽이지 않았더군. 치명상을 입은 기사도 없고."

"적당히 상대해 주느라 고생 좀 했습니다."

"뭐? 적당? 이거 진짜 재미있는 친구로군."

공작의 입가에 미소가 떠올랐다.

"그래서 내게 바라는 게 뭐지? 원하는 게 있으니 이 소동을 벌인 게 아닌가."

드디어 데미안이 기다리던 순간이 왔다.

"저는 각하께 빚을 지고 있습니다."

"빚이라고?"

공작이 어리둥절한 표정을 지었다. 도무지 짐작이 가는 게 없었다.

"각하께서 운영하시는 대부업체에 돈을 빌렸습니다. 원금에 이자를 합쳐서 30골드를 갚아야 합니다."

"아, 그런 것이었군. 설마 그것 때문에 이곳에 온 것인가?"

"지금 당장은 돈이 없어서 다른 방법으로 빚을 갚고자 합니다."

데미안의 대답에 공작이 고개를 주억거렸다.

"다른 방법이라?"

"빚을 갚는 대신 미하엘 라이언블룸을 꺾고 승리를 바치겠습니다."

그 대답에 공작의 눈동자가 확 커졌다.

미하엘 라이언블룸.

그 골칫거리를 해결해 주겠다는 사람이 나타난 것이다.

"……재미있군. 정말 재미있어."

공작은 턱을 매만지며 데미안을 살펴봤다.

아마 머릿속으로 데미안과 미하엘 라이언블룸을 비교하고 있으리라.

"미하엘 라이언블룸은 언젠가 마스터가 될 거라고 평가받는 괴물이다. 자신 있는가?"

"제가 패배한다면 목을 치셔도 좋습니다."

데미안은 일말의 고민도 없이 즉시 대답했다.

그 대답에 공작은 웃음을 터트렸다. 체통도 잊고 입을 크게 벌린 채 웃어댔다.

"으하하핫, 이렇게 패기로운 친구를 봤나."

공작이 손을 내밀며 말했다.

"자네를 한번 믿어 보도록 하지."

데미안은 그 손을 맞잡으며 말했다.

"후회하지 않으실 겁니다."

증명

골드픽시 공작가의 가신들은 혼란과 공포에 빠져 있었다.

이들은 3개월에 한 번 있는 대회의를 위해서 공작가에 모여 있었다.

공작과 함께 사업에 관련된 회의를 진행하던 도중 공작성이 습격당했다는 소식이 들려왔던 것.

외성이 습격당했다고 하면 충격을 받았을 망정 공포에 휩싸이지는 않았으리라.

하지만 습격을 당한 곳은 외성이 아니라 내성이었다.

이것만으로도 큰일인데 별안간 공작이 침입자를 만나기 위해서 자리를 비우기까지 했다.

호위기사인 가올 하임리히 경을 놔두고 혼자서 말이다.

"공작가가 습격을 당하다니…… 대체 누가 이런 짓을 저질렀단 말입니까."

"한밤중도 아니고 대낮에 공작가를 공격하다니……."

가신들은 불안감에 휩싸인 채 웅성거렸다.

그나마 다행인 것은 이 회의장에 가올 하임리히가 있다는 사실이었다.

가올 하임리히는 애플 왕국에서 단 세 명밖에 없는 하이클래스다.

습격자가 누구든 간에 가올 하임리히라면 능히 제압할 수 있을 테니 말이다.

그때였다.

"기다리게 해서 미안하군!"

회의장 문이 벌컥 열리며 공작이 들어왔다.

혼자서 회의장을 나섰을 때와 달리 지금은 인원이 두 명이나 늘어나 있었다.

한 명은 가신들도 잘 알고 있는 기사, 에른스트 호위츠였다.

그러나 다른 한 명은 아예 처음 보는 얼굴이었다.

"저 청년은 누구죠?"

"저도 잘 모르겠습니다."

"잘생긴 편이긴 한데. 눈매가 좀 더럽군요."

가신들은 청년을 두고 소곤거렸다.

"갑작스럽지만 소개할 사람이 있네."

공작은 그런 가신들의 앞에 청년을 내보이며 말했다.

"방금 전까지 공작가를 공격했던 습격자가 바로 이 친구라네."

웅성거리는 소리가 순식간에 잦아들었다.

가신들은 믿기지 않는다는 얼굴로 공작과 데미안 학센을 바라봤다.

"안녕하십니까. 데미안 학센이라고 합니다."

데미안은 고개를 까딱이며 인사했다. 무척이나 건방지고 무례한 태도였다.

하지만 가신들은 데미안의 태도보다는 이름에 집중했다.

"데미안 학센? 설마 그 망나니?"

"라이언블룸 후작가의 이공자를 쓰러트리고, 랜드워크 도시의 거대 조직을 박살 냈다던 그놈이잖습니까."

데미안 학센에 대한 소문은 공작가까지 들려올 정도로 유명했다.

하지만 그 소문을 믿는 사람은 단 한 명도 없었다. 진실이라고 여기기에는 너무 허무맹랑했던 것이다.

"그 망나니가 공작가를 습격한 범인이라고?"

"소문이 다 가짜인 줄 알았는데…… 사실 진짜였던 건가?"

"말도 안 됩니다. 어떻게 저런 망나니가……."

가신들은 크게 동요했다. 현실을 부정하는 사람도 더러 찾아볼 수 있었다.

"이 친구가 성을 습격한 이유가 걸작이라네. 내가 운영하는 사업체에 돈을 빌려는데 갚을 돈이 없다지 뭔가?"

그런 가신들의 속마음을 아는지 모르는지. 공작은 신이 나서 떠들어댔다.

"그래서 돈을 갚는 대신 결투에 참가할 생각으로 왔는데. 병사들이 들여보내 주지 않아서 무작정 쳐들어왔다더군."

가신들은 어이없다는 얼굴로 데미안을 쳐다봤다.

침입자의 배후에 누가 있을까 골머리를 앓고 있었는데, 설마 저런 무식한 이유일 줄은 몰랐던 것이다.

"심지어 나한테 뭐라고 했는지 아는가? 미하엘 라이언블룸을 꺾고 승리를 바치겠다고 하더군."

가신들 사이에서 실소가 터져 나왔다.

미하엘 라이언블룸이 어떤 인물이던가.

멀지 않은 미래에 마스터의 경지에 오를 것이라 평가받는 희대의 천재다.

골드픽시 공작가가 모든 인맥과 자원을 동원했음에도 대적자를 찾지 못했을 정도다.

그런 미하엘 라이언블룸을 꺾겠다? 승리를 바치겠다?

하지만 시간이 지날수록 가신들의 얼굴에 떠오른 비웃음을 줄어들기 시작했다.

"저 남자가 미하엘 라이언블룸을……?"

"마냥 불가능한 소리도 아닙니다. 공작가의 경비를 돌파하지 않았습니까."

"공작가의 기사들도 다 쓰러트렸구요."

"젊은 기사 중에 이만한 실력자가 있던가?"

데미안이 보여 준 실력을 생각하면 미하엘 라이언블룸과 비교해도 부족함이 없었다.

"본인은 데미안 학센이 원하는 대로 해 줄 생각일세. 대표자로 선출하여 미하엘 라이언블룸과 대적시킬 것일세."

공작이 가신들을 둘러보며 말을 이어 나갔다.

"혹시 다른 의견을 가지고 있는 사람 있는가?"

다들 조용했다. 긍정의 의미였다. 공작은 알았다는 듯 고개를 끄덕였다.

"반대의견은 없는 모양이군. 그럼 데미안 학센을 대표자로 선출……."

"각하! 그 결정을 재고해 주십시오!"

그때, 누군가 큰 소리로 외쳤다. 모두의 시선이 소리가 난 쪽으로 향했다.

에른스트 호위츠가 분노한 얼굴로 서 있었다.

"데미안 학센은 공작가를 습격하고, 기사들을 공격했습니다! 당장 처벌을 내려도 모자랄 판에 대표자로 세우는 것은 말이 되지 않는 일입니다!"

에른스트 호위츠의 말에 몇몇 가신들이 고개를 끄덕였다.

공작의 뜻이 확고한 듯하여 아무 말도 하지 않았지만, 사실은 마음에 안 들었던 것이다.

공작가를 공격한 사람을 대표자로 세우는 것이 말이다.

"데미안 학센이 공작가의 이름을 다소 더럽히긴 했지. 하지만 이만한 실력자는 찾아보기 힘들지 않은가."

"실력을 논하기 이전에 자격이 없습니다! 가문을 습격한 사람을 대표자에 세운다? 이 일이 알려지면 다른 사람들이 얼마나 비웃겠습니까!"

에른스트 호위츠의 말에 동의하는 가신들이 점점 더 많아졌다.

"데미안 학센이 아니면 미하엘 라이언블룸을 상대할 기사가 없네."

"지금은 그렇습니다! 하지만 아직 첼시 대공녀님이 남아 계시지 않습니까!"

첼시 대공녀라는 말에 공작이 아주 잠깐 인상을 찌푸렸다.

"첼시 대공녀님께서 미하엘 라이언블룸를 상대할 기사를 찾았다며 떠나신 지 한 달이 지났습니다. 이제 곧 돌아오실 때가 되었습니다!"

"첼시는 그 기사가 누구인지 내게 알리지 않았네. 누구를 데려올지 확실치 않은데. 그 아이만 믿고 데미안 학센을 내치란 말인가?"

"첼시 대공녀께서 각하를 실망시킨 적이 있습니까? 총명하고 유능한 분이시니 이번에도 각하의 기대를 만족시킬 것입니다!"

그 말에 가신들이 웅성거리기 시작했다.

"맞는 말이오. 첼시 대공녀님은 각하의 시험을 매번 훌륭한 성적으로 통과하지 않았소."

"그런 분이니 이번에도 분명히 뛰어난 기사를 데려올 것입니다."

"첼시 대공녀님이라면 믿을 수 있죠."

가신들의 의견은 점차 첼시 대공녀 쪽으로 기울기 시작했다.

이에 공작 역시 팔짱을 끼며 고민에 잠겼다.

"에른스트 호위츠 경의 주장들도 다 일리가 있군."

공작은 데미안 학센을 향해 말했다.

"데미안 학센, 미안하게 되었네. 자네를 대표자로 세우는 것은 조금 뒤로 미뤄야겠어."

그 말에 에른스트 호위츠의 얼굴이 눈에 띄게 밝아졌다.

반대로 데미안은 짜증이 밀려왔다.

'오크가 씹다 뱉은 뼈다귀 같이 생긴 놈이 막판에 초를 치는군.'

데미안은 단순히 빚을 갚기 위해서 이곳에 온 게 아니다.

후작가는 공작가와의 결투에서 승리한 것을 계기로 세력이 크게 강해진다.

데미안 학센은 그 미래를 막고자 이곳에 왔다.

'첼시 대공녀가 누구를 데려오든 미하엘 라이언블룸을

이길 수는 없다.'

공작가가 결투에서 이기기 위해서는 데미안 학센이 미하엘 라이언블룸을 맡아야 했다.

그렇기에 데미안은 고심 끝에 입을 열었다.

"그 결정에는 따를 수 없습니다."

공작을 비롯한 모두의 시선이 데미안 학센에게 쏟아졌다.

"저는 빚을 갚는 것 외에도 미하엘 라이언블룸과 싸우기 위해서 왔습니다. 그러니 대표자 자리를 양보할 생각은 없습니다."

외부인이 공작의 결정을 단칼에 거부했다. 당연히 가신들의 반응은 그리 좋지 못했다.

"저저…… 실력 좀 있다고 해서 눈에 뵈는 게 없군요!"

"감히 각하의 결정에 불만을 가지다니!"

"당장 잡아들여서 벌을 내려야 합니다!"

가신들 중에서도 특히 에른스트 호위츠의 분노가 거셌다.

"……이 애송이가 지금 뭐라고 지껄인 거냐."

에른스트 호위츠가 이를 빠득빠득 갈며 뇌까렸다.

뼈가 아려올 정도로 지독한 살기가 데미안에게 쏟아졌다.

"각하, 명령을 내려 주십시오. 당장 저놈의 머리통을 붙잡아서 무릎을 꿇리겠습니다!"

하지만 공작은 에른스트 호위츠의 부탁에 응하지 않았다.

공작은 분노하기는 흥미롭다는 얼굴로 데미안을 바라보

고 있었다.

"데미안, 그대에게는 미안하다고 생각하고 있네. 하지만 가신들의 의견이 이러하니 내가 뭘 어쩌겠는가."

공작이 어깨를 으쓱했다.

태도는 과장되고, 눈빛에는 기대감이 가득했다.

거기서 데미안은 공작의 속내를 대강 눈치챌 수 있었다.

'내가 이 상황을 어떻게 대처할지를 기대하고 있군.'

그러고 보니 전생에 들은 적이 있다.

골드픽시 공작은 지독한 능력주의자라서 가신들을 계속 시험하길 좋아한다고 말이다.

그리고 시험에 통과하는 가신만을 총애하며, 그렇지 못한 가신은 내치기까지 한다고 했다.

'상사로 모시기에는 귀찮은 유형의 인간이야.'

공작의 시험에 통과하기 위해서는 가신들을 설득해야 했다.

하지만 데미안은 굳이 귀찮게 가신들을 설득할 생각이 전혀 없었다.

말이 아니라 행동으로 직접 보여 줄 생각이었다.

자신이 어떤 존재인지. 너희가 날 왜 붙잡아야 하는지.

"다들 굉장히 큰 착각을 하고 계십니다."

방침을 정한 뒤 데미안 학센이 입을 열었다.

"결투에서 이기고자 한다면 반드시 절 대표자에 앉혀야

합니다. 첼시 대공녀가 누굴 데려오든 간에 저와는 비교조차 할 수 없을 테니까요."

"허언이 심해서 역겨울 정도로군. 첼시 대공녀께서 누굴 데려올 줄 알고 그딴 망발을 지껄이는 거냐."

에른스트 호위츠가 조소하며 말했다.

데미안 학센은 그런 에른스트 호위츠를 가리키며 말했다.

"그 증거로 에른스트 경의 일격을 막아 보도록 하겠습니다."

지금 저놈이 뭐라고 말한 거지?

가신들은 자신들의 귀를 의심했다. 그럴 수밖에 없는 상황이었다.

에른스트 호위츠는 미들클래스다.

그것도 미들클래스에 오른 지 시간이 꽤 오래 지났으며 경험과 실적을 충분히 쌓았다.

그런 인물의 공격을 막아 내겠다고?

"아, 일격이라고 말했지만 어떤 기술을 써도 좋습니다. 속임수를 섞어도 되고, 절기를 꺼내도 문제없습니다."

데미안 학센의 말이 이어질수록 가신들은 경악을 금치 못했다.

보통 상위 기사와 하위 기사가 싸울 때는 상위 기사에게 여러 가지 페널티를 주기 마련이다.

그런데 지금 데미안 학센은 페널티를 주기는커녕 다 풀

어놓자고 말하고 있었다.

"기왕이면 절기가 좋겠군요. 그걸 막아 내면 제 실력을 더욱 확실하게 보여 드릴 수 있을 테니까요."

데미안 학센의 말이 멈췄다.

에른스트 호위츠에게서 쏟아지는 무시무시한 살기 때문이었다.

"따라나와라. 네놈의 얼굴에 구멍을 뚫어 주마."

에른스트 호위츠가 데미안 학센을 향해 으르렁거렸다.

데미안과 에른스트 호위츠는 그 길로 바로 훈련장으로 향했다.

공작과 가신들 역시 두 사람을 따라왔다. 훈련장을 빙 둘러싸고 서서 두 사람을 지켜봤다.

"지금이라도 내 신발을 핥으면 용서해 주마."

에른스트 호위츠가 창을 붕붕 돌리며 말했다.

데미안은 대답 대신 길게 하품을 했다.

"졸리다. 빨리 끝내자."

"……아주 죽여 달라고 용을 쓰는구나."

에른스트 호위츠가 두 손으로 창을 움켜잡았다.

데미안 학센은 아무런 자세도 취하지 않았다.

"뭐 하는 거냐. 어서 준비해라."

"거 되게 오지랖 넓군. 쓸데없는 걱정은 그만하고 본인이나 알아서 하시지."

데미안은 칼을 바닥에 꽂았다. 그 위에 두 팔을 올려놓고 몸을 기대기까지 했다.

명백하게 상대방을 무시하는 행위에 에른스트 호위츠의 얼굴 근육에 바짝 힘이 들어갔다.

"아까 말했지만 어떤 공격이든 좋아. 속임수를 써도 좋고, 절기를 꺼내도 상관없다."

어느새 데미안은 에른스트 호위츠에게 하대하고 있었다.

연이은 도발에 에른스트 호위츠의 눈동자에 핏발이 가득 섰다.

"이…… 찢어 죽여도 시원치 않을 애송이 같으니……."

에른스트 호위츠가 마력을 끌어올렸다.

미들클래스.

일기당천이 가능한 초인.

그 높은 경지에 걸맞은 강대한 마력이 에른스트 호위츠를 중심으로 소용돌이 치기 시작했다.

"무엇이든 좋으니 일격이라고 했겠다?"

에른스트 호위츠가 들고 있는 창끝에 오러가 피어올랐다.

아지랑이가 아니라 불꽃으로 보일 정도로 선명했다.

"그 재수 없는 낯짝을 꿰뚫어 주마."

에른스트 호위츠가 발을 들어올렸다. 힘껏 땅을 내려찍었다.

훈련장의 바닥이 박살이 났다. 동시에 에른스트 호위츠의 몸이 앞으로 화살처럼 튀어 나갔다.

엄청난 속도에 공기가 연달아 터졌다. 에른스트 호위츠는 공기의 벽을 뚫고 데미안 학센의 코앞에 도달했다.

에른스트 호위츠가 창을 내질렀다.

폭풍이 몰아쳤다. 그 중심에 감춰져 있던 섬광이 데미안 학센을 꿰뚫었다.

에른스트 호위츠가 창을 내지르기 전부터 데미안은 이미 궤적을 읽었다.

'가슴.'

에른스트 호위츠의 자세와 눈빛이 모든 것을 말해 줬다.

얼굴을 뚫어 버리겠다는 말과 달리 에른스트 호위츠가 노린 곳은 심장이었다.

'정직한 찌르기로군.'

속임수도 섞여 있지 않고, 절기도 아니다. 순수한 찌르기였다.

대신 전력을 다했기에 그 속도와 파괴력은 무시무시했다.

'너무 심하게 도발했나? 재미없게 되었군.'

데미안의 도발이 기사로서의 자존심을 건드린 듯했다.

이렇게 정직한 공격으로 데미안을 죽이려 드는 것을 보면 말이다.

'이렇게 훤히 읽히면 대처하는 거야 쉽지.'

에른스트 호위츠가 창을 내질렀다. 데미안은 곧바로 장검을 들어서 창을 막았다.

그 직후, 섬광과도 같은 일격이 검면을 강타했다.

창을 막았는데 바위가 날아와 꽂힌 것 같았다.

전신의 뼈가 삐걱거렸다. 팔다리의 근섬유가 터지는 게 생생하게 느껴졌다.

'역시 미들클래스야.'

경험과 기술은 데미안이 훨씬 앞서지만 신체능력과 마력은 에른스트 호위츠가 몇 배는 뛰어났다.

사실 이렇게 강력한 공격을 무리하게 막아 내는 것은 데미안 학센의 취향이 아니었다.

하지만 지금 데미안 학센은 로우클래스를 연기해야 했다.

로우클래스가 미들클래스의 공격을 피하거나 흘려보내는 것은 상식적으로 이상한 일이었다.

'그러니 막을 수밖에 없지.'

공격을 견디지 못하고 두 발이 뒤로 밀려났다. 땅이 파이며 두 개의 고랑이 만들어졌다.

이대로 멈출 수 있었지만 데미안은 그냥 뒤로 밀리도록 내버려 뒀다.

결국 벽에 등이 부딪혔다. 굉음과 함께 벽이 박살이 났다.

강렬한 충격이 내부 장기에 집중되었다.

데미안 정도의 실력이라면 마력을 이용해서 내부 장기를 보호할 수 있었다.

하지만 데미안은 이대로 내상을 입도록 내버려 뒀다. 좀 더 실감 나는 연기를 위해서였다.

"쿨럭."

데미안 학센은 입에서 피를 토해 냈다. 일부러 비틀거리며 걸어 나왔다.

시선을 멀리 향하자 충격에 휩싸여 있는 에른스트 호위츠의 얼굴이 보였다.

에른스트 호위츠뿐만이 아니었다. 공작도, 가신들도 같은 표정을 짓고 있었다.

문득 데미안은 손이 가볍다는 사실을 깨달았다.

시선을 돌리자 박살 난 롱소드가 보였다.

아버지께 받은 물건이지만 품질이 좋은 것도 아니고, 가보도 아니기에 애착은 없었다.

"각하, 약속드린 대로 에른스트 호위츠 경의 공격을 막아 냈습니다."

데미안은 롱소드의 손잡이를 바닥에 버리며 말했다.

"이제 대표자 자리는 제 것입니다."

대답은 들려오지 않았다. 긴 침묵만이 흐를 뿐이었다.

"하."

침묵을 깨고 공작이 입을 열었다.

"으하하핫! 하하하핫!"

공작은 큰소리로 웃었다. 손바닥으로 허벅지를 팡팡 때렸다.

"버텨 냈다! 미들클래스의 일격을 정말 버텨 냈단 말이야!"

공작은 데미안을 향해 달려갔다. 데미안의 등을 팡팡 때렸다.

"쿨럭."

그 바람에 데미안은 한 번 더 피를 토할 수밖에 없었다.

연기라고는 하지만 내상을 입은 건 진짜였다.

"으하하핫! 미안하군! 미안해!"

그걸 보고도 공작은 웃음을 멈추지 않았다.

"가신들은 들으라! 데미안 학센은 자신의 실력을 훌륭하게 증명해 냈다! 본인은 약속한 대로 데미안 학센을 대표자로 세우겠다!"

그 순간, 멍하니 서 있던 에른스트 호위츠가 정신을 차렸다.

"가, 각하!"

"조용히."

공작이 싸늘한 어조로 말했다. 데미안 학센을 대할 때와는 완전히 달랐다.

"지금 본인은 기분이 좋다네. 그걸 망치지 말게나."

공작의 말에 에른스트 호위츠는 식은땀을 흘리며 고개를 숙였다.

'실망한 모양이군.'

공작은 지독한 능력주의자다.

그렇기에 자신의 기대에 부응한 데미안 학센은 우대하고, 그렇지 못한 에른스트 호위츠는 홀대하고 있는 것이다.

공작의 호의는 여기서 끝나지 않았다.

"내상을 입은 모양인데. 그냥 두고 볼 수 없군."

별안간 공작이 오른손에 끼고 있는 반지를 매만졌다. 그러자 허공에 검은 구멍이 나타났다.

'아공간 마도구?'

공간을 비틀어서 창고로 사용하는 최상급 마도구였다.

공작은 그 안에서 상자 하나를 꺼냈다.

"자네에게 주는 선물일세."

데미안 학센은 공작이 내민 상자를 받아서 열었다.

뚜껑을 열자마자 청량한 향기가 사방으로 퍼졌다. 안에는 다섯 개의 환단이 담겨 있었다.

"균형환이라는 물건일세. 들어봤나 모르겠군."

데미안은 귀가 번쩍 뜨이는 것을 경험했다.

어떻게 모르겠는가. 먹기만 해도 신체능력이 상승한다는 비약을 말이다.

과거 병약했던 제국의 황태자가 균형환 스무 알을 섭취하고 황소를 맨손으로 때려잡은 일화가 전해져 내려올 정도였다.

"연단학파에 비싼 값을 치르고 구한 물건이라네."

심지어 이 균형환은 연단학파에서 제조된 물건이었다.

연단학파는 성장을 위한 비약을 전문적으로 제조하는 연금술사 학파이다.

이곳에서 만들어지는 비약은 다른 학파에서 제조된 것보다 훨씬 뛰어난 성능을 가지고 있었다.

"균형환을 섭취하면 신체가 발달하고, 마력이 차오른다고 하더군. 원래는 기사들이 훈련할 때 섭취하는 물건이지만 내상에도 탁월한 효능이 있다네."

공작은 데미안 학센의 어깨를 두드리며 말했다.

"앞으로 잘 부탁하겠네."

"많이 지쳤을 테니 오늘은 푹 쉬도록 하게. 자세한 건 내일 이야기하도록 하지."

공작은 그리 말하며 하인을 시켜서 데미안을 귀빈실로

안내하도록 했다.

갑부로 유명한 가문답게 데미안이 받은 대접은 굉장히 호화로웠다.

목욕을 할 때면 서너 명이나 되는 하인들이 달라붙어서 시중을 들었다.

저녁 식사로 나온 음식들은 모두 모두 일류 요리사가 만든 것들이었다.

다섯 명이 넘는 하인들이 24시간 대기하며 데미안의 명령을 기다렸다.

'살면서 이런 사치를 누린 적은 처음이군.'

지금까지도 그렇고, 앞으로도 누릴 수 있을지 없을지 모를 정도로 대단한 호사였다.

'하지만 이것에 비하면 아무것도 아니지.'

데미안은 침대에 앉은 채로 균형환을 꺼내 봤다.

목재 상자 내부에 다섯 개의 환단이 곱게 포장되어 있었다.

이렇게 다시 보니 뚜껑에 황금색으로 글씨가 적혀 있는 걸 발견할 수 있었다.

균형환.

197년 연단학파 아조트 아르켈수스 제조.

"설마 그 아조트 아르켈수스인가?"

데미안은 놀란 얼굴로 글씨를 몇 번이고 확인했다.

아조트 아르켈수스.

연단학파의 수장으로 대연금술사라 불리는 몇 안 되는 연금술사 중 한 명이었다.

"진짜 그 아조트가 만든 영약이면 어마어마하게 비싸겠는데."

물론 아조트가 만든 전설적인 영약들에 비하면 균형환은 여러모로 부족하긴 했다.

하지만 그것들에 비하면 부족하다 뿐이지 균형환 역시 굉장한 영약임은 틀림없었다.

'섭취하는 것만으로 신체능력이 상승하는 비약이라니.'

데미안도 소문으로만 들어봤을 뿐, 직접 보는 것은 이번이 처음이었다.

'내상을 치유하는 데도 탁월한 효능이 있다고 했지.'

하지만 데미안은 균형환을 내상을 치유하는 데 사용할 생각이 전혀 없었다.

지금 데미안이 입은 내상은 스스로도 고칠 수 있을 정도로 경미했다.

데미안은 이 영단을 원래 목적대로 사용할 생각이었다.

'그냥 섭취하지 말고 훈련을 병행해야겠군.'

본래 영약은 온전히 흡수할 수 없다. 먹으면 반 정도는 날아간다고 봐야 했다.

하지만 데미안 학센은 영약의 기운을 완전히 흡수할 자신이 있었다.

'나한테 꼭 필요한 보물이 들어왔어.'

데미안은 자신의 상태를 정확하게 파악하고 있었다.

아직 데미안은 육체도, 마력도 너무나도 부족했다.

그나마 마력 부족 현상은 패력축기공으로 얼추 해결이 됐다.

하지만 육체는 아직 너무 약했다. 회귀를 한 지 한 달도 채 지나지 않은 탓이었다.

'지금 내 상태로는…… 하이클래스를 이길 수는 없다.'

데미안은 가올 하임리히를 떠올렸다.

에른스트 호위츠까지는 어찌어찌 이길 수 있어도 가올 하임리히는 답이 보이지 않았다.

물론 기술과 경험만 따지자면 데미안 학센이 가올 하임리히보다 몇백 배는 더 뛰어났다.

문제는 육체와 마력이었다. 이 두 개가 너무나도 빈약하기에 가올 하임리히를 이길 수 없었다.

부족한 힘을 기술로 해결하는 것도 한계가 있었다.

'말 나온 김에 당장 훈련을 해 볼까?'

데미안이 균형환 한 알을 꺼내려던 찰나였다.

"데미안 학센 님, 기침하셨습니까?"

문을 두드리는 소리와 함께 하인의 목소리가 들려왔다.

"무슨 일이냐."

"각하께서 만남을 청하셨습니다."

균형환의 효능이 궁금하기는 하지만 공작의 만남을 거절할 수는 없었다.

상자의 뚜껑을 닫고 밖으로 나왔다.

하인을 따라 공작의 집무실로 향했다.

"오, 자네 왔는가."

집무실 안으로 들어가자 공작이 반색하며 데미안 학센을 맞이했다.

"서 있지 말고 이리 와서 앉게나."

공작은 데미안을 탁자로 손수 안내했다.

그것도 모자라 미리 우려 놓은 찻물을 손수 따라주기까지 했다.

"어젯밤에 푹 쉬었나? 내상은 좀 어떤가? 어디 안 좋은 곳은 없고?"

부담스러울 정도로 과한 친절이었다.

그만큼 어제 데미안이 보여 줬던 실력이 마음에 쏙 든 모양이었다.

"아침부터 불러내서 미안하네. 결투와 관련해서 상의할 것들이 좀 많아서 말이야."

공작은 자신의 찻잔에도 차를 따르며 말을 이어 갔다.

"앞으로 한 달 뒤에 이파리 언덕에서 라이언블룸 후작가와 결투가 예정되어 있다네."

데미안은 기억을 더듬었다.

이파리 언덕은 공작가와 후작가의 경계선에 있는 땅이었다.

고저가 평탄하고, 지질도 단단해 결투하기엔 알맞은 장소였다.

"자네의 실력을 의심하는 것은 아니지만 남은 시간 동안 결투를 어떻게 준비할 것인지 듣고 싶네."

"뭐, 특별한 계획이 있겠습니까. 지금까지 하던 대로 훈련에 매진할 생각입니다."

데미안은 이번 기회에 균형환을 이용해서 신체능력을 확 끌어올릴 생각이었다.

"뭐든지 익숙한 것이 좋지. 하지만 데미안, 기왕 이곳에 왔으니 좀 특별한 훈련을 받는 것도 좋지 않겠는가?"

"특별한 훈련이라면?"

"원한다면 가올 하임리히 경에게 지도를 받을 수 있게 해 주겠네."

다른 기사가 들었다면 환호성을 질렀을 것이다.

가올 하임리히는 애플 왕국에 단 세 명밖에 없는 하이클래스다.

그에게 지도받는 것은 천금을 주고도 얻을 수 없는 기회이니 말이다.

“아, 괜찮습니다. 저는 혼자서 훈련하는 걸 좋아해서요.”

하지만 데미안은 딱 잘라 거절했다.

‘하이클래스 따위가 무슨.’

마스터 클래스가 와도 관심을 가질까 말까 하는데. 하이클래스 따위가 눈에 들어올 리 없었다.

데미안의 단호한 거절에 공작은 다시 웃음을 터트렸다.

“으하하하핫, 이렇게 단호하게 거절하다니. 가올 경이 들으면 자존심에 상처를 좀 입겠는걸.”

“각하께서 불안하시면 가올 경에게 지도를 받도록 하겠습니다.”

“아니야, 됐어. 내가 알아보니 자네는 스승도 없이 혼자서 여기까지 성장한 모양이더군. 독학하는 것이 체질에 맞는 듯하니 더 이상 참견하지 않겠네.”

데미안은 찻잔을 들어 올리다 말고 공작을 빤히 쳐다봤다.

이곳에 온 지 하루도 채 되지 않았다. 그사이에 자신에 대해서 낱낱이 조사한 모양이었다.

‘아니면 나에 대한 정보를 미리 수집하고 있었을지도 모르겠군.’

데미안은 최근에 급격히 유명세를 떨치고 있는 기사니 공작가에서 주목하고 있다 해도 이상할 게 없었다.

“너무 오래 붙잡고 있었던 것 같군. 이만 돌아가서 볼일

보게나."

데미안은 짧게 인사한 뒤, 집무실을 나왔다.

"하이클래스의 지도를 거절하다니."

데미안이 나가자마자 공작은 한쪽 입꼬리를 쓱 올렸다.

"가올 경, 아쉽게 되었군."

집무실의 대형 커튼 뒤에서 누군가가 걸어 나왔다.

노기사, 가올 하임리히는 무심한 얼굴로 대답했다.

"전혀 아쉽지 않습니다."

"그런가? 솔직하게 말해도 되네."

"정말입니다."

공작은 웃음을 터트렸다.

대답과 달리 가올의 눈동자는 불만으로 가득 차 있었기 때문이다.

"가올 경, 저 친구에 대해서 어떻게 생각하나?"

골드픽시 공작의 물음에 가올 하임리히는 잠시 고민했다.

"……대단한 젊은이입니다. 젊은 나이임에도 기술을 극한까지 갈고닦아 놨더군요. 마력을 운용하는 실력 역시 흠잡을 곳이 없습니다."

그야말로 극찬 중의 극찬이었다.

지도를 거절당했음에도 가울 하임리히는 사심 없이 데미안 학센을 평가했다.

공작은 가울 하임리히의 이런 점이 마음에 들었다.

에른스트 호위츠와 달리 공과 사를 확실하게 구분할 줄 알았다.

"제자로 삼지 못해서 아쉽겠……."

"전혀 아쉽지 않다고 말씀드렸습니다."

가울 하임리히가 즉시 대답했다. 공작은 다시 뱃살을 잡고 웃었다.

"그럼 미하엘 라이언블룸과 싸우면 누가 이길 것 같은가?"

가울 하임리히는 고민에 잠겼다. 방금 전보다 훨씬 더 길었다.

"확답을 드리기 어렵습니다."

이내 무거운 얼굴로 입을 열었다.

"데미안 학센은 공작가의 경비를 돌파하고, 미들클래스의 공격을 막아 내지 않았나?"

"그 정도는 미하엘 라이언블룸도 할 수 있을 것입니다."

공작은 자신도 모르게 고개를 끄덕였다.

그 정도로 미하엘 라이언블룸은 괴물이었다.

"미하엘 라이언블룸을 처음 봤을 때, 마치 들끓는 화산을 보는 듯했습니다. 지금은 잠잠하지만 언젠가 폭발하게 되면 온 세상을 집어삼킬 것 같았습니다."

하이클래스에 오를 정도면 가울 하임리히 역시 천재라는 소리였다.

그런 인물조차 인정하지 않을 수 없을 정도로 미하엘 라이언블룸은 대단한 천재였다.

"그럼 데미안 학센은?"

공작의 물음에 가울 하임리히는 다시 고민에 빠졌다. 이번에는 훨씬 더 길었다.

"……너무 명확해서 오히려 이상하더군요."

"그게 무슨 소리지?"

"로우클래스, 그중에서도 최상위 강자라는 사실이 너무나도 뻔히 들여다보입니다. 그래서 오히려 위화감이 느껴집니다."

가울 하임리히가 만약 10년만 젊었더라면 이상한 점을 눈치채지 못했을 것이다.

하지만 그의 경험이 경종을 울리고 있었다. 데미안 학센에게는 무언가가 있다고 말이다.

"그래서 확답을 드리기 어렵습니다."

가울 하임리히가 면목이 없다는 듯 고개를 숙였다.

하지만 공작은 가울 하임리히를 탓하지 않았다.

"자네도 결과를 알 수 없다라…… 아주 재미있군."

공작이 두 눈을 빛내며 중얼거렸다.

"원래 혼란한 시장이야말로 한몫을 단단히 잡을 수 있는 보물창고인 법이지."

지금은 좀 잠잠하지만 골드픽시 공작은 소싯적에 타고난 승부사로 유명했다.

남들은 도전하지 않는 분야에 과감하게 투자하여 큰 수익을 내고는 했다.

"데미안 학센, 투자할 가치가 있는 사내야."

'역시 가올 하임리히가 있었군.'

집무실의 문 뒷편에서 데미안 학센은 속으로 생각했다.

안으로 들어올 때부터 데미안은 가올 하임리히의 기척을 알아차렸다.

가올 하임리히를 숨겨 놓은 이유가 궁금해서 나가는 척하고 문 뒤에 숨었다.

'가올 하임리히를 통해서 날 계속 가늠하고 있었어.'

계속 로우클래스를 가장한 보람이 있었다.

완벽하게 숨기지는 못했지만 그래도 가올 하임리히의 안목을 속이는 데 성공했다.

'계속 날 시험하려 하다니. 역시 피곤한 인간이야.'

지금은 어쩔 수 없이 협력관계에 있지만 계속 친하게 지내고 싶은 유형의 인간은 아니었다.

'이제 균형환을 시험하러 가야겠군.'

데미안은 집무실을 떠나서 훈련장으로 향했다.

야외에 마련되어 있는 훈련장에는 이미 열 명 정도 되는 기사들이 훈련에 매진하고 있었다.

"잠깐 저기 봐봐, 데미안 학센이잖아."

"각하께서 대표자로 결정했다던 그놈 말이야?"

데미안이 등장하자마자 기사들의 관심이 쏟아졌다.

반면 데미안은 기사들에게는 눈길조차 주지 않았다. 훈련장의 시설을 확인하느라 바빴다.

'역시 공작가답군. 좋은 도구가 많아.'

근력을 키울 수 있는 각종 운동기구는 물론이고 대련용 골렘, 무게를 조절할 수 있는 팔찌 형태의 마도구 등등.

'용병으로 일할 때 써 봤던 물건들도 있군.'

데미안이 훈련 도구들을 구경하고 있을 때였다.

한 무리의 기사들이 데미안에게 다가왔다. 그중 한 명이 앞으로 나서며 말했다.

"네가 데미안 학센이냐?"

데미안은 마도구를 구경하다 말고 기사를 쳐다봤다.

굉장히 키가 작은 기사였다. 체구가 땅딸막해서 하마터

면 소년으로 착각할 뻔했다.

"나는 파벨 버몬드라고 한다."

체구는 작지만 실력은 확실한 모양이었다. 기사들을 대표해서 말하고 있는 것을 보면 말이다.

"이번에 대표자로 선출되었다지? 공작가를 습격한 주제에 그런 자리를 덥석 받다니. 양심이 어디로 갔는지 모를 놈이로군."

데미안은 파벨 버몬드와 다른 기사들을 쓱 훑어봤다.

"처음 보는 얼굴들인데. 너희들은 누구지?"

"잘 물어봤어. 우리는 이번 결투에 참가하기로 한 결투 기사들이다."

데미안은 기사들의 숫자를 세어 봤다. 모두 다섯 명이었다.

아마 후보까지 합친 숫자인 듯했다.

"어제는 우리 모두 야외에서 훈련을 받고 있어서 자리를 비우고 있었다. 네놈한테는 행운이었지. 우리가 있었으면 네놈이 그렇게 날뛰지 못했을 테니 말이야."

데미안은 다소 어이없다는 얼굴로 파벨 버몬드를 쳐다봤다.

어제 있었던 일들을 모두 들었으면서 어떻게 이렇게 자신을 깔볼 수 있는지 이해할 수 없었다.

'그러고 보니 전생에도 이런 놈들을 몇 번 본 적이 있었지.'

데미안이 용병으로 일할 때 일이다.

당시 데미안이 속해 있던 용병단은 영지전에 참가하여 혁혁한 전공을 세웠다.

용병단을 고용한 대귀족 역시 용병단을 크게 총애할 정도였다.

그게 아니꼬웠는지 대귀족의 장남이 데미안 학센에게 시비를 건 적이 있었다.

물론 데미안 학센은 전쟁터에서 곧바로 되갚아 줬지만.

'적당히 재능도 있고, 가문의 힘도 강하고, 그래서 평생 실패를 경험해 보지 못한 도련님들은 늘 이렇지. 현실을 직시하지 못한다니까.'

항상 성공만 경험하는 바람에 이렇게 오만해진 것이다.

"왜 말이 없는 거냐? 못 믿겠으면 이 자리에서 증명해 주마."

파벨 버몬드가 훈련용 가검에 손을 얹었다.

"귀찮으니 꺼져라."

데미안은 더 이상 이들을 상대할 가치를 못 느꼈다. 남은 마도구들을 마저 살피기 시작했다.

파벨 버몬드와 다른 기사들은 벙찐 얼굴로 데미안을 바라봤다.

"……실력이 뛰어나다고 해서 어떤 놈일지 궁금했는데. 이제 보니 겁쟁이에 불과했군."

"파벨 형님, 저딴 놈을 상대할 필요 없습니다. 이만 가시죠.”

파벨 버몬드와 기사들은 자리를 떠났다.

그제야 데미안은 방해받지 않고 훈련도구들을 살필 수 있었다.

“자, 누가 먼저 나서겠냐!”

“오늘은 제가 도전해 보겠습니다!”

“좋아! 어서 덤벼라!”

등 뒤에서 파벨 버몬드와 기사들의 기합소리가 들려왔다.

검을 휘두르는 소리가 연달아 들려오는 것으로 보아 대련을 하는 중인 듯했다.

그런데 어째 소리가 이상했다.

실력 있는 기사는 검을 휘두르는 소리부터 남다른 법이다.

그런데 뒤에서 들려오는 소리들은 하나 같이 맥아리가 없었다.

‘결투에 참가한다는 것들이 실력이 왜 이래?’

결국 데미안은 궁금증을 참지 못하고 결투 장면을 쳐다볼 수밖에 없었다.

훈련장 위에서 파벨 버몬드와 기사들이 짝을 지어 대련하고 있었다.

‘……뭐야.’

그 모습을 한참 지켜보던 데미안은 경악에 빠질 수밖에 없었다.

'왜 이렇게 실력이 형편없지?'

공작가에 오기 전, 데미안은 라이언블룸 후작가의 기사인 게릭과 싸웠다.

'그 기사가 좀 강한 편이기는 했지만…… 결투에 참가하지는 못했으니 후작가는 더 실력이 뛰어난 기사가 있다는 소린데.'

공작가의 기사들은 게릭에 한참 못 미치는 실력을 가지고 있었다.

'……기사들의 실력이 이래서야 결투에서 이길 수 없는데.'

결투에는 총 세 명이 참가하며 먼저 2승을 거둔 쪽이 승리한다.

데미안 학센이 미하엘 라이언블룸을 상대로 승리해도 남은 두 판을 지면 결국 결투에서 패배하게 된다.

'라이언블룸 후작가가 미래에 공작가를 이길 수 있었던 이유가 여기에 있었군.'

기사들의 수준이 높다는 것은 곧 가문의 힘이 강하다는 뜻이다.

후작가와 공작가는 로우클래스만 따져 봐도 이렇게 차이가 컸다.

'이를 어쩐다…….'

데미안은 고민에 빠졌다. 결론은 금방 나왔다.

'어쩔 수 없지. 내가 좀 거드는 수밖에.'

데미안은 기사들을 향해 소리쳤다.

"이봐, 거기 다섯 놈."

파벨 버몬드와 나머지 기사들이 어리둥절한 얼굴로 데미안을 쳐다봤다.

"생각이 달라졌다. 여기서 한 판 붙어 보자."

그 말에 파벨 버몬드가 피식 비웃음을 터트렸다.

"무슨 바람이 불었는지 모르겠지만…… 좋아. 내 실력을 확실하게 보여 주지."

파벨 버몬드가 훈련용 가검을 붕붕 휘두르며 다가왔다.

그런 파벨을 향해 데미안이 손바닥을 내밀었다.

"잠깐만 기다려라."

"왜? 갑자기 생각이 달라지기라도 했냐? 이미 늦었으니까 도망칠 생각하지 마라!"

"뭔 개소리야."

아무리 자신의 목적을 위해서라지만 마냥 무료로 봉사할 수는 없었다.

데미안은 저들을 훈련시킬 겸, 자신도 훈련을 할 생각이었다.

'근력 훈련도 좋지만 역시 가장 좋은 건 대련이지.'

대련을 하면 전신을 다 사용하는 건 물론, 꼭 필요한 근육까지 집중적으로 단련할 수 있었다.

그래서 데미안은 어지간하면 대련을 훨씬 좋아했다.

“거기 꼼짝 말고 기다리고 있어라.”

데미안은 미리 봐 둔 무게를 조절하는 팔찌 형태의 마도구를 착용하기 시작했다.

마도구를 작동시키자 몸 전체가 무거워졌다. 물에 젖은 솜을 짊어지고 있는 것 같았다.

근육에 부하를 주는 경갑을 착용했다. 시험 삼아 팔을 굽혀 봤다. 근육에 철심이 박혀 있는 것처럼 쉽지 않았다.

마지막으로 연습용 마법검을 들었다. 허공에 휘둘러봤다. 마치 물속에서 칼질을 하는 것처럼 무겁고 느렸다.

마지막으로 균형환을 꺼내서 삼켰다.

“됐다. 이제 덤벼라.”

데미안이 손가락을 까딱거렸다.

“…….”

피벨 버몬드는 말없이 데미안을 쳐다봤다.

공작가에서 오래 생활했으니 모를 수가 없었다. 데미안이 지금 터무니없는 족쇄를 채웠다는 것을 말이다.

저런 짓을 하고 대련을 하겠다? 사람을 어지간히 무시하지 않고서는 못 할 짓이었다.

“이 자식이…… 날 얼마나 깔보는 거냐!”

파벨 버몬드가 격노하며 데미안을 향해 달려들었다. 머리를 향해 검을 내리쳤다.

데미안은 아무렇지도 않게 파벨 버몬드의 검을 받아쳤

다. 손아귀에서 빠져나온 검이 멀리 날아갔다.

"……어?"

당황한 파벨 버몬드의 목을 향해 검을 내리쳤다. 파벨 버몬드는 외마디 비명을 지르며 기절했다.

"후우…… 이거 제법 운동이 되는데."

데미안은 목을 좌우로 꺾었다.

그거 잠깐 움직였다고 벌써 숨이 차오르고 근육이 아파왔다.

"뭐 하냐? 어서 덤비지 않고."

데미안이 남은 기사들을 향해 말했다.

"안 오면 내가 간다."

데미안의 훈련은 한 시간이 지나고 나서야 끝이 났다.

"으, 으으……."

"사, 사람 살려……."

"내, 내 팔…… 내 팔이……."

바닥에는 기사들이 널브러진 채 신음을 흘리고 있었다.

데미안은 그런 기사들을 바라보며 혀를 찼다.

"이런 한심한 새끼들."

결투에 참가한다는 것들이 겨우 한 시간 움직이고 뻗어

버릴 줄은 몰랐다.

"좀 더 움직이고 싶었는데."

데미안은 검을 내려놓고 착용하고 있던 마도구들을 모두 벗었다.

무거웠던 몸이 순식간에 가벼워졌다. 짜릿한 해방감이 느껴졌다.

데미안은 마력을 이용해서 자신의 몸 상태를 관조했다.

훈련을 하기 전보다 근육량이 눈에 띄게 증가해 있었다.

'소문대로 대단한 영약이로군.'

먹기만 해도 신체가 성장하는 영약을 훈련까지 연계해서 효능을 극대화시켰다.

덕분에 데미안은 스스로도 만족스러울 정도의 성과를 얻을 수 있었다.

마음 같아서는 당장 두 번째 균형환을 섭취하고 싶었다.

"으어어…… 으아아아."

"어, 엄마…… 엄마……."

하지만 도무지 훈련을 지속할 상황이 아니었다. 데미안은 쯧쯧 혀를 찼다.

"야, 거기."

데미안은 체구가 작은 기사를 지목했다. 처음에 데미안에게 말을 걸었던 그 기사였다.

"끄으으…… 끄어어어……."

그 기사는 신음하느라 대답할 생황이 아니었다. 데미안은 미간을 좁히며 다시 말했다.

"대답 안 하면 두 다리를 분질러 버리겠다."

"으, 으아아앗! 왜, 왜 부르셨습니까!"

데미안의 경고에 기사가 화들짝 놀라며 자세를 바로잡았다.

"아름이 뭐였지?"

"파, 파벨 버몬드입니다!"

"그래, 파벨 버몬드. 내 훈련을 받아 보니까 기분이 어떠냐?"

파벨 버몬드는 벌레 씹은 표정을 지었다. 입을 꾹 다물고 있었으나 불만이 아주 많아 보였다.

"대답 안 해?"

"대, 대단히 실전적이고 유익한 훈련이라고 생각합니다!"

"좋아. 아주 정확하게 봤군."

데미안은 흡족해하며 고개를 끄덕였다. 파벨 버몬드의 표정이 다시 일그러졌다.

"너희들은 누구한테 훈련을 받지?"

"세, 세바스찬 빈센조 경께 훈련을 받고 있습니다!"

파벨 버몬드는 데미안의 눈치를 살피며 덧붙였다.

"……차, 참고로 빈센조 경은 미들클래스이십니다. 결투에 대비하여 저희를 특별히 지도해 주고 계십니다. 훈련을 받고 있는 저희가 이렇게 엄한 곳에서 다치고 오면 크게 화를 내실 게 분명합니다."

파벨 버몬드의 말이 갑자기 빨라졌다. 본인 딴에는 경고를 한답시고 꺼낸 말인 듯했다.

"그 인간이 미들클래스인데 뭐 어쩌라고."

하지만 데미안에게는 씨알도 먹혀들지 않았다.

'미들클래스면서 이따위로 훈련을 시키다니.'

한 번도 만나 본 적은 없지만 별 볼 일 없는 기사인 듯했다.

마음 같아서는 그 훈련을 때려치우라고 말하고 싶었다.

'그랬다가는 미들클래스 한 명을 또 적으로 만들겠지.'

하이클래스가 전략병기라면 미들클래스는 최전선에서 가문을 움직이는 핵심이라고 할 수 있다.

가문 안팎으로 벌어지는 수많은 분쟁에 개입하는 역할을 주로 맡게 된다. 그래서 미들클래스는 항상 가문 밖으로 파견을 나가는 경우가 잦았다.

지금 공작가에 미들클래스가 에른스트 호위츠 한 명밖에 없는 이유도 그 때문이었다.

"빈센조 경의 훈련이 끝나면 이곳으로 나와라. 나와 대련을 하도록 한다."

"예, 예?"

파벨 버몬드가 놀라서 되물었다.

"저, 저희가 얻어맞고 오는 걸 알면 빈센조 경이 가만히 계시지 않을 겁니다!"

"네 몸을 한번 살펴 봐라. 상처가 있나 없나."

데미안의 말에 파벨 버몬드는 자신의 몸을 내려다봤다.

"어, 어어?"

데미안에게 맞을 때만 해도 분명히 멍이 들거나 피부가 터졌을 거라 생각했다.

하지만 실제로 파벨 버몬드의 몸은 생채기 하나 없이 깔끔했다.

"어, 어떻게?"

"내가 옛날에 사람을 패는 법을 좀 자세하게 배웠거든."

데미안이 싸워 본 마스터 중에 인격교정자라는 인물이 있었다.

인격교정자는 굉장히 특이한 이유로 마스터의 경지에 오른 인물이었다.

인격교정자는 대륙을 돌아다니며 범죄자들을 교화시키는 것을 업으로 삼은 인물이었다.

그가 범죄자를 교정시키는 방법은 아주 간단했다.

우선 한 시간 동안 두들겨 팼다.

그래도 교정이 되지 않으면 때리는 시간을 두 배씩 늘렸다.

처음에는 한 시간, 두 시간, 네 시간, 여덟 시간.

전해지는 소문에 따르면 최장 512시간 동안 두들겨 팬 적도 있다고 한다.

범죄자들을 교화시키는 과정에서 인격교정자는 자신에게 얻어맞느라 피투성이가 된 범죄자들에게 연민을 가지게 되었다.

그리하여 어떻게 하면 범죄자들을 생명에 지장을 주지 않고 팰 수 있을까 고민하다가 마스터의 경지에 올랐다.

인격교정자가 얻은 경지의 이름은 '엄살(奄撒)'로 아무리 강하게 때려도 고통만 줄 뿐, 실핏줄 하나 터지지 않았다.

"미리 경고해 두지만 오늘 있었던 일을 빈센조 경에게 알린다거나, 내일 이곳에 나오지 않는다거나, 뭐 그런 식으로 훈련에 지장이 생긴다?"

데미안이 살의를 일으켰다.

파벨 버몬드와 다른 기사들은 데미안의 살기를 견디지 못했다.

가장 약한 기사는 입에 거품을 문 채 몸을 부들부들 떨었다.

"그럼 그때는 내 손에 끌려와서 하루 종일 얻어터질 줄 알아라."

그날 이후로 데미안과 결투기사들의 훈련이 시작되었다.

데미안은 매일 같이 기사들을 불러내서 훈련을 빙자한

구타를 했다.

"데미안 경! 아니, 데미안 님!"

참다못한 파벨 버몬드가 데미안의 바짓가랑이를 붙잡고 소리쳤다.

"저희가 잘못했습니다! 처음 뵈었을 때 저질렀던 무례는 제가 사죄드리겠습니다! 이제 용서해 주십시오!"

데미안은 파벨 버몬드의 손을 뿌리쳤다.

"야, 어째 말이 좀 이상하다? 꼭 내가 너희들을 괴롭히는 것처럼 말하고 있잖아."

"아, 아니 그, 그런 뜻이 아니라……."

"내가 말하지 않았냐. 나는 지금 너희들을 훈련시키는 중이라고 말이야."

파벨 버몬드는 할 말이 많지만 꾹 참는 듯한 표정을 지었다.

'눈앞에 황금을 들이밀어도 몰라보는 놈들.'

데미안은 속으로 혀를 찼다.

이들은 알아보지 못했지만 데미안은 대련할 때, 특정한 검술을 사용하고 있었다.

라이언블룸 후작가의 기사들이 사용하는 사자위검을 말이다.

한 달이라는 시간 동안 기사들의 기량을 끌어올리는 것은 힘들다.

그렇기에 데미안은 저들을 사자위검에 적응시키기로 결정했다.

'한두 명 정도는 알아보지 않을까 했는데.'

단 한 명도 알아보는 기사가 없었다. 이들의 경험이 미천하다는 증거였다.

"쓸데없는 소리하느라 푹 쉬었지? 빨리 일어나라."

데미안 학센은 훈련용 가검으로 땅을 탕탕 때리며 말했다.

그렇게 5일이라는 시간이 지났다.

그동안 데미안은 기사들과 어울리며 균형환을 모조리 흡수하는 데 성공했다.

그로 인해서 얻은 변화는 그야말로 극적이었다.

원래 데미안의 몸은 잔근육이 붙어 있기는 하지만 옷을 입으면 왜소해 보였다.

하지만 이제는 건장한 체격으로 바뀌었다. 균형환 덕분에 근육량이 확 증가한 덕분이었다.

'단순히 외관만 변한 게 아니야.'

데미안은 훈련용 가검을 내리쳤다. 깔끔한 바람 소리와 함께 가검이 훈련장 바닥을 깊이 파고들었다.

'근육의 질이 달라졌다. 훨씬 빠르고, 힘이 넘쳐.'

개보다 호랑이의 근육이 우월하다는 것은 굳이 고민해 볼 필요도 없다.

균형환은 데미안의 근육을 더 높은 수준까지 올려놨다.

'과연 아조트 아르켈수스의 비약답군.'

데미안이 자신의 변화에 크게 만족하고 있을 때였다.

"크, 크허어……."

"으아아아……."

바닥에 엎어져 있는 기사들이 신음을 흘렸다.

데미안은 그들을 힐끔 내려다봤다.

'저놈들도 많이 성장했지.'

처음에는 데미안에게 저항 한번 못 해 보고 얻어맞기만 했다.

하지만 열흘이 지난 지금은 어느 정도 대응하는 수준까지 왔다. 사자위검에 슬슬 적응하고 있다는 뜻이었다.

데미안이 손속을 뒀기에 가능한 일이었지만 이들의 재능이 뛰어난 덕분이기도 했다.

'괜히 결투기사로 뽑힌 게 아니야.'

이대로 한 달을 채우면 결투에서 승리를 기대해 봐도 좋을 것이다.

"뭐 하나. 이 버러지들아! 당장 일어나라! 아직 훈련 안 끝났다!"

데미안이 큰 소리로 외쳤다. 기사들은 여전히 바닥을 기기만 했다.

"일어나지 않으면 한 놈씩 두들겨 패겠다!"

데미안 한 번 더 으름장을 놓고 나서야 기사들은 벌떡 일어났다.

그때였다.

"데미안 경! 여기 계셨군요."

공작의 시종이 훈련장으로 달려오고 있었다.

"각하께서 데미안 경을 찾으십니다."

"무슨 일이지?"

"그것이……."

시종이 곤란하다는 듯 안색을 굳혔다.

"첼시 대공녀께서 곧 돌아오신답니다."

데미안은 곧바로 회의장으로 향했다.

회의장에는 이미 공작과 가신들이 모여 있었다. 데미안이 공작가를 습격했을 때보는 숫자가 적었다.

그때는 타 지역의 가신들도 모두 모이는 대회의였기에 지금과는 비교할 수 없었다.

데미안은 주변을 두리번거렸다.

여자는 없는 것으로 보아 첼시 대공녀는 아직 회의장에

들어오지 않은 모양이었다.

"오, 데미안."

공작이 손을 흔들었다. 데미안은 공작의 옆에 가서 섰다.

"첼시 대공녀가 곧 돌아온다고 들었습니다."

"그래, 아랫것을 보내서 먼저 소식을 알려 왔다네. 지금 돌아오는 중이라고 말이야."

공작이 생글생글 웃으며 말했다. 하지만 두 눈은 전혀 웃고 있지 않았다.

"외국에 나간 채로 돌아오지 않았으면 좋았을 텐데."

아버지가 딸에게 하는 말이라고는 믿기지 않을 정도로 살벌한 소리였다.

"첼시가 어떤 기사를 데려올지는 나도 모르네. 미리 말해 두지만 첼시가 데려온 기사가 자네보다 월등히 뛰어나면 대표자 자리가 바뀔지도 몰라."

그동안 보여 준 모습과는 달리 공작의 태도는 굉장히 매정했다.

"각하, 제가 저번에 했던 말을 벌써 잊으셨군요."

"응? 무슨 소리인가."

"누구를 데려와도 저보다 못합니다."

공작은 잠시 멍한 표정을 지었다. 이내 큰소리로 웃었다.

"으하하핫! 난 자네의 이런 모습이 마음에 들어! 항상 자신감이 넘치잖나."

공작이 데미안의 등을 팡팡 두드렸다.

그때, 문밖으로 발걸음 소리가 들려오기 시작했다.

소리로 보건데 적게 잡아도 십여 명이 넘게 다가오고 있었다.

소리가 가까이 다가오자 회의장 문을 지키고 있던 병사들이 양쪽 문을 활짝 열었다.

젊은 여성을 필두로 열 명이 넘는 남자들이 뒤따라오고 있었다.

모두 전사인지 살벌한 기세를 품고 있었다.

"아버지, 오랜만에 뵙습니다."

젊은 여인이 한쪽 무릎을 꿇었다. 같이 온 남성들도 똑같이 행동했다.

"첼시 골드픽시. 지금 귀환했습니다."

또렷한 목소리가 회의장을 가득 울렸다.

데미안 학센은 공작 옆에 선 채 첼시 골드픽시를 관찰했다.

지금까지 그가 봐 왔던 귀족 영애들과는 많은 점에서 달랐다.

우선 입고 있는 옷부터 그랬다.

단출하고 실용적인 여행복을 입고 있었다. 곳곳이 헤진 것으로 보아 오랫동안 입은 듯했다.

머리는 멋을 부리지 않고 하나로 묶어 놓았다. 덕분에 목선이 훤히 드러나 보였다.

'무엇보다 눈빛이 다르군.'

마치 작은 불씨를 담고 있는 것 같다.

야심에 가득 찬 사람만이 가질 수 있는 눈빛이었다.

'이래서 공작이 탐탁지 않아 했던 것인가.'

귀족 가문에서 부모 자식 간의 권력 다툼은 심심찮게 찾아볼 수 있다.

아직 정정한 부모와 빨리 권력을 승계 받고 싶어 하는 자녀 사이에 갈등이 생기는 것이다.

"첼시, 무사히 돌아왔구나."

속마음과는 별개로 공작은 첼시의 방문을 환영한다는 듯 양팔을 크게 벌렸다.

"그래서 결투에 참가시킬 기사는 데려왔느냐?"

첼시가 손짓했다. 무리 중 한 명이 자리에서 일어나 앞으로 걸어 나왔다.

흑곰이 연상될 만큼 덩치가 크고 몸에 털이 많은 남자였다.

눈이 굉장히 작았다. 반면 검은자위는 커서 흰자위가 거의 보이지 않았다.

등에는 두 자루의 손도끼를 짊어지고 있었다. 깨끗하게 손질되어 있었으나 피비린내가 물씬 풍겨 왔다.

"각하! 안녕하십니까!"

남자가 입을 열었다. 호탕한 목소리가 회의장을 울렸다.

"광야수(狂野獸) 기욤 블랙윙이라 합니다!"

그 이름이 들리자마자 회의장이 시끄럽게 변했다.

데미안은 기욤 블랙윙이라는 인물에 대해서 전혀 몰랐다.

애초에 그가 기억하고 있는 기사들은 대부분 마스터 클래스 뿐이었다. 로우클래스 따위를 알고 있을 리가 없었다.

"기욤 블랙윙이라면…… 자유기사로 유명한 남자 아닙니까?"

"에클레앙 왕국의 분쟁에 참가해서 로우클래스들을 학살하다시피 했다던데……."

"로우클래스 중에서는 적수가 없다고 들었습니다."

하지만 기욤 블랙윙이 어떤 인물인지 파악하는 데에는 전혀 문제가 없었다.

가신들의 대화만 들어도 충분히 알 수 있었다.

"오호."

공작조차 기욤 블랙윙에게 관심을 표했다. 공작은 기욤 블랙윙을 유심히 살피며 물었다.

"그대에 대한 이야기는 많이 들었네. 전장에만 나오면 맹수처럼 날뛰는 바람에 광야수라는 칭호가 붙여졌다지?"

"애플 왕국까지 제 명성이 퍼진 모양입니다."

기욤 블랙윙은 거칠게 웃으며 좋아했다.

기사라고 불리기는 하지만 예의라는 것을 조금도 모르는 남자인 듯했다.

"아버지, 기욤 블랙윙 경은 고맙게도 제게 충성을 맹세하고, 이번 결투에 참가하겠다 약조했습니다."

첼시 골드픽시가 앞으로 나서며 말했다.

"기욤 블랙윙 경이라면 미하엘 라이언블룸을 충분히 상대할 수 있을 것입니다. 아버지께서 지원을 해 주신다면 확률은 더더욱 높아질 것입니다."

그 말을 들은 가신들은 고개를 끄덕였다.

"기욤 블랙윙이라면 정말 가능할지도 모릅니다."

"미하엘 아이언블룸이 천재라고 불리고 있기는 하지만 현재의 명성만 놓고 보면 기욤 블랙윙이 더 위에 있지 않습니까?"

"미하엘 라이언블룸이 완성되어 가는 중이라면 기욤 블랙윙은 이미 완성되어 있습니다."

가신들의 의견은 무척 긍정적이었다. 하지만 공작은 그렇지 않았다.

"이거 골치 아프게 되었군."

공작이 턱을 매만지며 중얼거렸다. 그 말에 첼시가 고개를 주억거렸다.

"예? 그게 무슨 말씀이신지……."

"아직 소개하지 않았구나."

공작이 데미안 학센을 가리키며 말했다.

"데미안 학센 경이다. 이번에 결투의 대표자가 되었지."

첼시의 눈썹이 꿈틀거렸다.

"그게 무슨 말씀이세요? 제가 기다려 달라고 부탁을 드렸잖습니까."

"그렇게 말하긴 했지. 하지만 내가 기다려 주겠다고 말한 적은 없지 않느냐."

황당하다는 듯 첼시의 입이 살짝 벌어졌다.

"……그럼 지금이라도 대표를 바꾸시면 되겠군요."

"그건 고민을 좀 해 봐야겠구나."

"고민할 필요가 없는 문제 아닌가요? 전 데미안 학센이라는 이름을 들어본 적이 없습니다. 저런 근본도 없는 기사보다 기욤 블랙윙 경을 선택하는 건 당연하지 않나요?"

첼시가 공작을 노려보며 말을 쏟아냈다.

"그건 그렇습니다. 데미안 학센 경이 뛰어나기는 하지만…… 기욤 블랙윙이 더 믿음직스럽죠."

"미하엘 라이언블룸은 기욤 블랙윙 경이 상대하고 데미안 학센 경은 다른 기사를 상대시키면 됩니다."

가신들은 첼시의 말에 동의하는 분위기였다.

그들이 보아도 데미안 학센보다는 기욤 블랙윙이 훨씬 강해 보였던 것이다.

하지만 공작의 의견은 달랐다.

"여기 있는 데미안 학센 경은 혼자 공작가의 경비를 돌파했고, 에른스트 호위츠 경의 일격까지 막아 냈어. 기욤 블랙윙 경의 실력이 대단하기는 하지만 데미안 학센 경도 만만치 않다고 생각되는군."

공작의 말에 첼시 골드픽시가 이를 악물었다.

"……능력을 중요하다면서 어머니를 내치실 때는 언제고 지금은 다르게 행동하시네요."

그 순간, 공작의 얼굴이 확 굳었다. 의자 손잡이를 잡고 있는 손에 힘이 바짝 들어갔다.

"말을 너무 함부로 하는구나."

"용서하세요. 여행의 피로가 쌓여 있어서 제정신이 아니거든요."

첼시는 한 마디도 지지 않고 응수했다.

"대표자의 변경은 가신들과 상의한 뒤에 결정하도록 하겠다. 더 이상 왈가왈부하지 말고 물러나도록 해라."

공작이 손을 내저으며 말했다.

그때였다.

"각하, 남자가 볼품없이 회의가 뭡니까."

별안간 기욤 블랙윙이 입을 열었다. 깜짝 놀란 첼시 골드픽시가 기욤 블랙윙을 말렸다.

"지금 무슨 짓이에요. 가만히 있으라고 말했……."

"어차피 대표자니 뭐니 가장 강한 놈이 앉는 거 아닙니까? 그냥 화끈하게 싸워서 이기는 놈이 가져가는 걸로 합시다."

기욤 블랙윙이 데미안 학센을 손가락질하며 말했다.

데미안은 헛웃음을 터트렸다.

마음 같아서는 저 건방진 놈을 당장 때려눕히고 싶었다.

그랬다가는 저 무식한 놈과 동급으로 취급받을 게 뻔했다.

그렇기에 우선 공작에게 양해를 구하기로 했다.

"각하, 회의장을 약간 망가트려도 되겠습니까?"

"음? 마음대로 하게."

데미안은 기욤 블랙윙에게 다가갔다. 기욤 블랙윙의 코털이 보일 정도로 근접했다.

"남자답게 해결하자고 했나?"

"오오, 그쪽도 내 말에 동의하는 모양이지?"

"동의하고말고."

데미안이 기욤 블랙윙에게 손을 내밀었다.

"굳이 싸울 필요까지 있나. 그냥 이 자리에서 힘을 겨루는 걸로 결정하자."

그 말에 가신들은 크게 당혹스러워했다.

기욤 블랙윙은 데미안 학센보다 머리통이 하나 이상 컸고 팔뚝은 세 배 이상 두꺼웠다.

겉으로만 차이가 나는 게 아니었다. 기욤 블랙윙은 괴력으로 유명한 기사였다.

"그러다 팔 뽑혀도 난 모른다?"

"잔인하기도 하군."

데미안은 기욤 블랙윙의 팔을 쓱 쳐다보며 말했다.

"난 적당히 어깨뼈를 뽑아 버리는 선에서 끝내 주마."

"지랄."

기욤 블랙윙이 데미안 학센의 팔을 움켜잡았다.

그 직후, 기욤 블랙윙은 머리부터 땅에 처박혔다.

(멸망급 데스나이트가 회귀함 2권에서 계속)